XINGZOU ZAI
WENHUA DE
TIANYE SHANG

行走在
文化的
田野上

薛玉凤　著

东北林业大学出版社
Northeast Forestry University Press

·哈尔滨·

图书在版编目（CIP）数据

行走在文化的田野上／薛玉凤著.—哈尔滨：
东北林业大学出版社，2016.12（2024.8重印）

ISBN 978-7-5674-0997-2

Ⅰ.①行…　Ⅱ.①薛…　Ⅲ.①随笔—作品集—中国—当代
Ⅳ.①I267.1

中国版本图书馆 CIP 数据核字（2017）第 015598 号

责任编辑：赵　侠 董　美
封面设计：宗彦辉
出版发行：东北林业大学出版社
　　　　　（哈尔滨市香坊区哈平六道街 6 号　邮编：150040）
印　　装：三河市天润建兴印务有限公司
开　　本：710 mm×1 000 mm　1/16
印　　张：17
字　　数：276 千字
版　　次：2017 年 9 月第 1 版
印　　次：2024 年 8 月第 4 次印刷
定　　价：60.00 元

目　录

心迹

足迹

西藏印象

　　凌晨三点被蚊子叮醒，再也无法入眠。西藏游来回十天，没见到一个蚊子，竟然忘记这会儿正是蚊子肆虐的季节，忘记点蚊香。蚊子好像特别青睐我和女儿琪琪，家里有一个蚊子就能叮得我们满身包，奇痒难忍。我们一行四人也是到西藏几天后才发现西藏竟然没有蚊子。

　　琪琪和楠楠是从小一起长大的好朋友，她们两年前就说想要去西藏，这次终于成行。从 7 月初决定进藏开始，大家就激动得不得了。在西藏的 8 天 8 夜里，5 个晚上住在拉萨的岷山·金圣大酒店（距离布达拉宫只有 100 多米远）；去珠峰的 4 天里，2 个晚上住在日喀则，1 个晚上住在珠峰大本营。拉萨的布达拉宫、大昭寺、罗布林卡、西藏博物馆、宗角禄康公园、西藏和平解放纪念碑；日喀则的扎什伦布寺、喜格孜步行街、后藏民俗风情园；江孜的宗山城堡、江孜宗山英雄纪念碑、白居寺；西藏三大圣湖中的纳木错和羊卓雍湖；还有卡若拉冰川、雅鲁藏布大峡谷；当然还有令人神往的珠穆朗玛峰大本营及与它近在咫尺的绒布寺，都留下我们流连忘返的身影。

　　人们常说"看景不如听景"，但我偏偏热衷旅游，并且始终觉得百闻不如一见，西藏之行尤其如此。

朝霞中的珠峰

天 路 之 行

　　这次进藏从最初的建议、联系旅行社、确定旅游线路，到出发之前事无巨细的准备工作——购买零食、药品、生活必需品，再到进藏之后与旅行社负责人无数次的交流与磋商，都是小刘一手操办的。我这段时间正迷恋《康熙大帝》，出发前一刻还在津津有味地阅读第三部《玉宇呈祥》，贪婪地想多读一些内容。临行前一天上午，我才专门跑到三联书店买了一本《青藏铁路旅游必备手册》，恶补了一些青藏铁路及西藏各方面的知识，但沿途看见的青藏高原，还是美得令人窒息。

　　青藏铁路正式通车后，我本来非常想体验一下这条世界上最长、海拔最高、穿越冻土里程最长的高原铁路，寻觅青藏铁路建设中的"九大世界之最"，但事到临头，还是差一点退缩。我们从郑州出发，到达拉萨需要40多个小时，足以令人听而生畏。但在小刘的耐心解释下，最终火车去、飞机回是非常明智的选择，我们不仅渐渐适应了高原环境，而且沿途欣赏了青藏高原的优美风光。

火车上原本想来令人生畏的两天一夜却给我们带来一个又一个惊喜。西部我最远到过西安，从西安往西到格尔木，再从格尔木南下到拉萨，对我来说都是新奇的。我们一会儿在软卧包厢，一会儿在包厢外边的过道里，一路兴奋不已。我一手拿着为进藏新买的相机，一手扶着新配好的眼镜，目不转睛地盯着窗外的一切，唯恐错过任何美景。兰州市区的狭长使我们惊叹不已。我回来查资料，发现兰州市东西长约 35 千米，南北宽约 5 千米，呈带状横贯东西，是典型的两山夹一河地形，难怪当时觉得火车总也穿不出兰州城。

西藏博物馆

　　第二天早上 6 点，火车已到格尔木车站，从此开始整整 15 个小时，火车都将在世界屋脊——青藏高原上穿行，沿途经过的神山圣水和独特的高原风光是我们此次乘火车进藏要观光的主要内容。一出格尔木，火车就带领我们直扑戈壁沙漠，碰巧那会儿天阴沉沉、灰蒙蒙的，天、地、山浑然一片。偶然出现的不知名的野草，在戈壁沙漠中艰难地挺立着，那么孤独，那么骄傲，那么顽强，不由得使人肃然起敬。列车驶入可可西里自然保护区，以前只在电视中见过的藏野驴、野牦牛、藏羚羊等珍稀动物时不时地闯入人们的视线，每次都引起车厢内的一阵骚动。无数照相机、摄像机快速聚焦，眼明手快抢到镜头的人高兴地大喊大叫，错过的人唏嘘不已，遗憾万分。

扎什伦布寺

"人！"女儿的一声尖叫使人们突然意识到在这戈壁沙漠与自然保护区里，人真的成了比珍稀动物还珍稀的"动物"。好在青藏公路与青藏铁路分分合合，有时近在咫尺的公路上偶尔会有车队逶迤而行，于是他们也成了我们镜头追逐的对象。不知何时，天晴云开，蓝天白云下草地绿了，牛羊也多了起来，而此时让大家最兴奋的，却是三三两两或者一队队出现的"驴友"。他们骑着单车，驮着行李，全副武装，勇敢地行驶在这世界屋脊的青藏公路上，人与自然亲密地接触，让我们这些坐在火车里的游客钦羡不已。接下来的几天旅行中，"驴友"成了我们镜头中一道独特的风景线，他们有男有女，有老有少，有中国游客，也有不少外国朋友，他们的出现使我一次次心潮澎湃。几年前第一次听说"骑协"，立马热血沸腾，恨不得立刻加入其中。在朋友的劝说下，我们曾一起骑车去了一趟黄河，权作练兵。那天倒是玩得很好，但从此再也不动做"骑友"的心思，对"驴友"却是更加敬佩了。

"树！"快到拉萨时我们才发现一整天没有见到树了，于是这些先是零零星星，后来小片小片的树林又成了大家聚焦的目标。在中原大地，树是太常见的植物，大家早已司空见惯，但在这高原地区突然发现树木，仿佛见到久别重逢的亲友，着实令人惊喜。

布达拉宫

我们一路上目睹了世界上最长的高原冻土铁路桥（清水河特大桥）的风采，感受了在世界上海拔最高的冻土隧道（风火山隧道，海拔 5010 米）和世界上最长的高原冻土隧道（昆仑山隧道，全长 1686 米）中穿行的刺激，体验了世界上高原冻土铁路的最高时速（100～120 千米）所带来的潇洒，但遗憾的是尽管我们四个兵分两路，眼睁睁地望着车窗两边，却还是由于火车时速太快，错过了欣赏世界上海拔最高的火车站（唐古拉山车站，海拔 5068 米）的风姿。不过，偶尔一闪而过的迎风飘扬的五色风马旗，无数大小不一的玛尼堆，星星点点的藏牦牛和黄绵羊，连绵的雪山，藏族特色浓郁的民宅，甚至还有那蜿蜒不绝的荒山野岭，都给我们留下了深刻印象。尽管这些景色接下来几天中会一次又一次地闯入我们的视野，但它们还是永远地镌刻在了我们的记忆中。

令人忐忑的高原反应

科学家们将海拔 3000 米以上的地方称为高原。高原气候与平原气候明显不同，如低气压、缺氧、高辐射及高寒等。人到了这样的环境，体内必须进行一系列自我调节，才能适应。而青藏高原号称"世界屋脊""世界第三极"，平均海拔在 4000 米以上，是世界上最高的高原。正因如此，尽管西藏是许多人的梦想，但在令人色变的高原反应面前，许多人望而却步，西藏因而变得更加神秘遥远。

从海拔只有 69 米的开封到海拔 3650 米的拉萨，再到海拔 5200 米的珠峰大本营，我们会有高原反应吗？我们能到达两个孩子梦寐以求的珠峰大本营吗？出发之前，小刘和旅行社负责人反复磋商，最后的日程还是没有确定下来，只说如果我们身体条件许可就去珠峰，否则就只到日喀则。

游客如织的大昭寺

说来有趣，最早有高原反应的不是我们，而是我们携带的食品袋。第一天在火车上喝豆浆时没问题，第二天过了格尔木，发现剩下的两包豆浆粉变得圆滚滚、胖乎乎的，白色的食品袋、红色的文字、黄色的豆浆粉，晶莹剔透，煞是美观。我们舍不得喝，拿出相机对着袋子反复拍照。隔壁几个湖南游客见了，说是高原空气稀薄（其含氧量仅为内陆低海拔地区的66%左右）、气压低所致。后来发现不只是豆浆粉，什么花生米、饼干、煎饼之类，只要是塑料袋包装的，都变得圆滚滚的。我们把花花绿绿的食品袋摆放在小茶几上，又是一通狂拍。再后来发现几个食品袋不知何时悄悄胀裂，倒是最早发现胀袋的两包豆浆粉的包装袋，一直到拉萨还完好如初。

罗布林卡的表演

西宁海拔2200米，格尔木海拔2800米，那曲海拔4500米，我们在这几个车站都下车拍照、透风，激动之余，发现除了三人有短暂的仿佛游泳时耳朵进水的感觉之外，其他人并没有什么严重的高原反应，不禁有点沾沾自喜。20日，经过两天一夜共41个小时的长途旅行，我们终于到达终点站拉萨。出站后，接站的旅行社负责人小黄首先给我们献上了洁白的哈达。以前只在电视上看到的场景，如今发生在我们身上，让我们觉得好神圣，戴着哈达一起在火车站前合影留念。到宾馆安顿下来，小黄建议我们不要洗澡、少运动、多休息、多喝水，说这些是减少高原反应的最好办法。尽管当时我们都没有任何不舒服的感觉，还是简单清洗了一下就上床睡觉了。

然而我们忘记小黄和我们在客厅聊天时，从敞开的门外进来过一只大老鼠钻进了卧室。我在床上翻来覆去睡不着，不知何时听见小刘在外面开灯，我以为她像我一样失眠，原来她听见窗帘窸窸窣窣响，这才想起那只老鼠，于是我们开始了拉萨夜半驱鼠大战。我俩都怕老鼠，而拉萨的这只老鼠又碰巧太厉害了，它不光在地上、沙发与桌子下乱窜，还在偌大的窗帘架上如履平川。我俩吓得哇哇乱叫，在沙发上跳来跳去，拿着衣服架子敲敲这儿，碰碰那儿，试图把它赶出去。可老鼠在客厅里上上下下乱窜，在我用来堵卧室门缝的行李箱上乱爬，就是不往大开着的门口跑。它大概也被我俩给吓晕了，找不到门，后来干脆躲在某个角落再不动窝。我俩实在没辙，只好向总台求救。很快一个年轻姑娘手拿拖把上来了，然而她照着我们的描述在桌子与沙发底下捅了又捅，就是不见老鼠的踪影。我开始心里直犯嘀咕，莫非趁我们不注意，它已悄悄溜走了？可我们明明注意着门口，没见它出门呀！服务员见毫无动静，无可奈何地说："没有呀！"小姑娘准以为我俩老大不小，还在故意捣乱，但不见老鼠出门，我们整个晚上就甭打算睡觉了。服务员无奈，挨个把客厅里的东西又捅一遍，敲到窗帘时终于见老鼠露了面，它以迅雷不及掩耳之势从窗帘左边窜上去，在两三米高的窗帘架上嗖地一下爬到右边，再沿着右边窗帘哧溜一声滑下来，整个过程大概也不过一两秒，绝好的一个杂技演员！好在隐藏这么长时间之后，它大概也醒过了神，直奔门口而去。驱鼠大战结束，一点半，我们终于可以放心睡了，却更加睡不着，半夜两三点窗外汽车还在轰隆隆地过个不停，我几乎一夜都在床上辗转反侧，开关了几次窗户，跑了好几回卫生间。

我和小刘庆幸的是我们两个而不是两个孩子住在旅行社临时为我们调的这个套间，但早上为她们讲述我们的奇遇时，发现她们原来也有故事。楠楠和琪琪住的小双人间也是临时调换的，在走廊的另一头往东拐，窗外是一条小路。半夜她们听见有人喊"小偷！捉贼！"她们就趴在窗台上往外看，这一声喊竟然还惊动了警察。风平浪静之后，她们又发现遵照我们的嘱咐关着窗户睡觉热得受不了，开窗睡觉又怕感冒，也是把窗户开关了好几次。

好在我们没有"拼大团"，就我们四位娘子军一个小团，并且在拉萨的第一个上午没有安排活动，但后来发现，那晚我们睡不着不全是老鼠与小偷之过，还有高原反应的部分原因。上午我们在酒店洗澡休息，午饭后正式开始我们在西藏的游览参观，晚上倒是睡得还好。但第三天晚上又睡不着，女儿也一样，她一会儿躺外边沙发上，一会儿回到大床上，一会儿又喊"妈妈！"翻来覆去大概天快亮时才睡了一小会儿。我们在拉萨的这两个晚上失眠都没有明显不舒服的感觉，第五个晚上在珠峰大本营可就惨透了！

我在上大学时养成个毛病，睡不着就反复往厕所跑。晚上几个同学躺在床上聊天，比较理智的同学提醒大家该睡了，于是大家趿着拖鞋啪嗒啪嗒从楼东头跑到楼西头上厕所。回来不知哪位又提个话头，大家聊得正酣，怕失眠的室友一声断喝："你们还睡不睡了？"于是大家又集体上厕所，唯恐睡着了再想起来。如此反复折腾，有时跑几次厕所才能真正安静下来，这时往往已经半夜了。

那天下午6点我们到达珠峰大本营，直接坐大本营的中巴往珠峰方向前进了4千米，爬上一个小山头近望珠峰，我们兴奋地跑来跑去照相，倒也没觉得有很严重的高原反应，只觉得爬山时有点气短、气喘，穿着鸭绒袄还冷得要命。但大本营海拔5200米，比拉萨高得多，晚上躺在帐篷里窄窄的沙发床上，我更是无论如何都睡不着。最要命的是刚开始还有个酥油灯，后来灯灭了，帐篷里漆黑一片，手电筒又不在我身边，我害怕把其他人吵醒，而自己又根本无法在黑暗中跑到外边几十米远的帐篷群后面上厕所，于是从22:00钟钻进被窝，到6:00多终于忍无可忍地起来，珠峰这一晚让我终生难忘！不过我倒是发现，原来我可以憋住不上厕所的呀！

总之，大家多多少少都有一些高原反应，主要表现为失眠、鼻子充血，剧烈运动后心跳加快、呼吸急促等，但都无大碍，不影响活动。我们采纳了导游的建议买了几瓶红景天胶囊服用，也喝过几次酥油茶、甜茶，品尝过糌粑，这些大概都有助于缓解高原反应。

虔诚的藏族同胞

我去年暑假去内蒙古玩过七八天，在呼和浩特、包头、鄂尔多斯参观过几个寺庙，对藏传佛教有一些基本的了解，这次去西藏，我看到了各个寺庙旺盛的香火，亲眼所见虔诚的藏民对着他们心中的圣地顶礼膜拜，亲耳聆听寺院中的喇嘛对藏传佛教教义的精彩阐释，更加领教了藏传佛教的博大精深。我们不由得一次次感叹：不到西藏，不知中国之大，不见藏民，不知藏族同胞之虔诚。

日喀则扎什文化广场的汉藏雕塑与朝拜的藏民

西藏自治区面积 122.84 万平方千米，约占中国总面积的八分之一，仅次于新疆维吾尔自治区（占全国总面积的六分之一）。西藏全区总人口 261.63 万（2008），是中国人口最少、密度最小的省区，其中藏族人口占西藏总人口的92.2%，是全国藏族居民最集中的地区，占全国藏族总人口的二分之一。

宗教在西藏有着久远而深刻的影响，其中藏传佛教影响最大。藏传佛教是公元 7 世纪以来外来佛教与西藏原有的苯教长期相互影响、相互斗争的过程中形成的带有强烈地方色彩的佛教，在藏地流传已有1000多年的历史，形成了许多独立的教派。除原有的苯教外，还有宁玛派、萨迦派、噶举派和格鲁派。

朝拜路上的藏民

西藏大街上到处可见手持转经筒的藏民。有的妇女背着孩子，一手拿着东西，另一只手还在不停地转动转经筒。据说，经筒每转一圈，代表转经的人念诵一遍经文，藏民每天不知要念诵多少遍经文。在藏民心中的宗教圣地，如拉萨的布达拉宫与大昭寺、日喀则的扎什伦布寺周围，我们看见转经藏民按照既定线路有秩序地缓缓行进，手中大大小小的转经筒随脚步有节奏地转动，许多人口中还喃喃地吟诵着经文。在这些宗教圣地门前，还有大量的藏民一遍又一遍地匍匐在地，磕着等身长头，其中不乏年逾古稀的长者。在这些虔诚的藏民中，有些大概是远道而来的朝圣者，他们从千百里外的家乡一直磕头来到拉萨或者日喀则。游览的最后一天（8月27日），我们在去纳木错来回的路上，看见一群群朝圣者一路磕着等身长头朝拉萨进发。那天一会儿阴云密布，一会儿细雨绵绵，一会儿雨似瓢泼，我们不知这些好像什么东西都没有携带的藏民在茫茫旷野中如何避雨，更不知他们一两年甚至更长时间地出门在外，靠什么生活，但看着他们虔诚地匍匐在雪域高原，用血肉之躯丈量朝圣之路，我们却明明白白地感觉到他们心灵的纯净与信仰的力量。

在西藏的七八天里，我们接触最多的藏民是旅行社派给我们的司机扎西师傅。扎西今年 45 岁，个子不高，但身材魁梧结实，一张高原人特有的黑红脸膛，经常笑逐颜开，幽默风趣。扎西有副好嗓子，开车时经常开着音乐，一路高歌不断。虽然我们听不懂他唱的是什么，但从他愉快、悠扬、富有感染力的歌声中能感受到这个藏族汉子的乐观与豁达。扎西的汉语说得还算不错，我们基本上能听懂他想表达的意思，当然有时需要连蒙带猜，他听我们说话也一样。但尽管如此，我们还是从几天的闲聊中了解到许多藏民的风俗人情与生活习惯。扎西兄弟姐妹十个，他是老二，而他的父亲已经 82 岁高龄，如今每天还绕着布达拉宫转经三圈，天天如此，从不间断。藏民虔诚的宗教信仰由此可见一斑。

在大昭寺和扎什伦布寺，我们有幸两次聆听寺中喇嘛为大家讲解佛教教义。大昭寺喇嘛运用大量事例，绘声绘色地讲解佛教修行的大敌、人生的三大根本烦恼：贪、嗔（仇视、怨恨和损害他人的心理）、痴（痴迷不悟、愚昧无知），吸引了大量游客驻足倾听，也给我们留下深刻印象。戒除这三毒，是这位喇嘛也是佛教教义对我们的谆谆教诲。

去珠峰路过的一个小山村里，几个四五岁的孩子趴在窗户上喊"给我点儿铅笔和糖果"，让我很后悔忘记带点文具之类的小东西。他们拿着五颜六色的巧克力豆高兴地不得了，放嘴里一颗，其他的小心翼翼装进裤兜。我不禁有点心酸，不知我们车上两个花钱如流水的大小姐心里做何感想。

脆弱的自然环境

青藏高原海拔高，空气稀薄，气候寒冷干燥，因此生态系统极其脆弱敏感，植被生长非常缓慢，一旦破坏很难恢复。在青藏铁路沿线，我们多次看到防风固沙的石方格，看来效果确实不错。

青藏铁路开通后，进藏游客逐渐增多，加上近年来私家车猛增，沿青藏公路或川藏公路自驾旅游的人也在逐渐增加。我们在去珠峰及纳木错的路上，时不时看到来自全国各地的车。虽然到达珠峰大本营的游客每天大约只有300人，但去纳木错的游人如织，大小车辆往来如梭，不计其数，更别说在拉萨其他景点。旅游的发展无疑会加速西藏经济的发展，提高藏民的物质生活水平，但旅游所带来的负面影响也显而易见。

全球变暖、环境恶化、臭氧层被破坏，这些人类所面临的普遍问题在青藏高原上也有明显征兆，而且这些问题因近年来人类活动的增加变得更加严重。据扎西讲，今年干旱严重，已经很久不下雨了。近几年雪山面积明显缩小，许多河床干涸。西藏的蓝天白云美丽无比，但很快我们就发现阳光无遮无拦、毫不留情地倾泻在干燥开裂的土地上，光秃秃的山坡上稀稀疏疏的荆棘无精打采。两个孩子很快嘴唇开裂，小刘甚至手脚指头裂缝，我的皮肤也像冬天一样变得干燥起皮儿。26日晚天降甘霖，虽然给我们第二天的纳木错之游带来诸多不便，但我们还是为西藏终于见到雨水而高兴。

挡住汽车去路的羊群

在一望无际、连绵不绝的沙漠戈壁中，我们偶尔也会看到一片片盛开的油菜花，金灿灿，黄澄澄，令人欣喜不已。许多游客忍不住下车拍照。除了油菜，我们在西藏见到最多的农作物就是青稞了。有意思的是，拉萨附近的青稞多已成熟收割，一堆堆码在田野里；而日喀则及珠峰路上的青稞则是青翠欲滴，远远看去如绿色的地毯一般，美丽极了。中原地区的油菜与麦子两个月前就已收获，看来连农作物也有高原反应。

司机拉着我们在日喀则闲逛时，我们发现日喀则的街道名称很有意思，什么上海中路、黑龙江路、山东路、四川路、青岛路等，大多以其他城市名称命名。我们觉得纳闷，沿着青岛路走到尽头，发现街边竖着一块石碑，这才明白原来日喀则很多街道都是根据援建城市的名字命名的。日喀则在内地的大力支援下，已逐渐变为一个交通发达的现代化城市，商品琳琅满目，人们安居乐业。

午饭后我们从日喀则出发，出城不久，扎西就指着公路两旁的农作物告诉我们，这里几年前还是一个个沙丘，刮起风来黄沙漫天，公路都会被掩埋。如今在内地援建者的帮助下，这里很多地方变成了良田。除了油菜与青稞，沿途竟然还有一些西瓜地，西瓜秧虽然不似中原地区的那样苗壮，但圆滚滚的西瓜滚了一地。我忍不住让司机停车拍照。看来有时候确实是人定胜天，但愿内地人在西藏留下的，都是使西藏更美的礼物。

去年春天，中国社会科学院的杨义先生在题为"学术研究的五种途径"的演讲中，倡导眼学、耳学、手学、脚学、心学五学并举。按照杨先生的说法，旅游属于"脚学"的一种，但实际上，从出发前的各种准备工作，到旅游过程中的所见、所闻、所感、所想，旅游何尝不是五学并举啊！

2009 年 7 月 29 日

无巧不成书的哈尔滨之旅

　　相传"无巧不成书"源自施耐庵。施耐庵创作《水浒传》，写到武松景阳冈打虎时，横竖怎么都写不好，伤透了脑筋。正在这时，屋外忽然传来一阵吵闹声，原来邻居阿巧撒酒疯，正袒胸露背对着一条大黄狗拳打脚踢。大黄狗也不示弱，冲着阿巧乱叫乱咬。施耐庵看呆了，出现在眼前的似乎就是武松与老虎搏斗的情景。刹那间，他文思泉涌，一口气写下了著名的"武松打虎"。后来他逢人就说"真是无巧不成书啊"！

　　"无巧不成书"比喻事情十分凑巧。古今中外文学艺术作品中运用巧合的例子很多，有些甚至令人难以置信，每逢这时，读者（观众）就会说："无巧不成书嘛！"但我的哈尔滨之行却使我对这个成语有了新认识：巧合不只是文学艺术作品的专利，生活中的巧合无处不在，有时令人惊喜万分，有时使人难以置信，有时又令人瞠目结舌。

　　第十四届中外传记文学研究会年会在黑龙江大学召开，无论这个会议，还是哈尔滨这个地方，对我都具有巨大的吸引力，因此从 6 月中旬开始，我就着手准备会议论文。但随着日期临近，我却着实有些犹豫，原因有三：一是我计划 7 月去西藏，从西藏回来没几天又得出发，担心身体受不了，也担心审美疲劳；二是从暑假一开始我就迷上了二月河文集，《康熙大帝》正让我如痴如醉；三是这次单位只有我一人参会，无人做伴，来回去机场的路程（80千米）也很成问题。我从西藏回来犹豫了两天，最后还是禁不住从未涉足过的大东北的诱惑，订了去哈尔滨的机票。

我以前去过几次新郑机场，都是朋友找车接送，自己从未操过心。这次我不想找人帮忙，心想大不了花钱打车。后来我发现在民航大厦订票，有班车负责送到机场，每天多趟往返，方便得很。碰巧那天早上从民航大厦去机场的就我一人，一个年轻潇洒又经验丰富的小司机开着一辆刚跑一年多的奇瑞小轿车，专程送我去机场，让我着实受宠若惊又暗自庆幸（打出租是绝对坐不了这么好的车的）。此乃巧合一。它让我明白天无绝人之路，穷人自有穷人的活法，有时还会有意外收获。

司机尽管年轻，但已有多年驾龄，一路不快不慢不闯红灯，看起来训练有素，颇具职业道德。我想闭目养神，他绝不打搅；我想聊天，他言简意赅，非常好脾气地奉陪。想起我家小区大门口那个健谈得令人避之唯恐不及的出租车司机，我又一次庆幸自己幸运。更想不到好运还在后头呢！

我们到达机场的时候距航班起飞还有两个半小时，好在我是有备而来，有《康熙大帝》陪伴，丝毫没有觉得寂寞无聊。排队等候登机时，突然听到旁边有人叫我，我扭头一看，竟然是我前年在昆明认识的福建师大的辜老师。辜老师也要参加这个会议，我们都不约而同地惊呼太巧了！原来我要搭乘的飞机是厦航的，从福州飞过来，在郑州稍作停顿后直飞哈尔滨。我原本出了家门就发现忘记打印一份会议邀请函出来，连报到的宾馆名字都没记住，这下好了，有了辜老师，我什么心都不用操心了。我们出了哈尔滨机场直接坐上机场大巴，之后打车顺利到达黑龙江大学C区的留学生公寓。后来听说他们为找到这个报到地点，烈日炎炎下拉着行李在黑大的三个校区穿行几十分钟的惨遇后，我越发庆幸自己幸运。此乃巧合二。我做梦都想不到会有这么巧，真是傻人有傻福啊！

报到后我和辜老师把行李扔在房间，直奔著名的索菲亚教堂，然后步行到不远的中央大街，参观哈尔滨防洪胜利纪念塔，坐游船远眺斜拉大桥与太阳岛美景，欣赏松花江日落。游船回来已经20：00，夜幕已降临，我们决定重回中央大街，找一家有特色的东北饺子店用餐。那家名为东北饺子城的地方很难找，环境却不错，里面顾客寥寥无几，总共就我们四五个人。这里的饺子皮硬馅小，味道也不怎么样。好在人少安静，我们跑累了，正好在那里休息聊天。出了饺子城我们沿着中央大街继续往前走，欣赏夜色中的面包砖和街道两边鳞次栉比的欧式建筑，忽然有人拍拍辜老师肩膀，说："钱包掉了！"我和辜老师吓一跳，不约而同地扭头看地下，当然什么都没有，再抬头看看这个不速之客，发现一个帅哥对我们嘻嘻笑着。辜老师回过神来，对着那人就是一拳，原来这就是大名鼎鼎的"徐师军王"。我参加过两次传记文学年会，耳闻频率最高的就是这个人称"活宝"自称"军王"的王老师，两次会议王老师都正好缺会，因此我们无缘相识，不想竟在茫茫人海的哈尔滨中央大街巧遇，真是奇了！和王老师一起的还有另外三位参会的老师。8 号那天我有机会和王老师还有浙师大的赵老师一起参观黑龙江省博物馆，徜徉果戈理大街，坐公交领略哈尔滨街景，回到黑大校园后还参观了萧红纪念展，更感受了王老师的幽默、机智、率性与细心。六位会议代表在距离开会地点约 10 千米的哈尔滨市中央大街上相遇相识，不能不说是缘分。此乃巧合三。

中央大街

以上巧遇使我回味无穷，庆幸不已，但我们在哈尔滨的第四个巧遇却使我一次次想起《夜幕下的哈尔滨》，至今回忆起来仍让我心有余悸。虽然我临行

太阳岛上的俄罗斯风情小镇

俄罗斯风情

之前担心审美疲劳，但好不容易到东北，还是想好好走走看看，因此出发前并没定回程机票。会议期间郭老师联系了一个旅行社的业务员，趁会议间歇给各位代表讲解附近经典旅游线路，散发宣传册子，最后郭老师确定五大连池两日游，我和张老师、孔老师决定一同前往，随后除张老师外，我们三人都订了10日的回程机票。会后我们到距离哈尔滨102千米的尚志县帽儿山风景区漂流、爬山，玩得不亦乐乎、精疲力竭，但为了充分利用时间，7日中午两点回到黑大之后，我们又相约到太阳岛游玩。艳阳下的太阳岛名不虚传、美不胜收，可惜我们时间有限，只能坐着电瓶车到各个景点走马观花，不能随心所欲

特色农家饭店

尽情饱览美景。就这样等我们赶到附近的俄罗斯风情小镇时，还是正好赶上关门谢客，我们只好在门前流连，尽情想象里面的异国风光。坐轮渡横跨松花江回到中央大街后，我们决定陪张老师再逛逛中央大街，顺便找家饺子店吃饭。这次我们放弃饺子城，一直走到中央大街南端的饺子王，发现里面客人熙熙攘攘，热闹非凡，这里的饺子果然比饺子城要好吃得多。

　　饭后我们继续顺着中央大街南行，顺便买了一些纪念品，这时郭老师接到旅行社联系人的短信，说是第二天一大早旅行社派车接我们，每人旅行费530元。郭老师一看不对啊，明明说好了每人350元的，难道打错字了吗？但联系人回复没错，就是530元，是之前算错了。大家心里开始犯嘀咕，莫非碰到黑旅行社？明显的价格欺诈嘛。于是大家七嘴八舌一合计，决定取消这次旅游计划，理由有二：一是旅行社不守信用在先，我们担心旅游途中会再有类似事件出现，影响旅游质量；二是旅行社压根儿就没有与我们签订任何协议，不具备法律约束力。但我们并不想揭穿旅行社的伎俩，只推说我们有事已离开哈尔滨，不能成行。不料旅行社那个看起来漂漂亮亮、温温柔柔的年轻姑娘竟然火了，接二连三地与郭老师联系，说是已经产生费用，我们得赔偿旅行社的费用1140元。好在最后顺利解决了。

　　"夜幕下的哈尔滨"毕竟短暂，虽然这家旅行社给我们的哈尔滨之行添了一丝阴影，但毕竟瑕不掩瑜，哈尔滨还是比我想象的要洋气漂亮得多。哈尔滨

森林植物园里的荷兰风情

印度风情街

郊区地毯般深浅不一的绿色田野，凌晨四五点就照得人睁不开眼睛的骄阳，雄伟壮观的索菲亚教堂，中央大街与果戈理大街两边的欧式建筑，中央大街上光滑的面包砖，美丽的太阳岛，波光粼粼的松花江，富有浓郁东北特色的乡村小院里的东北特色饮食，黑龙江省博物馆、刘老根大舞台的演出、黑龙江省森林植物园郁郁葱葱的各色植物、富有荷兰特色的雕塑、印度风情街，以及会议上各位老师的精彩发言，都给我留下深刻印象。

2009 年 8 月 16 日

张家界游记

"在家千日好，出门一时难"，老话一点不假，但喜欢旅游的人，还是一往无前。旅途的魅力之一，正是这随时会有的各种状况或惊喜。借去张家界开会之机，我和同事去了张家界天门山、张家界国家森林公园、湘西凤凰古城。最后因为买不到回程票，不得不到长沙转车，又在长沙逛了半天。我整整一个星期出门在外，开会游玩，学到一些新东西，认识几个新朋友，看了无数美景，但也碰到许多令人哭笑不得的事情。

晚点的火车

我虽说不经常出门，但也算坐过不少车，上过不少当，自觉已有不少经验教训，不会再轻易上当受骗，但出门在外，还是经常防不胜防。我在出门前千比较、万计划，自觉万无一失，却偏偏一没想到现在火车晚点那么普遍，并且晚点那么多，二没想到在自家门口竟然眼睁睁看着唯一可坐的火车与自己擦肩而过。

我准备乘坐的 K267 是郑州到张家界的快车，21:33 开，我们必须提前至少 20 分钟从开封赶到郑州火车站。我想来想去，觉得火车最保险，不会遇到郑州市内的堵车。我经过查询，发现 19:00 之后有三辆火车经过开封到郑州，车程差不多都是一个小时，无论赶上哪一班，都会提前一小时到达郑州火车站。因此我们 19 点整从家里出发，20 分钟后到达开封火车站，竟然顺利买到本该 19:23 开的 4711，因为列车晚点 20 多分钟。我们觉得幸运极了。

候车室里，4711 的进站口前排着长长的队伍，喇叭里一遍又一遍喊 4711 正在检票进站，却就是不见人群向前移动，我们觉得奇怪得很，但也无可奈何，只好老老实实地排队等候。等到终于开始进站，轮到我们检票时，检票员却说 4711 早已开走，我们跟着的是另一班车的人群！原来我们进来时 4711 的大队人马早已进站，因而才会出现只听喊进站不见人进站的情形。我和同事只顾聊天，粗心大意，没想到问问前边的人等的是哪趟车，检票员也意识到以后遇到类似情况应该喊 "4711 已经到站，还未进站的旅客请赶快进站"，这样就不会再出现我们这样的倒霉蛋了。

好在还有 1487 和 1045 两班车可以选择，但去换票时我们才发现这两班车分别晚点 40 多分钟和一个小时！也就是说如果我们冒险等待，很有可能到郑州赶不上我们要乘坐的 K267，而第二天的 K267 票已售罄，我们连改签的机会都没有。这下我们真慌了。当时已经 19:50，要想一个半小时跑到郑州火车站，唯一的办法是试试出租车。70 多千米路本不是难事，就怕到郑州市内堵车，但我们别无选择，只有死马当作活马医了。好在出站就碰上一个年轻但挺老练的出租司机，说是一个小时多点就能把我们送到郑州火车站。尽管一路上我们心急火燎，但小司机没有食言，果然在 21:05 把我们安全送到目的地。我们慌慌张张地冲到进站口，却发现我们要乘坐的列车不是始发车，而是从北京西到湖南怀化，而且它也晚点整整一个小时！早知如此，我们根本没必要急着打车过来呀！

令人哭笑不得的火车晚点并非只有这四班，昨天我们排了半天队买到的长沙到开封的 1260 上车时晚点不多，但下车时晚点两个半小时，耗得人一点脾气都没有。

好在我们这两次乘坐的车厢分别是 10 号和 11 号，不是列车两头的车厢。

我想起 2008 年 9 月从上海回来，第一次坐动车就让我们终生难忘。本来始发车不该有问题，但不知何故，列车开车前五分钟，旅客才被允许进站，倒是连检票的程序也省了，工作人员招呼大家不要找自己的车厢，先上车再说。于是上千人蜂拥而入，跑过长廊，冲下站台，纷纷涌上就近的车门，最后列车竟然还能按时驶出车站。效率之高估计在火车史上闻所未闻！但我和同事上车后马上发现了问题，尽管我们跑了两个车厢才上车，但我们上去的是 11 号车厢，而我们的座位在最前边的 1 号车厢，也就是说我们必须拉着行李箱穿过 10 个车厢才能找到自己的座位。更可笑的是到了 9 号车厢后我们发现"此路不通"，原来列车分作两部分，这里是个死胡同。列车员告诉我们唯一的办法是站到下站苏州，然后下车再上车。就这样我们硬是手里握着座位票，从上海站到苏州，下车跑了几个车厢的距离，再上车，又穿过几个车厢才终于找到我们位于 1 号车厢的座位，见到比我们先一步找到座位的另一位同事！

良莠不齐的导游

"三分看，七分听"，这话虽然有点夸张，但也道出了旅游中导游的重要作用，也是我之所以爱跟团出游的原因之一。这次张家界之行我们总共跟了三个导游，一女两男，三人各具特色，各有千秋，但总的来说令人失望。

天门山半日游虽然时间短促，但回过头来看看，却是我们张家界之行中最充实、最愉快的一次出游。原因有三：一是我们团只有三个游客，大家行动一致，不必把大量时间花费在集合等待上；二是没去任何购物点，导游自然没必要为此大费口舌，大加忽悠；三也是最重要的原因，年轻漂亮的女导游热爱自己的本职工作，为此不惜与在广州的丈夫常年两地分居，这就注定她会善待游客，不会偷懒耍滑。小导游毕业于吉首大学，学的是旅游会计，因为喜欢导游这份工作，几年来自然积累了不少人文、地理、历史、植物等方面的知识。我们在一起的四个多小时里，不仅该讲的东西她从不偷懒，还主动讲解一些我们感兴趣的有关植物的知识，对我们的问题也热心解答，令我们大开眼界。热爱是最好的老师，小导游再次证明此话不假。

鬼谷栈道、天门山寺、99 弯通天大道、天门洞，途中每个大小景点小导游都会详细讲解，然后让我们随意游玩，从来不催不烦。与接下来张家界凤凰三日游的两个男导游相比，这个女导游尤其难能可贵。

袁家寨子

两个男导游一个 20 多岁，一个 30 多岁，除了同为男性之外，两人还有不少其他共同点，比如除了极力渲染购物点的商品与自费景点之外，对我们旅程中应包含的景点丝毫不感兴趣。我们的张家界国家森林公园与凤凰古城三日游就这样差点葬送在这两个导游手里。

张家界国家森林公园两日游期间，我们在小导游的诱导下额外花了 330 元参加了三个自费项目：晚上看梯玛神歌大型山水实景演出，第二天乘坐"天下第一梯"百龙天梯，参观（土家）袁家寨子。这些项目、各具特色，值得一看。

两日游期间小导游还领我们逛了购物点，刀具、茶叶、银饰、土特产超市等一应俱全，堪比购物团。除了自费项目与购物，我们花费的四五百元团费中供我们游玩的时间就被挤得只剩一个上午的金鞭溪漫步（其实叫竞走更合适）

与一个小时的天子山游玩。结果可想而知，总之小导游恨不得把我们从一个车场带到另一个车场，坐索道、乘小火车，赶快结束了事，该看的景点基本不提，该讲的东西基本不讲，仿佛他的工作就是点名集合、催促大家快点上车。我们几个不想跟着他竞走，只能偶尔蹭着别的导游听听，我无意中撞到一个景点，是贺龙元帅之墓，如获至宝，匆忙拍几张照片便赶快追赶导游，晚了还被导游奚落："真服了你们了！"要不是第二天下午我们执意步行下山，十里画廊等著名景观全会错过去，我们的张家界就真的白去了！但小导游也有从不催促限时的时候，那就是购物。只要还有一个游客对购物有兴趣，导游是从来不着急走的，全团几十个人干着急也没用。

贺龙元帅之墓

与张家界两日游的小导游相比，凤凰一日游的大导游 30 多岁，一口湖南普通话，一个劣质麦克风，一上车就非常卖力地大讲特讲，语速极快，连珠炮似的，不带任何标点符号。还好我坐在大巴车的最后一排，前边的人估计终于忍无可忍，不时有人叫停，但导游还是讲个没完。导游声称自己之所以 30 多岁还在当导游，是有特殊原因的。我暗自庆幸，以为我们又碰上一个热爱导游

雨中苗寨

工作的好导游。他还声明凤凰一日游与张家界两日游不同,不去购物点。但我越听好像越不是那么回事。除了关于张家界及凤凰的一些基本知识,导游大讲凤凰特产姜糖,讲苗寨,讲宋祖英,讲宋祖英的慈善茶厂,唯独不讲吸引我们去凤凰的沈从文故居等九连景。我们逐渐明白,导游之所以还在当导游,不是因为喜欢这份工作,而是因为他与朋友合伙在凤凰开的一家姜糖店,当导游可以为自己的店铺拉客,让游客照顾他的生意。讲宋祖英是为了回城路上让大家在宋祖英的慈善茶厂歇歇脚,顺便买几包茶叶送亲朋好友。他极力渲染苗寨、贬低沈从文故居等是为了让大家甘心情愿地放弃凤凰九连景,主动去参观商业气息浓厚的苗寨。于是从不购物的凤凰一日游回来,大家大包小包地购物最多!

那天我对小导游说,导游的工作其实与我们当教师的工作相似,日复一日,年复一年,你可能一遍遍地在重复一些东西,但对学生和游客来说,他们一生只经历一次,因此我们没有资格糊弄他们。对大部分游客来说,他们一生只去张家界或凤凰一次,这次错过了就成了终生的遗憾,而这遗憾如果是因为导游的懒惰与利欲熏心,我亲爱的导游们,你们于心何忍?凤凰九连景,里面到底什么样?《阿凡达》中的哈利路亚山的原型南天一柱,到底是哪座山?对我来说永远都成了谜团。

共饮沱江水

俗话说一方水土养一方人，靠山吃山，靠水吃水，湘西凤凰古城居民靠着古色古香的老建筑，历经沧桑的古街青石板街道，独具特色的虹桥风雨楼，沱江两岸已有上百年历史的土家木结构吊脚楼，当然还有著名作家、历史学家、考古学家沈从文的名气等大作旅游文章，吸引全国各地的游客蜂拥而至。好在挤挤挨挨的酒店、鳞次栉比的店铺、洋味十足的酒吧一条街、摩肩接踵的游人等浓郁的商业气息并没有完全淹没当地人质朴的生活方式。

虹桥风雨楼

凤凰古城始建于清康熙年间，距今已有三百多年历史，气势磅礴的沱江从古城蜿蜒而过，为古城增添了许多灵气，吸引着来自天南海北的游人、游客或在江上泛舟，或驻足欣赏两岸美景及其倒影，一个个流连忘返。

我们的行程说是凤凰一日游，其实在古城的时间吃饭、睡觉加游玩，总共不到 12 小时。为了多看两眼神秘的凤凰城，我们只能尽量缩短睡觉时间。半夜欣赏凤凰夜景，大清早在导游的带领下浏览古城风光，早餐后还有两个小时自由活动，因此在凤凰城游玩的五六个小时里，我们倒是逛了三遍凤凰古城。而最终永远定格在我脑海里的，是沱江边的凤凰居民典型的低碳生活方式。

在自来水、洗衣机如此普遍的现代社会，我们却一次次看见三五成群的凤凰女人，有说有笑地在沱江边洗衣、洗菜、洗被单、涮拖把，两岸随处可见宾馆晾晒的白色床单、被罩迎风招展，这一个个温馨的画面瞬间把我带回到童年家乡的小河边。

沱江水为凤凰的吊脚楼添彩增色，为游人提供江上泛舟、饱览古城两岸风光的机会时，仍不失为凤凰人提供生活用水的基本功能，这使我尤其感动。

没有围墙的中国大学

每个去英美等西方国家访学回来的人，大概都会对西方国家开放的大学校园印象颇深。也许是我孤陋寡闻，以前从未听说中国也有类似的大学校园。这次完全在我预计行程之外的长沙半日游却让我领略了没有围墙的湖南大学与湖南师范大学的风采。

我在长沙火车站好不容易买到 23:03 的回程票，接着就是考虑如何充分利用在长沙一个下午的宝贵时光了。出于职业习惯，我每到一个地方总想逛逛当地的大学校园，这次在张家界就逛了吉首大学张家界校区，到了长沙当然是湖南大学与湖南师范大学了。当时已经过了 13:00，我们还没有吃中饭，于是决定先逛长沙的步行街，品尝当地小吃。我们上了 312 路公交，发现这趟车不仅到步行街，也到湖南大学与湖南师范大学。这太好了，我们可以一并满足所有的心愿。

我们在步行街吃饱喝足又上了 312，由于这次的长沙之行完全是误打误撞，我们对长沙几乎一无所知，到了橘子洲大桥，看着滚滚流淌的浑黄的江水，恍惚间仿佛回到黄河边。我们看到江心的小岛，却不知这就是著名的橘子洲。

过了湘江，我听见两个小姑娘在聊学校，我猜想她们准是附近的大学生，就主动找她们搭讪，但我的第一个问题就让她们笑了，问我找她们校门干么，我说第一次来，参观。经过她们指点我这才明白我们已经置身湖南师范大学校区之内，而湖南师范大学与湖南大学校区相连。对我们这些陌生人来说，两个校园倒也不难区分，因为它们的门牌上一般都标着学校名称外加二级单位名称，比如湖南大学外国语学院、湖南师范大学出版社，但也有例外，比如湖南师大的图书馆就只标着"图书馆"三个字。

湖南大学校区中心巍然矗立着高大的毛泽东塑像，街角是古色古香的自卑亭。我在自卑亭里出售的地图上无意中发现岳麓书院就在不远处，于是我们又赶到这座千年书院瞄了一眼，可惜当时已经到了闭馆时间，我们没有时间进去参观，只能留下遗憾。

虽然只有一个下午时间，这次在长沙我最大的收获是发现中国也有与西方一模一样没有高大的院墙、没有标志性校门的开放式大学校园。这种开放式校园的主干道与城市街道无异，公交车、私家车等各种车辆车水马龙，呼啸而过，噪音很大，对学生的安全也构成威胁。相比较而言，我还是喜欢相对封闭的校园，但绝对不是那种出入下车，甚至"出入下自行车"的校园。

在家看书学习时，我每天也接触不少新东西，但毕竟都是间接知识，与自己亲自"脚学"得来的直接知识千差万别。我的张家界之行与以往每次出游一样，有喜有悲，有收获也有遗憾，但无论如何，我都照单全收，因为它们都成了我经历中不可分割的一部分，成了我永远的宝贵财富。

2010 年 4 月 22 日

花团锦簇的花城

花城广州之行，让我收获颇多，受益匪浅。

我们从万木萧条，光秃秃、灰蒙蒙的中原腹地出发，两个小时后在广州白云机场降落。清澈透明的蓝天白云是广州给我的第一个惊喜。幸运的我们没等几分钟就坐上了每小时一班的空港快线第11路车。顷刻之间，我们仿佛冲入了花的海洋，沿途五彩缤纷、争奇斗艳的花卉树木让我们这些北方人惊羡不已，"花城"广州果然名不虚传。在造型独特、风格各异的花草树木之间，到处可见动感十足的运动员雕塑、广州亚运会及亚残运会的标志。

我们的广州一日游包括白天参观花城广场、黄埔军校、陈家祠、越秀公园、大学城和晚上的珠江夜游。花团锦簇的花城广场让我们流连忘返。广场周围的建筑更是让人叹为观止：婀娜多姿的"小蛮腰"（广州电视塔）让人浮想联翩，广州西塔（广州国际金融中心）直耸云霄，广东省博物馆、广州新图书馆、广州大剧院和广州市第二少年宫等建筑各具特色，就连广场旁边的新生活驿站（广州亚残运会城市志愿服务站）也在诉说着现代建筑的奇迹与广州的不凡。

在少年宫前，我抓拍到三个正在往卡车上抬装花卉的农民工，其中一个大姐直起腰正好对着我的相机镜头，一脸茫然的样子，但听见我称他们为"城市美容师"，她不好意思地笑了。广场中心巨大的木棉花造型背后，也有两个农民工正在高高的架子上忙碌。饱经风霜的面庞，不甚整洁的穿着，手头忙碌的活计，都使他们与这个美轮美奂的广场似乎有点格格不入，但美丽的花城广场正是他们的杰作，也许他们来不及看一眼周围赏心悦目的花卉与建筑，但每天川流不息的参观人群不正是对他们辛勤劳作的最好认可与奖赏吗？我身为农民的女儿，小时候随父母干农活，随泥瓦匠父兄在工地打工的场景永世难忘，因此对干活的农民与农民工总是心怀敬意，忍不住多看他们一眼。他们太不容易了！

新生活驿站

在绿树成荫的越秀公园著名的镇海楼前，我终于见到一棵心仪已久的木棉树，这是棵参天古树，已有一百四十多年树龄，可惜不是开花季节，我只能想象满树火红的木棉花开的壮观景象了。公园内的五羊雕塑比想象的要大得多，广州又称"羊城""穗城"，没有羊的羊城广州使人们不由得感叹神话传说的巨大力量。

具有浓郁岭南地方文化特色的陈家祠规模之大，建筑之精美，三雕（木雕、石雕、砖雕）两塑（灰塑、陶塑）等艺术珍品数量之多更是远远超乎我的想象。尤其是房屋脊饰上的雕塑，五彩缤纷，琳琅满目，人物、动物、花鸟虫草、各种瓜果，历史故事与人物群像，无奇不有，无一不奇。我的眼睛不够用，词汇贫乏，只能感叹广东72县的陈姓族人太有创意了，他们恨不得把所有的财富与创意，所有的奇思妙想与艺术珍品都堆在房顶上！

城市美容师

高空作业的工人

老广州与新广州，文化与自然、历史与发展、军事与教育、参观考察与休闲娱乐，广州一日游虽然浮光掠影，但我在参观考察中丰富了自己的人文知识，对广州的历史与今天有了更深入的了解。

武当雾凇

单位组织丹江水库、武当山二日游，只有 40 人参加，不到教职工的一半，外加导游和两个司机也就 43 人。不过人少有人少的好处，车的后面两排座位空着，去的路上大家兴致勃勃，打了一路牌，回来路上开了三小时歌咏会，倒也少了长路漫漫的百无聊赖。

乘船游丹江水库的两个多小时阴雨绵绵，大家直喊冷，仿佛又回到了冬天。好在爬武当山时天逐渐放晴。在金顶排队的一个小时里，人们挤得像沙丁鱼一样，仅有立锥之地，还要忍受熊熊燃烧的两炉香火冒出的滚滚浓烟，不时有人想放弃，好在大多数人都坚持了下来。金顶的明朝建筑群别具一格，房檐上的小兽更是精美绝伦。

冰雪中的游客与香客

武当山顶古建筑群　　　　　　　　　精美的檐兽

　　让大家更觉心旷神怡、赞不绝口的，是阳春三月在湖北的武当山竟然欣赏到如此晶莹剔透、美妙绝伦的雪景、雾凇和冰凌，仿佛到了长白山。正如我两周前在新密凤凰山一样，如果我没有坚持到最后，没见到五彩石和一线天，那真是白去了凤凰山。这次也一样，如果我没上金顶，没见到冰雪中婀娜多姿的武当山，那就白去了武当。我再次明白贵在坚持。不想坚持时，放弃的往往是最精华的部分。

2011 年 4 月 4 日

港澳四日游

　　我前年就办好了港澳通行证，却一直未能成行，去年底我终于有机会到南方，于是和朋友一起提前做好了准备。我们总共用时一周，游览了四个之前从未到过的城市：深圳、香港、澳门和珠海。

　　我最喜欢的是花园城市珠海，最不喜欢的是拥挤不堪的香港。深圳不愧为设计之都，建筑比较有特点，起码比火柴盒一样的香港建筑漂亮得多。从港澳三个导游的讲解看，澳门人的幸福指数比香港人高得多。

　　我本来最喜欢跟团游，省事、省心、安全、效率高，可以从导游那儿学到不少东西，但这次跟团游，让我冒出一个"再也不能跟团"的想法。导游说是港澳四天三夜游，实际上算是三天三夜；说是无自费项目、无购物，纯玩团，实际上在香港两天，一天观光，一天购物，什么珠宝店、钟表店、百货店，应有尽有，导游讲到购物最起劲，给人感觉仿佛如果游客不购物，就是对导游和司机的辛勤劳动不感恩，他们就无法养活一家老小，那游客自然罪大恶极。一天下来，我们逛了五六家商店，最后导游还不忘在车上再推销一次纪念品，弄得一些男士尽管不情愿，但面子上下不来，还是乖乖交钱了事。

　　澳门一日游的小导游颇有涵养，细声细气，笑容满面，讲起澳门的医保、教育、养老及各种福利，让人觉得澳门人幸福指数特高，颇令人羡慕，一天下来也只带我们逛了一个购物点。但尽管时间充裕得很，我们也只参观了四个景点：大三巴牌坊、妈祖庙、金莲花广场、巴比伦赌场，并且每个景点给的时间都很少，仿佛行程紧张、不得已而为之，但午饭后却专程把我们送回位于凼仔岛机场对面的中国大酒店，让大家休息三四十分钟。

大三巴牌坊

妈祖阁一角

中英街

　　无论香港还是澳门，我们参观景点的时间都压缩到最短，但购物时导游却都一点不着急，只要还有一个游客对购物感兴趣，其他人就得乖乖等着。即使无人购物，也得等到规定的时间到了，大家才能出店门，给人一种被软禁的感觉，令人非常不舒服。

梅溪牌坊

在深圳和珠海，我感觉就爽多了，有同学带着，好吃好喝好玩好聊，几乎跑遍两个城市的各个角落，唯一感觉不好的是他们几个因为我请假，开车陪我大半天。一趟南方行，把四五个老同学骚扰个遍，高兴之余，颇感不安。

回头想想，四城游给我印象最深的，除了人山人海的中英街，还是建筑。澳门的大三巴牌坊、妈祖庙和珠海的梅溪牌坊是我最爱，还有澳门随处可见的碎石板路，颇有特色。据说这些路还是葡萄牙的石头铺成的。当年葡萄牙从中国运走大量茶叶、香料、丝绸等物，但空船过来不安全，于是在船上装了许多碎石块。这些垃圾一样的碎石块多了，无处堆放，有人想到废物利用，就拿来铺路，倒成了澳门的一道风景。

我一年没有出门旅游，年终岁首，总算出去一次，并且一次去了四个早就想去的城市，长了不少见识，还见了五个老同学，不虚此行。

碎石板路

2012 年 1 月 7 日

名不虚传的村级市

今天我有幸参观了濮阳的西辛庄市，西辛庄果真很漂亮，整个一别墅小区，称作城市似乎也不为过。

村里一百多家七百多口人，住着规划整齐的白墙红瓦小别墅，宽阔的大马路上人车稀少，干净整洁。气派的村委会大楼对面的一块大石头上，刻着村支书李连成的名言："当干部就应该能吃亏。"不远甚至还有两根高高的华表，路边的绿化很漂亮，并且很有西辛庄的特点。家家户户的院墙外，都有两三米宽的绿化带，里面种着各式蔬菜，花草倒不多见。主干道的绿化带里，除了周围的长青灌木，里面同样种着各色农作物：金灿灿的等待收割的麦子，绿油油的豆苗、花生苗、青菜、大葱，还有顺着架子攀爬的豆角秧。村民家里大门都敞开着，一眼望进去，院子里的葡萄藤上挂着密密麻麻的葡萄，柿子和苹果刚挂果不久，或黄或青的杏子压弯了枝头，使人馋涎欲滴。

村里学校、医院及活动设施一应俱全，更难能可贵的是，学校与医院无论从硬件还是软件来看，都不是村级规模，而是按照市级，起码也是县级规模设计的。学校大楼上的玻璃窗上写着"我能行"三个大字，显然是村里人对孩子们寄予的厚望。村里有很多家企业，青壮劳力都上着班，还吸纳了周围一万多人就业，没有人只靠着种地过活。

石刻与华表

医院外的绿化

环境优美的学校

　　而所有这些，都源自这里一个目不识丁却大公无私、敢想敢干的村支书李连成。参观前后，我一直在想，一个人的能量到底有多大？秦皇汉武，唐宗宋祖，华盛顿……尽管李连成无法和上述伟人相比，但他为官一任，造福一方，他的功绩同样值得同辈效仿、后人铭记。

2012 年 5 月 27 日

新疆印象

  我对新疆向往已久，这次承蒙好友关的热情相邀，终于成行。8月3日—8月9日，我和关及其表姐琴姐两家六口一起赴新疆七日游，除了来回飞机占去的两个半天，我们在新疆其实只待了六天，其中四天自驾游：乌鲁木齐两个半天（国际大巴扎、批发市场）和乌市附近三日游（吐鲁番、天池、天山大峡谷）。另外两天参团去北疆的喀纳斯。尽管走马观花，对谜一样的新疆还是有了一个初步印象。

  我们从人口拥挤的河南到新疆，就像对西藏的第一印象一样，首先对新疆的地广人稀印象颇深。新疆约占全国总面积的六分之一，是河南的 10 倍大，但常住人口只有 2181 万（2011），约为河南人口的五分之一。吐鲁番一日游来回的路上，琴姐多次感叹路上见不到一个村庄，更难得见到行人。除了茫茫戈壁，就是规模巨大的风力发电站，还有就是我们面前的高速公路。琴姐很快发现这里的高速公路笔直，于是大家七嘴八舌，历数在戈壁滩上修建高速公路的优势：就地取材、不必拆迁、不必绕行、不占耕地、造价低等。我们在车里感觉不到风的威力，下车后才明白达坂城百里风区名不虚传。达坂城风电厂是中国第一个大型风电厂，也是亚洲最大的风力发电站。无数巨大的、排列整齐的银白色风机迎风而立，非常壮观。风机上三片巨大的扇叶悠闲地迎风慢悠悠地转动，令人浮想联翩。不知好战的堂·吉诃德到了这里，会否立即开战。

　　丰富的水资源与茫茫戈壁沙漠，是新疆留给我的又一印象。一方面，新疆的水资源极为丰富，人均占有量居全国前列，但另一方面，全国沙漠面积的三分之二都在新疆，包括我国前两大沙漠：塔克拉玛干沙漠和古尔班通古特沙漠，以及数不清的茫茫戈壁。秀美的天池，奔腾不息的天池飞龙涧，热闹非凡的喀纳斯湖，调色板似的喀纳斯河、禾木河、布尔津河、额尔齐斯河，还有天鹅湖、盐湖、乌伦古湖，我们走马观花地经过的这些湖泊与河流，足以使我们感受到新疆水资源的丰富。我们乘车飞驰在高速公路上，经常会见到一边是寸草不生的荒漠戈壁，另一边则是潺潺流淌的小河。骄阳下火焰山般酷热难耐，树荫下马上让人觉得犹如在葡萄沟里，阴凉舒适，可谓冰火两重天。

风力发电机

　　按照行程，我们8月6日游天山大峡谷，阿广的父亲路总放下生意亲自陪同，中午请大家吃烤全羊。刚出发不久，导游通知我们17点在火车站集合，大家有点不解，行程单上清清楚楚，19:58的火车，为什么要提前三个小时到火车站？下午16:50开始，导游不停地电话催促，态度恶劣，我们问了数遍，并且说我们行程单上是19:58火车发车，但导游只说17点集合，后来又说18:30进站，就是不告诉我们火车几点发车，也不告诉我们行程单有误！而路总父子知道乌市到北疆只有 19:58 一班火车，于是我们刚开始并不着急。但进乌市之后，大家才有点意识到问题的严重性。乌市到处都在修路，前两天我们已经数次被堵在河滩路上，这次为了避开河滩路，路总决定走乌西高速，但一进乌市就发现高速路口附近也在修路堵车，并且因为不熟悉路线，绕了半天才上路，下高速因为路标有误，来来回回折腾两三次，原本两小时的车程，我们用了整整三个小时。等我们慌慌张张赶到乌西车站，发现火车是 18:58 发车！原来两天前，19:58 的火车被推后到 21:19，而旅行社给我们买的票是刚加的旅游专列，18:58 发车。令人费解的是，从头到尾没有任何人告诉我们火车改点。我们 18:40 到站，可我们的车票已被退掉，无法上车。和旅行社联络员协商半天，我们最后还是不得不改乘 21:19 的火车，但硬卧变成硬座，整整 12 个小时，下火车再坐三个半小时的大巴才能到达喀纳斯景区。好在天无绝人之路，上车后发现临近车厢几乎无人，我们轮流在三人硬座上躺着，总算还睡了几个小时，否则第二天根本无法游玩。

　　尽管有旅行社、导游、路况等种种外因，但无论如何，8 月 6 日晚硬卧变硬座有我们自己的原因。可让我们做梦都想不到的是，8 日晚回程，我们的硬卧再次变硬座，不过后来又稀里糊涂地硬座变硬卧，很有点黑色幽默的味道。我们团共有 32 名游客，快到火车站时，导游说有 18 名游客没有订上卧铺票，其他游客的卧铺票也多是到克拉玛依的，这就意味着后半夜最需要睡觉的时候没了卧铺。导游和大家商量，说旅行社包个卧铺大巴，把大家送到乌市。大家无计可施，只有妥协。可到了火车站，导游又说没有卧铺大巴，让拉着我们跑了两天的那辆大巴车把我们直接送到乌市，这下有几个游客真急了，声称要投诉旅行社。有晕车的早已坐够了大巴，不过大家考虑更多的主要是安全问题，司机已经开车跑了两天，再连夜跑十来个小时，简直不可思议，也不符合规定。眼瞅着导游既变不出硬卧，又变不出卧铺大巴，大家只好再次妥协，无论什么票，先上车再说。我们一行七人里面，五张硬卧到克拉玛依，我和 11 岁的宁宁硬座。后来得知，在关和琴姐的督促下，导游一直在想办法，火车临开车前，他们六人都补上了克拉玛依到乌西的卧铺票，就剩我自己硬座。本想故伎重演，找个三连坐睡觉，但眼看着旁边车厢空无一人，列车员却把门锁得牢牢的，就是不让进。好在开车后，琴姐他们发现卧铺车厢其实空着很多铺位，但补票员硬说没空位。机敏的琴姐先是想方设法把宁宁带进卧铺车厢，后来导游和关出面，又把我带到卧铺车厢睡觉。尽管惴惴不安，但因为前两个晚上都没睡好，在喀纳斯两天也大部分时间都在坐车，因此无论合法与否，上车后便很快睡着了。半夜到了克拉玛依，新接班的列车员查票，我和琴姐被撵出来，导游另找了两个铺位，回到我们的 10 号车厢。我睡宁宁的铺位，宁宁和关挤了一夜，而我旁边的铺位则白白空了一夜！

好景得有好心情，没有好心情，什么样的美景都会黯然失色。无论是网上的介绍，朋友的推荐，还是导游的讲解，都让我们觉得喀纳斯美不胜收，比天山天池更美，但我们的喀纳斯双卧三夜两日游不仅被来回的火车折腾的没了脾气，更被喀纳斯的区间车弄得游兴全无。1500 多元的喀纳斯两日游最后算下来，只在喀纳斯湖边走了半小时，在月亮湾走了半小时，其他时间要么在炎炎烈日下排队候车，要么在景区路上堵车。后来发现区间车之所以久等不见，是因为景区在修路。大家不解，喀纳斯每年的旅游旺季只有三个月，一年有九个月时间可供修路，为何非等游客最多的时候修？除了因修路等车、堵车花费大量时间外，无谓的换乘车也让游客平白浪费大量时间。从景区门口到喀纳斯湖边，完全可以直达，但不知为何中间必须换乘一次，于是来回多了两次排队候车。我们一行七人本想先在喀纳斯湖边好好游玩，回来路上在神仙湾、月亮湾、卧龙湾分别下车，甚至如果有时间，最好可以沿喀纳斯河边步道走过一两个湾，好好呼吸一下喀纳斯的新鲜空气，细细欣赏周围美景。但随着我们等车时间的延长，计划不得不一点点收缩。最后我们只在湖边走了半小时，在月亮湾下车停留半个小时，匆匆忙忙跑下栈道，又匆匆忙忙跑上来。后来证明我们太守规矩了，我们完全可以在景区多玩半个小时。导游说好 8:30 在景区门口集合，因为就我们 7 位没有和大部队一起，我们不好意思迟到，赶到集合地点 8:40，而导游和最后一批游客一个小时后才下来，我们又白白等了一个小时！总之喀纳斯第一天，除了等车就是坐车、堵车，外加总共一个小时赶火车似的游玩。在我们眼里，喀纳斯湖和喀纳斯河远不及天山天池和飞龙涧美丽，因为我们与它们近距离接触的时间实在太少了！

　　喀纳斯湖之行糟糕透顶，倒显得第二天的自费项目禾木村游物有所值了。本来听从朋友劝告，坚决不参加任何自费项目，就在喀纳斯玩两天，但第一天喀纳斯游下来，大家已经兴致全无；另外，我们上车之前，导游已经忽悠全车人乘坐喀纳斯游船，第二天去自费景点禾木村，我们7人不坐游船，导游已经很恼火，听说我们第二天不去禾木村，更是恼羞成怒，让我们自己想办法和他们汇合。综合考虑，我们决定和大家一起去禾木村。禾木村有山有水有草原，有成片别具特色的小木屋，还有大约是世上最小的邮政所禾木邮政，倒也不虚此行，更难得的是这次来回都只需乘坐一次区间车，没有为等车花费太多时间。还有，谢天谢地，导游给了我们差不多两小时的游玩时间，让我们有比较充分的时间可以走走看看。

　　在山头观景台上，为了拍禾木村全景，我走出人群很远，好不容易看见一个小伙子，就让他帮我拍照，没想到小伙子还挺幽默，说："好啊，想找个路人帮你拍照，难着呢，因为你走出去太远了！"后来听他对一个孤零零还往远处走的女孩喊："还往前走啊？"我以为是叫女朋友，后来等车时又见到这个小伙子，他举着小旗，原来是个导游。他既有幽默感，又肯为一个游客多走那么远的路，大概是个不错的导游吧，可惜我们无福。总之，所谓的喀纳斯两日游，我们实际在景点游览的时间只有三个小时，是最名不符实的一次游览。

　　新疆的东西论公斤卖，我直到最后一刻还很不适应，还闹个了小笑话。在乌市的前两天，我们都在新疆师大附近早市吃早点，顺便买点水果。出于习惯，我通常会指着一件东西问："多少钱一斤？"小贩会回答多少钱，但并不说明是一斤还是一公斤，我自然以为是我问的一斤。第二天早上琴姐买西瓜，我又问："多少钱一斤？"答曰："九毛。"我顺口说："不会吧？我们昨天买的一元两斤。"小贩笑了："我们是九毛一公斤啊。"原来他们的一斤指的就是一公斤，无语。但以后几天学乖了，问了价钱，都要补上一句"是一公斤吧？"积习难改，无论我还是小贩，都是一样，大概需要多住几天才能习惯新疆的公斤卖东西。

阿凡提故居旁的小哥俩

禾木邮政小屋旁骑马的孩子

葡萄沟的移动话吧

王洛宾音乐艺术馆

也许是牛羊肉和哈密瓜吃多了的缘故，加上本身就爱上火，我到新疆第三天就开始嘴上起泡，回来就又是感冒又是拉肚子。但无论如何，新疆之行还是值得的。阿广和其女友是很称职的司机兼导游，路总慷慨大方，关和琴姐两家都是很好的游伴。除了未成年的宁宁，他们两家有五人会开车，可以轮流休息，就我一个既当灯泡又当乘客，乐得专心致志地享受窗外的美景。吐鲁番葡萄沟，天池和飞龙涧，天山大峡谷及草原牧场，还有喀纳斯和禾木村都很美，值得一游再游。除了阿凡提故居，我们这次还参观了王洛宾音乐艺术馆，对人民音乐家王洛宾多了一些了解。下次如有机会，我一定要在喀纳斯和禾木村住上两晚。

2012 年 8 月 2 日

西游阿曼散记

阿曼（阿曼苏丹国，Sultanate of Oman）之行虽然一波三折，却是我首次到中东，短短 6 天的所见所闻牢牢地刻在了我的记忆里。

出发前的准备

收到阿曼签证之前，我一直在纠结如何到阿曼驻华使馆换取出国证明。其实很简单，只需要护照复印件和签证复印件即可，费用 90 元，两个工作日便能办好。为了这件事我专门跑一趟北京肯定不合算，求朋友帮忙意味着他需要跑两趟使馆，完了还需要帮我寄回来，很麻烦。

9 月 5 日，我收到 Yasser 发来的电子签证，马上便给阿曼驻华使馆打电话，希望可以把材料和相关费用寄过去，然后使馆再把办好的出国证明快递回来。但工作人员回答没有这项业务，不过倒是给了中介周先生的电话。我立即联系周先生，要了他的电子邮箱，把两个复印件发过去，周先生马上回复"资料收到，马上去办"，我顿时松了口气。两日后办好，9 日就收到了快件。费用总共 500 元，虽说贵点，但总比自己跑一趟北京划算得多，也比求朋友帮忙安心得多。第一次发现中介太可爱了！

我虽然为这次阿曼之行准备了很长时间，查了许多资料，自以为很充分，但因为这些工作大都是订过机票之后才做的，难免还有许多缺憾：一是对阿曼了解越多，越觉得返程机票订早了，应该在阿曼多待几天才好。二是出发当天上午才了解到，如果在卡塔尔首都多哈转机时停留时间超过5小时，就可以申请多哈半日游，而我订机票时，只知中转不让出机场，只留了两小时。

我9月17日15:30出发，坐机场大巴到郑州，先飞北京，再飞卡塔尔首都多哈，然后转飞阿曼首都马斯喀特（Muscat）。当地时间10:30从马斯喀特机场出来，顺利坐上布赖米大学接机的小车，下午两点到达布赖米宾馆（Al Buraimi Hotel），前后近27小时，实际飞行时间不到11小时，回程同样花二十七八个小时。满打满算，我在阿曼待的时间不到6天5夜，其中七八个小时在马斯喀特到布赖米的往返路上，途经漂亮的海滨城市苏哈（Sohar）。

千 堡 之 国

尽管我只在布赖米和马斯喀特待了6天，但对阿曼千堡之国的美却深有感触。

皇宫附近的军事重地及背后的城堡

阿曼位于阿拉伯半岛东南部，面积 30.95 万平方千米（2/3 为沙漠），与阿联酋、沙特、也门等国接壤，濒临阿曼湾和阿拉伯海，海岸线长达 1700 千米。人口 277 万（2010），官方语言为阿拉伯语，通用英语。货币为阿曼里亚尔（Rial），一里亚尔约合 17 元人民币。除东北部山区外，均属热带沙漠气候。全年分两季，5 月至 10 月为热季，气温高达 40℃。阿曼是阿拉伯半岛唯一拥有海滩、山地和沙漠的国家，加上原汁原味的中东风情，是中东游的理想胜地。

布赖米宾馆前的城堡模型

阿曼是阿拉伯半岛最古老的国家之一，公元前 2000 年已广泛进行海陆贸易活动，并成为阿拉伯半岛的造船中心。公元 7 世纪成为阿拉伯帝国的一部分。1508—1650 年被葡萄牙统治，1742 年波斯人侵入，后来被英国殖民主义者长期掠夺和控制。1973 年，英国军队撤出阿曼。

阿曼现存古堡要塞 500 多座，因此有千堡之国的美称。布赖米市中心就有一座古堡，可惜大门紧锁，只能从外面观赏。首都马斯喀特是一座中世纪的古老港口城市，老城周围光秃秃的山头上，古堡、要塞、瞭望塔更是随处可见，无言地诉说着这座城市的历史与沧桑。葡萄牙统治时期所建的米拉尼（Mirani）和杰拉里（Jalali）两座军事堡垒是马斯喀特最具代表性的历史古迹，只可惜米拉尼正在修缮之中，我未见其完整风貌。绕着米拉尼古堡转了大半圈，我发现其背后是一个海湾，不远处的海湾尽头，又是一个古堡。于是我沿海边步道一直往西走，但在一个大门前被拦住了去路，原来那里是军事重地。

实际上，在我看来，阿曼千堡之国的美称之所以名副其实，不仅仅因为这些古堡要塞，更因为阿曼人对古堡深入骨髓的热爱。其一，古堡造型是阿曼人装饰点缀的元素之一，极具特色。在会议代表居住的布赖米宾馆楼前的圆形花池里，就赫然矗立着一座小型古堡，从大街上就看得清清楚楚，遮挡着大半个宾馆大楼。离宾馆不远，两条主干道之间的绿色隔离带中，同样有一座古堡模型。而在马斯喀特老城 Bait Al Zubair 博物馆的袖珍花园里，有一个袖珍古堡王国，大概是阿曼各地古堡的集锦，非常令人震撼。其二，布赖米及马斯喀特街道两旁的建筑物，大都墙厚窗小，结实大气，加上部分房屋圆形瞭望塔式的造型，酷似古堡。可见，阿曼人对古堡确实情有独钟。

乳 香 之 邦

乳香（frankincense）是阿曼的特产，堪称阿曼的国宝，阿曼因此有乳香之邦的美称。阿曼人对乳香及相关香水产品喜爱有加，乳香已渗透到阿曼人生活的各个角落，成为其重要组成部分。

乳香是从奇特的野生天然乳香树上分泌出来的树脂。公元前 450 年，历史学之父、古希腊历史学家希罗多德在他的传世名作《历史》中，就曾提到过乳香："举国上下到处飘荡、散发着绝妙的甜香。"在漫长的 4000 年历史中，乳香贸易一直是阿曼的经济支柱，直到 1939 年，乳香贸易仍占阿曼出口额的75％。据说乳香还有许多实际的功用，可以用来治病和美容，因为它有解毒功能，当地人一直用乳香入药，帮助消化和祛痛。

在马斯喀特老市集——马特拉市场（Mutrah Souq）里，不乏专门经营各色乳香及相关产品的小店。该市场由一条小街和两旁发散出去的无数条狭窄的小巷组成，无论是小街还是小巷两旁，满是经营各色商品的小店铺，有琳琅满目的阿曼传统银饰及阿拉伯工艺品，有色彩斑斓的克什米亚长裙和披肩，有穿着黑白两色长袍的熙熙攘攘的阿拉伯人群，空气中则总是弥漫着乳香的浓浓香味。

乳香小店

阿曼男人尤其酷爱乳香，"闻香识男人"是阿曼的特色。在布赖米宾馆大厅，身穿白色长袍的阿曼朋友 Said 当众把烟雾缭绕的乳香炉塞在长袍下，身体力行地为大家展示阿曼男人对乳香的钟爱。我上前凑热闹，没有长袍可熏，只好熏熏我的双肩背包了。

在马斯喀特的三天，我们在 Said 的带领下逛了两次马特拉市场，大家多多少少都有收获。最后 Said 又特意把我安顿在市场旁边的 Naseem 宾馆，使我在最后一天半的阿曼行里，得以多次在市场里闲逛，更多地感受阿曼人的衣食住行。

为了让欧洲文化课的学生对阿曼乳香之邦的美称有一点感性认识，我特意买了一袋乳香、一个香炉和一袋焚香用的木炭，可惜好像没几个学生感兴趣，许多学生甚至都懒得看一眼，大大出乎我意料。

除了乳香，阿曼还盛产玫瑰、茉莉等香料作物，首都马斯喀特历来就是经销这些香料的地方。因此，在阿曼，只要有人群聚集的地方，空气中就有浓郁的香料气息。乳香之邦的美称确实名不虚传。

搭 便 车

阿曼的旅游业很不发达，出行也不方便。首都马斯喀特和布赖米都没有公交车，出租车虽然不算贵，街上跑的却不多。对我这样的游客来说，要么步行，要么出租，还有一种途径，那就是搭便车。据说在阿曼搭便车非常普遍，从未尝试搭陌生人便车的我，这次有了三次搭便车的经历。

在布赖米有过一次被动搭便车的经历，想来有点后怕。

马斯喀特古城门博物馆

布赖米不大，报到的那天晚上，我先后搭 Said 和 Yasser 的车在布赖米转了两圈，主要看街景和周围与阿联酋的边境线。但在布赖米的两天时间里，我两次独自一人出来参观布赖米的店铺和街道。最喜欢的还是其富有特色的古堡般的建筑，当然还有随处可见的清真寺。为了近距离欣赏布赖米最大的清真寺，在布赖米的最后一天早上，我起了个大早，独自往不远处的清真寺走去。

远远看见清真寺的塔楼，大概只剩四五百米远时，一辆小车在我身旁戛然而止，开车的老先生示意我上车。短短几分钟车程，和老先生有简单的交流，他的英语词汇不多，我当然对他的阿拉伯语一无所知。到教堂门口，我表示感谢，准备下车，这时让我吃惊的事情发生了，老先生捻捻手指，然后伸出三个指头，示意要我付费。我尴尬之极，告诉他我身上一分钱没带，手里只有一个相机，一副眼镜和一把房门钥匙。他指指我的相机盒子，原来他把它当钱包了。我打开盒子，给他看看相机。没办法，他只好让我走了。无论他要的是 3 还是 0.3 个里亚尔，都够贵的。

马斯喀特的清真寺和古堡

在马斯喀特两次搭便车的经历就愉快得多。马斯喀特由马斯喀特、马特拉（Mutrah）和鲁威（Ruwi）三个区组成。我在阿曼最后一天半住宿的 Naseem 宾馆位于马特拉区古老的马特拉市场旁边，窗外就是船只往来频繁的港口，港口里停泊着两只大型游艇，据说是以前的皇家游艇。22 日晚饭后，我独自沿着海滨大道往东走，希望能够走到马斯喀特城门博物馆（Muscat Gate Museum），一路走，一路欣赏两边的夜景。走出去一个小时，还不见城门的影子，倒是发现一个漂亮的海滨公园 Riyam Park，只好决定放弃。正好有辆车从公园停车场出来，我决定试试运气。车上两个小伙子很爽快地让我上了车，路上我们聊得很愉快。第二天早上我 6:30 从宾馆出发，继续去马斯喀特区寻找城门博物馆，再次顺利坐上顺风车。听说我对博物馆感兴趣，小伙子很热心地过了城门博物馆，把我放在另两个博物馆中间。那天上午，我在马斯喀特老城逛了 5 个半小时，四个博物馆、三座古堡、两座城门、四五座清真寺，当然还有庄严气派却又不失俏丽典雅、色彩斑斓、极具特色的阿拉伯式宫殿——阿曼皇宫，都使我流连忘返。除了在 Bait al Zubair 博物馆里见到两对夫妇外，无论街上，还是在景点，我都是唯一的游客。中午 12 点，为了赶回去参观宾馆旁边的 Bait al Baranda 博物馆，我拦了一辆出租车返回宾馆，花了 200 Baisa（1里亚尔＝1000 Baisa）。这是我在阿曼第二次坐出租车，与前一天一样，司机并不漫天要价，尽管阿曼的出租车没有计程器，尽管我一看就是个外国人。

阿曼皇宫

前一天下午，为了修那个糟糕透顶的松下相机，我 16 点从宾馆出来，先是在马特拉市场逛了 1 个小时，无意中见识了空荡荡的市场里一家家店铺哗啦啦开门营业的景象。好不容易等到几家电子维修部 17 点钟开门，但问了三四家，都修不了，每个老板都建议我去 4 千米外的鲁威区。我截了一辆出租车，司机是个黑人小伙子，要价 3 里亚尔。我试图还价，但他说不能再少了，往返价，我没想到他说的是往返价，立马成交。从马特拉区到鲁威区，拐了无数弯，钻了无数小胡同。问了四五家电子修理部，最后终于找到修相机的地方，老板说最少需要两三个小时。我在马斯喀特只有一天时间了，实在等不起，于是临时决定买个新相机。小伙子又拉我去一个大超市。随着时间的一点点流逝，我自己都不好意思了，主动提出多付他一个里亚尔。但回到宾馆，我发现前后用了整整一个半小时，就给了他 5 里亚尔，问他够不够，小伙子表示满意。两次打车、两次租车给我的感觉，阿曼的小伙子很有绅士风度。但第三次租车，碰上个精明的印度小伙子，在阿曼做生意 6 年了，晚上开黑出租。因为是宾馆老板帮忙联系的，不好再说什么，一路上聊得也很愉快。但之前说好 8 里亚尔，到机场后他说没零钱，硬是少找我 1 里亚尔。

三次搭便车，三次坐出租，使我有幸与更多的阿曼本地人交流。听说我来自中国，他们都知道那是个遥远的国度，但都表示我并非他们所见的第一个中国人。可见在阿曼这么一个旅游不发达的小国，也有中国人的身影。

阿拉伯男子

"传统的阿曼穆斯林女性是养在深闺，即使嫁为人妇之后，也是身入深海侯门，不用外出工作。但是毕竟到了现代，女人不工作的日子一去不复返了。"对网友博文《阿曼的穆斯林女人》中的这两句话，我体会更深的还是第一句。

在阿曼六天，除了布赖米大学教职工，我只在布赖米宾馆前台见过一个女性工作人员。许多在我们看来传统女性的工作，都由阿拉伯男性做着，这大大颠覆了我的固有观念。宾馆房间服务员，清一色男性小伙子，娴熟地整理着乱七八糟的床铺，看我慌慌张张地回去拿空礼品盒，羞涩地告诉我跑错了房间；布赖米街边无论是男性还是女性成衣店里，都坐着两三个正在缝纫机边忙碌的男裁缝，看到我进门，无不好奇地停下手中的活计，悄悄打量我这个来自远方的游客；各类饮食店里，年龄各异的男服务员彬彬有礼，热情周到，麻利地跑进跑出；马特拉市场形形色色的店铺前，男店员热情地招揽顾客，不厌其烦。埃及的 Marwa 选了一条披肩，从 35 里亚尔还价到 8 里亚尔，最后还是没要，小店员不恼不火，照样礼貌地欢迎我们再来。回来路上，Marwa 果然买了它。

　　羞涩、友好、热情、礼貌、勤劳，是我对阿曼男人的初步印象。在布赖米街边绿化带，一个穿着绿色制服的工人正在骄阳下用水龙头为花草浇水，他显然听不懂英语，但我摇摇手里的相机，问他可否照相，他羞涩地点头同意，并很认真地看着我的镜头。在马斯喀特城门博物馆，两个工作人员看我等在城楼上，主动提前开了博物馆大门。等我出来，他们正在用水龙头冲洗外面的楼梯，想到沙漠中水贵如油，这么哗哗流着着实令人心疼，于是我再次举起照相，他们同样很配合。尽管觉得浪费，但却明白了沙漠之国为何那么干净整洁。

布赖米宾馆前的园艺工

　　其实只要看看我的几个埃及老朋友，就明白工作的确不是阿拉伯女人的第一要务。2006 年我在洛杉矶访学时，结识了三个埃及朋友：Yasser，Said F.

和 Mansour，他们的妻子都是硕士毕业，但结婚后相夫教子就是她们唯一的工作。三家如今有七个孩子，最大的 10 岁，最小的刚出生几天，Yasser 的第二个孩子马上出生。不过他们一致认为，等孩子大了，妻子还是会出去工作。一个男人养活全家四五口，甚至更多，想起来都替他们捏把汗。难怪三个埃及朋友除了 Said 刚回埃及开罗工作，Yasser 如今在阿曼，Mansour 在离阿曼很近的阿联酋工作。不过这也是让我非常羡慕的一点，对他们来说，出国工作似乎是家常便饭。

阿曼之行已成历史，但阿曼却永远留在了心里。

2012 年 10 月 1 日

大连黑色幽默之旅

美丽的海滨城市大连，是我此生必去的地方之一，最近终于有机会成行，颇为期待。提前几周订好不得退改签的往返特价机票，加上保险等费用，共 970 元。拿到票才发现把周五当成了周四，白白浪费一天时间，更没想到此一小小失误，竟然导致一连串错误，直至误机，最后不得不花 1070 元买了一张 7 个多小时后的全价机票，真是一次黑色幽默之旅。

为保证不再误机，老早就从旅顺出发，没想到从旅顺到大连机场比我想象的要顺利得多。原想要回到黑石礁车站，如果时间宽裕，甚至还可以到市中心转转，然后再去机场。没想到竟然有直达机场的大巴，因此提前近三个小时就到了机场，而航班又晚点近一个小时。总之只有我错过的那架航班正点到达。

我在大连，有老朋友小陈带着吃带着玩，大连的美景看了不少，但两天的旅顺之旅，更觉得收获颇丰。从大连坐汽车到旅顺，只要 50 分钟。我在旅顺汽车站下车，看到街对面有家旅馆，就进去了。房间便宜得很，只要 60 元一间，只是没有独立卫生间，第二天也没调到 100 元一间的标准间。但那地方吃、购、玩都很方便，早上甚至还有规模庞大的早市，市场内水产丰富，海滨城市的特色尽显。后面是白

军港旅顺口

玉山和军港旅顺，旁边是市中心的世达广场，斜对面是万忠墓，公交 3 路可到胜利塔、旅顺博物馆和日俄监狱，只有苏军烈士陵园远点。与大连相比，我更喜欢旅顺，高楼少，建筑比较有特色，较安静，可看的地方也多。我重温旅顺的灾难史，了解北洋舰队全军覆没的悲壮过程，想象近两万名旅顺同胞被残杀的情景，都使人不寒而栗。勿忘国耻，后人当自强不息。

万忠墓

胜利塔

旅顺博物馆

苏军烈士陵园

　　与每次出去一样，尽管这次大连之行故事与状况不断，但没留任何遗憾，该看的看了，该吃了吃了，该会的朋友也会了，非常开心。

2014 年 5 月 29 日

桂林山水甲天下

　　一直以来，我对纯自然风景兴趣不是很大，总觉得自然风景适合度假，不适合旅游。自然风景看多了，觉得都差不多，比如天山天池与加拿大西部的路易斯湖，三亚与夏威夷，云南石林与美国布莱斯国家公园，都惊人地相似。人文景观则不同，各地的人文历史往往相差较大，置身其中，可以长知识、阔视野。如果人文景观与自然景观兼而有之，当然最为理想。20元人民币背面的桂林漓江山水，位于兴坪的阳朔。"桂林山水甲天下，阳朔堪称甲桂林"，这吸引我到桂林一游，并且很快发现桂林山水果然与众不同。

阳朔街景

以"山水甲天下"著称的桂林果然山水随处可见。漓江和桃花江在市内蜿蜒而过，在象鼻山交汇。放眼望去，在街道尽头，总会有些馒头样的小山头出现。市内公园林立，以象鼻山、伏波山、叠彩山、七星公园、两江四湖等为代表的桂林公园里，湖光

兴坪山水

山色，绿树成荫，小桥流水，摩崖石刻，既是本地人健身休闲的宝地，又是游客趋之若鹜的旅游胜地。就连桂林理工大学与广西师大旅游学院所在的靖江王府，也都有小山（屏风山和独秀峰）供人瞻仰攀爬，令人惊羡不已。市中心的独秀峰和伏波山在周围的平地上拔地而起，都只有几十米高，周围却悬崖峭壁，远看只有一栋大楼的规模，实在神奇得很。

桂林山水

靖江王府

不过桂林山水的神奇之处，直到乘排筏（形似竹排）畅游漓江时，才真正领略一二。宽阔平缓的漓江上，排筏星星点点。排筏上三三两两的游客，或拍照，或戏水，或打水仗，或静静欣赏漓江两岸的青山绝壁。我们从杨堤上了排筏，很快发现这里的石壁酷似形态各异的泼墨画，仿佛有人不经意间，在这些石壁上挥洒了许多墨水，淋漓酣畅，形成许多奇形怪状的图案，令人浮想联翩。最奇妙的当然是著名的九马画山，黑白灰黄色彩斑斓，虽难以辨认出九匹骏马的形状，仍被这鬼斧神工的大自然杰作所折服。

桂林的"山清、水秀、洞奇、石美"四绝中的洞奇，在芦笛岩展示得淋漓尽致。几年前参观过云南的九乡溶洞，颇为震撼。芦笛岩与九乡溶洞一样，同为喀斯特地貌，因此本不对它抱太大期望。但芦笛岩千姿百态的钟乳石奇观，还是美得令人难以置信。石乳、石笋、石柱、石幔、石花、石瀑、石鼓、石钟、石琴，令人眼花缭乱，不得不佩服大自然的神奇。

陈毅曾感叹"愿做桂林人，不愿做神仙"。桂林人果然幸福指数极高，公交车上一位大姐说起桂林，一脸的骄傲与幸福，说自己跑了很多地方，最后发现还是自己的家乡桂林最漂亮。独秀峰的读书岩边，两三个学生在早读，而她们的宿舍，就在

九马画山

旁边绿树掩映的三层黄墙红瓦小楼里，古色古香。一早一晚，两次去靖江王府，除了读书的学生，就是健身的市民，宁静、祥和、友好的氛围，在他们热心的话语中尽显无遗。辛勤劳作的桂林普通工人，尤其使我感动。颤巍巍的吊桥上拉着满满一车沙子奔跑的桂林工人，烈日下正阳街上的清洁工，不知他们的幸福指数如何，但正是他们的辛苦工作，才使桂林不仅山美水美而且干净整洁，环境优美。

读书岩下读书人

吊桥上的工人

桂林正阳街

短短五六天的桂林之旅，我多次品尝了桂林米粉，比这辈子吃到的加起来都要多。无论街边小摊，还是著名的崇善米粉，或是早中晚餐，都可以吃到米粉，还有干粉、汤粉、炒粉、圆粉、切粉、宽粉，因为不懂这诸多分类，也闹过不少笑话。

桂林、漓江、阳朔、兴坪，到处美不胜收，桂林山水果然名不虚传。

2014 年 7 月 6 日

泰国、柬埔寨佛国记

旅游的魅力之一，是旅行中应接不暇的新体验与新感悟。衣食住行游购玩，与当地人和来自世界各地的游客有意无意的接触，都可能给人带来全新的感觉与思考。穿上当地的民族服装，品尝地方特色美食，入住物美价廉的家庭旅馆，搭乘各式交通工具，穿梭于各具特色的名胜古迹与大街小巷之间，买个把别致的小物件，孩子般玩些新花样，闲聊中了解各地文化与风土人情，都将成为人生经验的一部分，珍藏于记忆之中。

我与两个朋友一起两周的泰国和柬埔寨（以下简称泰柬）自由行，虽然只去了曼谷、清迈、金边和暹粒四个城市，却体验了太多的人生第一次，有过太多或美妙或窘迫的人生体验。

人 在 囧 途

回想起这次泰柬行，我觉得自己简直是经历了一出现实版的《人在囧途之泰囧》，尤其是行与住。首先是行之囧。这次之所以选择泰国和柬埔寨作为旅行目的地，最主要是因为它们都是落地签，省去了提前签证的诸多麻烦。我一直想去土耳其、俄罗斯和印度，但又不想跟团，于是退而求其次，在可以落地签和自由行的四十多个国家中选择，首选尼泊尔、孟加拉国和巴基斯坦，也考虑了印度尼西亚和斯里兰卡，但最终因为机票票价等原因，选择了泰国和柬埔寨。当然，吸引我们的不只是落地签，最重要的还是闻名遐迩的吴哥窟和令人眼花缭乱的泰国寺庙。

然而正因为方便的落地签，我们闹了个大笑话。我拿过美国、英国和申根签证，都是多次入境，因此这次设计行程时，我压根没想到会是单次入境，只想着只要拿到签证，就可以随意在两个国家间往返。经验主义害死人，一个小小的失误，导致我十天内两次泰国落地签。不过任何事都有两面，我哭笑不得的同时，却体验了曼谷两个机场两种不同的签证政策，也算不枉折腾两次。我2月4日晚9点到达曼谷素万那普机场，赶上曼谷的入境高峰，排了两个半小时队才顺利入境。但2月13日中午从暹粒到曼谷的廊曼机场，虽然没多少人入境，但验收签证材料的工作人员说我们照片不合格，让去旁边重新照相，额外缴纳100泰铢（约20元）费用。我想据理力争，指着对面墙上贴的签证材料要求说上面明明写着4厘米×6厘米照片，并且给她看我10天前刚在素万那普机场拿到的落地签。但工作人员只是摇头，让我看面前墙上的照片规格，按照这里的照片要求，我们的照片确实小了点。县官不如现管，我们只能乖乖交钱照相了事。好在人不多，尽管被多折腾一下，我们也只用半小时就入了境。

与泰国相比，柬埔寨的落地签效率很高，几十位游客，外加一个29人的中国团，不到半小时签完。一排七八个工作人员，流水作业，护照在他们手里过一遍，最后一名工作人员负责发还已带签证的护照。有意思的是，隔着前边十几位金发碧眼的西方游客，工作人员示意我上前，我喜出望外，没想到这么快就拿到签证，上前却发现那是另一个中国女游客的护照。接下来只要是中国护照，他都会特意多看两眼，后来大概他对自己识别照片的能力没了自信，要求我把名字写下来，还示意我别走，就站在那儿。随着一个个中国护照被导游拿走，工作人员开玩笑，说我的护照大概不翼而飞了，我也开玩笑说只要人不丢就行。中国旅游团的护照发完后，又发了十几位我前边排队的游客护照，才终于轮到我。

旅行不只像《旅行的艺术》所阐述的那样，能激发人的思维，而且更能展示人的本性。为节省开支设计的路线，害得我们走了此生最多的冤枉路，我再次认识到自己丢三落四、顾此失彼、好了伤疤忘了疼的老毛病。前年夏天我首次欧陆行，伦敦往返巴黎，巴黎往返罗马，罗马往返佛罗伦萨，罗马往返那不勒斯（庞贝古城），凭空制造很多麻烦，走了不少冤枉路，花了不少冤枉钱，于是吸取教训，后两次欧陆行全是单行线。可惜吃一堑长一智中的那点智，存留的时间太短暂，仅仅一年半后，那次教训在我脑海里已消失得无影无踪。因为往返金边和遍粒机票都很昂贵，于是我决定从泰国进出。在整个行程确定之前，我提前两周订好郑州往返曼谷和曼谷往返遍粒的机票，这不只意味着我们需要两次入境泰国，而且后来曼谷往返清迈，遍粒往返金边，都成了行程中最忌讳的往返，耗钱耗时间，真是得不偿失。最可笑的局面出现在金边到清迈的行程中。虽然没有直飞，但金边到清迈（曼谷中转）最快只需四个半小时，而我们却不得不从金边回到遍粒，又从遍粒飞到曼谷，再从曼谷飞到清迈，硬是折腾了二十多个小时，晚上还在遍粒又住了一晚。好在大方向都是往西北走，不算走很多冤枉路。但最后一日回程，可笑的局面再次出现。本来从清迈直飞郑州即可，大不了中间转机一次，我们却不得不先飞东南的曼谷，再飞东北的郑州，中间在昆明转机，总共又是二十多个小时。好在我的两个同伴心态都超好，丝毫没有抱怨之意，反而津津有味地在遍粒和曼谷故地重游，我也只好说我们只当坐飞机玩了。

　　不过也并非毫无益处，遍粒往返金边的旅程，轮船去，大巴回，路上都需要六七个小时，使我们有机会沿途饱览柬埔寨独特的乡村风光：洞里萨湖神奇的漂浮村落，船上打鱼的渔民，星星点点的吊脚楼，挺拔的椰子树，啃草的白色牛群，尘土飞扬的工地，坑坑洼洼的路面，成群结队的摩托车，最不可思议的是连这里的草垛都是吊脚的。可想而知如果不是旱季，柬埔寨一定阴雨绵绵，潮湿闷热，吊脚楼和吊脚草垛大概都是用来对付雨季的。可现在正是旱季，汽车在尘土飞扬的黄土路上颠簸，我们在车况不错的大巴车里摇晃，我猛然想起 1992 年 8 月，怀着七八个月身孕的我坐在长途大巴上，行驶在同样尘土飞扬、坑坑洼洼的黄河大堤上，回老家参加弟弟的婚礼。年轻的女售票员倒挺幽默，劝大家把车窗关紧："否则到站就找不到人了！"早听说柬埔寨的基础设施差，长途车危险，真正走了一回，才明白为何金边到暹粒311千米，却需要六七个小时。

不过在柬埔寨最有意思的乘车经历发生在接我们去轮渡的中巴车上。我在暹粒预订了到金边的轮船票，发现他们还负责到旅店接我们去码头，我喜出望外。更多的惊奇还有后头。10日一大早我上车后，发现只剩三四个座位，心中暗喜，因为按照以往经验，这意味着可以直奔码头，不必再兜很多圈接人。又上来三四个人，车满了，大家觉得该直奔码头了，没想到一会儿车又停了，又上来五六个。车上的人面面相觑，不知负责接人的那位七十多岁的老太太如何安置新上来的游客。加座也满了，老太太示意大家再挤挤，再挤挤，于是21座的中巴车，最后硬是塞了整整30人，还有大大小小无数件行李。前边有人举起相机，让大家看镜头，后边人也很配合，嬉笑做鬼脸。然后大家纷纷拿起相机，记录这难得的亲密挤车经历。老太太最后来一句："很抱歉，各位！"大家嬉笑表示接受，没有人认真，因为心里都明白，这是去码头，不是去几百里外的金边。

说起泰柬两国的交通，就不得不提起他们大名鼎鼎的突突车（嘟嘟车），因为除了曼谷公交便利点之外，其他三个城市都几乎没有公交系统，金边的公交车也只有那么几条，出行只能靠满大街都是的突突车，稍远点就只能订出租车了。想起在欧美两年，只打过两次出租，而这次在泰国和柬埔寨，打出租或包车却成了常态。不过无论突突车，还是出租，算下来价钱和欧美的公共交通其实差不多，物价整体还是偏低，难怪有网友戏称在泰国和柬埔寨可以冒充富人了。不过在清迈，碰到一个最奇怪的包车行规：不能拼车。曼谷到清迈的航班上，旁边正好坐着一个江西上饶的女孩小许，独自在泰国旅行，聊了一路，觉得还挺投机，并且订的房间都在清迈老城区附近，于是邀请她和我们一起打车，正好四人，肯定比两辆车便宜。但出机场找到出租车之前，有人先把我们拦住了，灰色商务，到市里只需15分钟，160泰铢（约32元），我们觉得还行，就准备上车，但一听说我们需要去两个酒店，调度马上不干了，说如果非要乘一辆车，那也需要出两辆车的车费。小许看我们秀才遇到兵，干脆自己先打一辆车走了。最后回机场本想再打出租，但清迈市面上其实见不到出租车，所有的出租都需要从机场叫，真是怪了。我们在街上拦了辆清迈有名的双条车，这种车与我们的电动三轮和突突车相似，100泰铢。

总之除了摩的，我们尝试了泰柬两国从古至今几乎所有的交通工具：飞机、轻轨、出租、突突车、双条车、长途客车、公交车、旅游中巴、轮船、竹排、牛车，还有大象。我在巴戎寺前看人坐在高高的象背椅上逍遥自在，于是一到清迈就迫不及待地预定了第二天到美莎大象学校的一日游。然而首次近距离接触大象，并且高高在上地坐在象背上，却像几年前在内蒙古的响沙湾骑骆驼一样，觉得一点儿都不好玩。随着大象每次缓缓迈动笨拙的大腿，尤其是上坡下河，我们在象背椅上就要前后剧烈颠簸一次，虽然前边有护栏，旁边的朋友还是直担心自己会被摔下来，我则两手紧紧抓着背包，唯恐把它掉到河里。想起在曼谷国家博物馆看到的泰国历史上有名的象战，不免替那些早已作古的战士们捏把汗。我们只是坐在象背上观景，就这么心惊胆战，而他们还要和敌人进行殊死搏斗。

住宿风波

我每次出去旅行，住与行一般都提前预订，对住宿，一般会考虑四个原则：安静、干净、方便、实惠。除商家的描述，我主要参考网友评语，往往八九不离十。但房间到底如何，只有入住以后方知。这次泰柬行总共游览四个城市，却住了7家旅馆，创下住宿三最，并且第一夜就经历一次从未有过的住宿风波。

在曼谷的第一夜住在市中心民主纪念碑旁 Baan Dinso（丁索屋酒店）二号店的小房间，那是我迄今为止住过的最小最吵的房间。房间大概只有四五平方米，突突车一晚上都没消停过。除一张单人床，房里只有一把椅子，一个小床头柜，并且被褥大概不干净，早上起来浑身发痒，想起女儿和姐姐的经历，不免心有余悸。女儿去年夏天在厦门染上疥螨，瘙痒难忍，晚上尤甚，更倒霉的是刚开始以为是湿疹，没太当回事，白白受了两个月罪。而姐姐两个多月前患带状疱疹，也是刚开始被误诊，耽误了最佳治疗期，现在还经常疼痛难忍。而我之所以住进这个倒霉的小房间，完全由旅店失误造成。我行前做攻略，见到网友说订好的房间被占，不得不临时再找房间，却做梦都想不到同样的惨剧也会发生到自己身上。提前两周订好的 Baan Dinso 一号店两间房，半夜入住时才发现我的单人间已被占用，值班的前台姑娘给我说明情况，带我去另一家店。无奈，只好拉着箱子再出发，说只要安静就好，因为我对噪音特敏感，之所以选中 Baan Dinso 一号店，就是因为它位于民主纪念碑西南一点的小街里，闹中取静。没想到二号店位于街角，加上突突车噪音特大，弄得我一晚没睡，早上不到六点就回到一号店，给前台说我想搬回来，但她说第二天才有房间，只好作罢。后来却发现楼上明明有空着的单人间，却被告知那是给订好房间的客人预留的，而我明明也是之前预订的，却被撵去另一家店，真是人善被人欺，岂有此理。我不找他们麻烦，他们反而这么欺负人，简直是欺人太甚。交涉半天，总算搬回来。这里的房间也大不了多少，但干净、安静，皮肤再没出问题，谢天谢地！

第二次入住暹粒，是整个行程中唯一没有提前预订住宿，冒险临时找房间的一次经历，且住的是有生以来最便宜的旅馆房间，带有独立卫生间，每晚只要 10 美元（约 62 元）。不过便宜没好货，看着不错，却很快发现被褥好像有层浮灰，仿佛很久无人住过。要求更换，前台小伙子重新拿上来的被罩床单也干净不到哪去，这才想到不是没洗，而是根本没洗干净。这次经历与去年五月在旅顺汽车站对面住过的那家旅社惊人地相似，唯一的毛病都是被褥不干净。

而在清迈住了三夜的 New Mitrapap Hotel（新密达帕酒店）双人大床间，也是个性鲜明。不仅电视、空调、沙发、衣柜、橱柜、冰箱、梳妆台、热水器、浴盆等家具一应俱全，而且房间巨大，足有三十多平方米，明显是两间房，是我住过的最大、家具最全的房间，每晚却只要 68 元。这里的被褥倒是干净整洁，外面也非常安静，可惜很快发现卫生间里的排风扇每天 24 小时呼呼转个不停，根本无法关闭。我抱怨噪音，但前来查看的前台值班人妖工作人员说关不掉，我也只好作罢。除了排风扇的噪音，很快又发现卫生间面盆的下水管道漏水，第二天热水器又罢工。不过前台人员倒是灵活，两次维修不成，干脆把隔壁房间钥匙给我，后两天早上我都在那里冲澡。一刻不停的排风扇除了噪音，还有浪费，而浪费的不止排风扇，还有一刻不停的冰箱，冰箱里只有酒店送的两大瓶早已结冰的矿泉水。好在冰箱能关掉，但下午回来，发现它又在辛勤工作。这里的工作人员倒是一点儿都不考虑节约能源，大概清迈的电费不贵，尽管外面小吃摊上的阿姨说这几年物价飞涨。

除了最大最小的房间，这次我在昆明还经历了入住时间最短的房间，满打满算，只在里面待了五小时。从曼谷飞回郑州，昆明中转时要等七八个小时，且是后半夜，我不想在机场一直坐着，于是提前在机场附近订了家负责接送机的客栈三人间，只需 118 元。与暹粒和清迈的房间一样，房间给我的第一印象极好，因为它不是我想象中的并排三张床，而是带卫生间的套间。不过很快发现被褥和暹粒的一样脏，卫生间水龙头漏水，滴答响个不停。在床上躺三个半小时，几乎没睡着，只顾听水声了。早上起来，我对两个同伴说的第一句话："真是便宜没好货，以后再也不订这么廉价的房间了！"但无论如何，总比在机场坐一夜强，只能用阿 Q 精神自我安慰了。

我一路犯错，一路"吾日三省吾身"，一次次认识到偶尔的盲目自信有多么可怕。我前年在埃及，两次因闹钟、叫早问题铸下大错，没想到这次重蹈覆辙，又犯下类似可笑的错误。泰柬两国与中国只一小时时差，因此我懒得调表，心想每次定闹钟时记得当地时间比国内迟一小时即可。前三天没问题，第四天早上在暹粒，见两个同伴迟迟不出来吃早饭，就去敲门，朋友在里面说睡过头了。直到早饭吃了半截，才猛然意识到不是他们睡过头，而是我忘记时差，早叫一小时！我也白白浪费一小时宝贵的睡眠时间，于是乖乖把手表和手机都调到当地时间。我一次次因为怕麻烦而惹出更大麻烦，一次次吃亏后方才明白不应该过分自信。路途中的那些囧事，其实大多是我自己惹出来的。

虔诚的佛教之国

我奔着泰柬两国林立的佛寺庙宇而去，临行前也查阅许多资料，但真正到了泰柬两国的大街小巷，才真正体会到两国人民对佛教信仰的至虔至诚。

虔心向佛

泰国是佛教之国，九成以上人口信奉佛教。首都曼谷是世界佛教联谊会总部所在地，被誉为"佛教之都"。全城约有400座佛寺，是世界上佛寺最多的地方，约92％人口信奉佛教。大皇宫旁的玉佛寺和卧佛寺气势恢宏，精美绝伦。泰国第二大城市清迈也是佛教圣地，全城有寺庙100多座，仅旅游地图上显示的巴掌大的老城区，就有29座寺庙，契迪龙寺、清迈寺和帕辛寺历史底蕴深厚，建筑奇特，香火鼎盛，令人流连忘返。

佛教是柬埔寨的国教，95％以上的居民信奉佛教，位于首都金边的乌那隆寺是柬埔寨国教组织的总部，也是柬埔寨规模最大的寺庙。举世闻名的吴哥王朝（802—1431）与佛教有着不解之缘，吴哥文明留下的600多座印度教与佛教建筑风格的寺塔，如今仍在大放异彩。吴哥城里的巴戎寺和位列世界七大奇迹之一的吴哥窟（Angkor Wat），都是这些佛教寺庙中的精品。《古墓丽影》的拍摄地塔普伦寺（1181）已有八百多年历史。除了历史悠久的寺庙本身，这里与众不同的是那些与寺庙缠绕在一起、难分难解的巨大蛇树根茎。这些根茎粗壮发亮，绕过梁柱，探入石缝，盘绕屋檐，裹住窗门，形成树寺一体的独特景观，令人惊奇不已。

吴哥窟

树寺一体

我参观过无数基督教与天主教的大教堂，也参加过多次宗教活动，见识过藏民一路匍匐磕着长头前往圣地拉萨布达拉宫的感人情景，但是在泰柬两国，才真正感受到佛教与人民的生活浑然一体，密不可分。

　　首先，不只在寺庙里才能见到和尚，大街小巷、市场超市、古迹景点，随处可见缓步而行的和尚们，他们只因一袭黄色佛衣与光头而与众不同。这些和尚一般都很年轻，他们或在早市化缘或逐家化缘，或在摩的上风驰而去，或在博物馆像普通游客一样研读说明文字，或拿相机拍照，总之和尚是泰柬人民生活中的一部分，而不只是与世隔绝的寺庙里才有的景观。当地人早已见怪不怪，只有我们这些外来的游客，才会举着相机对和尚拍照。

曼谷大皇宫里的和尚游客

　　其次，家家户户院子里的佛龛，街边随处可见旁若无人地拜佛的人们，街边采摘鲜花准备献给佛祖的阿姨，每早在街口为鸟备粮的老奶奶，处处显示佛不只在心中，更在泰柬人民的日常生活里。在曼谷住的 Baan Dinso 一号店，在暹粒住的 La Millia Guest House，都是家庭旅馆，都是带有大院子的精致别墅，一进院子的右手角落里，都设有一人高的佛龛，上面都有水果、绿色荷花花苞等供奉，可见主人每天都要在此祭拜。前年夏天首次在希腊的德尔菲路边见到有位老太太在这种只有一米多高的小佛龛前祭拜，觉得新奇之极，还以为是家里出了什么横祸，特意在路边设置的祭拜之处，如今在泰柬，却到处可见这样大大小小的佛龛，也有不少卖佛龛的商家。

曾在《非诚勿扰》节目见过一个泰国小伙子，三十出头，却已出家三次。他说只要有什么为难之事，就到庙宇里清净一段，想清楚了再还俗。可想而知，在中国的相亲舞台上，他定会空手而归。然而，出家在泰柬却极为寻常，寺庙也出入自由，绝非我们想象中的与世隔绝之地。在金边的乌那隆寺与一个叫 Chhic Mao 的小和尚聊了一会儿，在吴哥窟目睹一个四五岁孩子的剃度礼，都加深了我对泰柬佛教文化的理解。

在乌那隆寺见到 Mao 时，他正席地坐在空荡荡的大殿里埋头学习，最初之所以被他吸引，是因为他写字的样子很特别：笔记本颠倒着，从下往上写。我问他柬埔寨人是否都使这样写字，他说不是，自己是个例外。难得发现一个英语不错的本地人，又和我们要了解的佛教文化关系密切，而且他总是笑眯眯的，很友好，我们就这样聊了起来。他 29 岁，来自暹粒市外 15 千米的农村，17 岁出家，已当了 13 年和尚。3 年前到乌那隆寺，目前是金边一家私立大学的法律专业大二学生。去大学上课时 Mao 同样穿和尚服，只需把肩膀裹上，而不是现在这样露只肩膀。和尚不可结婚，如果想结婚，还俗即可。乌那隆寺旁边，就有一家不错的免费佛学院，但 Mao 上的私立大学一年要缴 250 美元学费，公立大学一年则只需 100 美元。Mao 舍弃免费的佛学院与相对便宜的公立大学，宁愿到学费昂贵的私立大学就读，并且学的是

和尚大学生 Mao

法律专业而不是佛学专业，可见他是个勤奋好学的年轻人。他面前放着两本书，一本专业书，一本英语书，难怪他英语很好，我们聊得很愉快。这个腼腆、英俊、好学、友好的小伙子，成了我记忆中柬埔寨人的代表，因为他是我迄今为止唯一长聊过的柬埔寨人。

吴哥窟里的剃度

　　在吴哥窟目睹一个孩子的剃度礼，更是我的意外收获。一个和尚一边念经，一边时不时往面前跪拜着的十几个信徒身上撒着圣水。为首的是个只有四五岁的孩子，光头上只有一小撮头发，扎了个小揪揪，旁边跪着的应该是孩子的母亲，后面跪着五六个孩子和三个成年妇女，应该是这孩子的亲戚朋友和兄弟姊妹，另外还有两个老尼姑。刚开始其实并不知道这是什么，只是看到许多人围着照相，也上前看个究竟。直到和尚为面前的孩子剃掉那撮头发，才恍然明白这不是一般的祷告，而是剃度礼。被剃度的孩子好奇地摸摸光头，羞涩地笑笑，不知他是否明白这意味着什么。剃度完毕，和尚为孩子的左手系上红色手链，接着为母亲也系上，另外三位女人也纷纷伸出左手，于是两位老尼姑也出手为她们系手链祈福。无论是和尚尼姑，还是亲戚朋友，大家都笑着，三个女人还拿出一些钞票，大概是送孩子的礼物。自始至终在旁边照相或录像的男人，很可能是孩子的父亲，拿出提前准备好的水果等礼物，送给和尚。仪式结束，大家准备起身离开时，两个尼姑要为和尚祈福，和尚大概也没有想到，一脸吃惊的样子，重新盘腿坐下。出来向突突车司机讲述这件事，他说确实是剃度礼，这孩子从此就要待在寺庙里修行，但时间长短完全由自己做主，随时可以还俗。不过传说中柬埔寨男子都要至少剃度一次的说法却并不属实，他有亲戚朋友剃度过，但他自己从未出过家。无论如何，出家确实很普遍，从那孩子一家人的表情来看，出家为僧也确实是件喜事，可见佛教信义的的确确融化在老百姓的血液里。

暹粒街头的王室巨照

在泰、柬两国除了随处可见的寺庙、和尚、信徒、佛龛外，我们很快发现国王的影子也随处可见，国王的大幅照片出现在街心、寺庙、学校里，常常与佛平起平坐，成为人们祭拜的对象。曼谷军营外的标语"一切为国家、宗教、君主和人民"，佛教和国王占中心位置。泰国和柬埔寨都是君主立宪制国家，国王其实并无多少实权，只是国家荣誉的象征，但这并不妨碍人民对国王及王室顶礼膜拜。泰国大皇宫和金边王宫都是游客必到的景点。在金边王宫对面的洞里萨河边，有个只有三四平方米大的小庙，香火却极盛，无数拿着绿色荷花花苞、椰子、香蕉等供品的信徒排着长龙般的队伍，耐心等待。祭拜完毕，会有圣僧给信徒一小碗泡着鸡蛋花的圣水，信徒用它洗脸洗头，仪式才算结束。绿色荷花花苞是佛教圣物，由此催生许多商机。早市与街边小摊上，到处可见兜售荷花花苞的小贩，有的小贩还把花苞一层层折起来，叠成一支嫩绿色的花朵，煞是好看。佛教与王室，是泰、柬两国难分难解的两个关键词。

金边王宫对面的小佛寺

清迈华人

有网友说得好，旅行中遇到的人和事，也是旅游的趣味所在。了解别人的世界、别人的生活和感受，对开阔眼界、丰富阅历、提升自己，都有益处。天津的谢老师也一再提醒我名胜古迹一直在那儿，但旅行中偶遇的趣人趣事，如果不记下来，很快就会从记忆中消失。珍惜一面之缘，大概也是旅行的艺术之一。

清迈是我泰柬行的最后一站，也是我们最喜欢的城市，尽管有上述乘车及住宿方面的诸多麻烦。我们在清迈待了整整三天，停留时间最长。无论清迈市还是一路去梅沙大象学校的北部乡村，清迈的干净、整洁与我们刚在金边看到的杂乱差形成鲜明对比。在老城内外参观十几个佛寺，体验泰式按摩，品尝夜市上数不清的清迈美食，购买好几种早市上的热带水果，与大象亲密接触，在熙熙攘攘的清迈周日夜市里体验进不去出不来的窘迫，应邀进入清迈市中心 Yupharat School 的校友会，都深深印在脑海里。在清迈还接触到不少华人与国人，也给我留下深刻印象。

高棉微笑

我们预订的旅店位于老城区东边的小街里，早餐就在附近解决。看我们犹豫不决的样子，一个七十多岁的老太太主动过来充当翻译。她就住在隔壁，祖籍云南，小时候随父母移民缅甸，后辗转老挝，到泰国已有 30 多年，做过 20 多年小生意，卖锅贴，后来身体不济，才算退休，把生意传给了儿子。四个儿女中有一个刚因病去世，去世前瘫在床上一年多，只因背部手术时伤了筋骨。说起刚离世的儿子，老太太很平静，我却感到万分抱歉，觉得不该勾起老太太的伤心事。几十年的颠沛流离，她大概早已饱经沧桑，因此能够如此平静地接受命运的安排。卖粥的小店女老板其实也是华人，祖籍广东，也在东南亚好几个国家讨过生活，最后才落脚清迈。我替她们找到清迈

足迹 85

这个漂亮地方生活而庆幸，但老太太说前几年还行，近几年物价飞涨，生意越来越难做。

清迈兰花园园丁

一路碰到许多到泰柬旅游、度假或过年的国人，自由行的似乎与团队游一样红火，与前年在欧洲自助游时的感觉简直冰火两重天。两个月的欧陆游，只碰到两个来自国内的室友，时隔仅仅一年半，出国自由行已很成气候，着实令人欣慰。不知从哪儿看到的资料，说中国游客之所以在世界各地饱受诟病，大多是团队游惹的祸，自由行的国人整体素质较高。基本同意这种说法，因为自由行的游客出行前一般会做大量功课，包括了解所到国家的风土人情与风俗习惯，更容易入乡随俗，谨言慎行。另外自由行往往选择自己真正喜欢的地方，慢走慢看，而不像团队游那样面面俱到，蜻蜓点水，到每个景点都像打仗一样；团队游中许多任性的土豪，也使那些同行的真正游客头痛不已。还有，自由行游客三三两两，分散在诸多来自世界各地的游客之间，不那么起眼，并且往往是些真正喜欢旅游的"驴友"，而不仅仅是到此一游。

曼谷到清迈的航班上，旁边坐着来自江西上饶的小许，穿着泰国民族服装，一开始还以为她是本地人。小许三十多岁，看起来却像大学刚毕业的样子，原来她是小学语文老师，现在一所中学工作。她热衷旅游，独自在国内走了很多地方，这是她首次出国游，因不会外语，临行前未免忐忑。几天曼谷游，使她对泰国印象很好，觉得出国游首选泰国是个明智的选择。出行之前，她在网上约了两个伴，大家一起从上海出发，在曼谷入住著名的靠山路青年旅社四人间，感觉很好。她有个同伴，尽管英语也不怎么样，却敢说，负责与外界联系。几天来她们和一个美国小伙子一起游览，那姑娘的英语练得更溜了。因为清迈不可理喻的包车制度，我们出清迈机场分手后，没想到晚上在市中心吃饭时竟又碰上，真是缘分。

正在画小象的大象 Suda

去清迈北郊梅沙大象学校的车上清一色的中国人：八个来自成都，一家三口来自牡丹江，外加我们三个。坐在我们后面的景老师一家很健谈，老两口也很好学，一路向女儿讨教一些英文单词的发音。后来一起坐竹排，大家熟悉了，才知这来自牡丹江的一家三口都是高级知识分子。景老师是医学院老师，半年后退休，老伴是大夫，女儿北大毕业，自己开公司，不仅能干，而且孝顺，时不时带爸妈出来游玩。说起东北老人在海南过冬，景老师夫妇原来也是其中一族，而且还在海南置有三处小套房，平时由学生负责打理出租。不只东北，我身边也有不少人到南方过冬，就连昆明的张老师每年也要到三亚过冬。也难怪，三亚或大理双廊，离海边几分钟路的客栈房间，每月只需七八百元，只相当于这儿100平方米房子的暖气费。每次听到类似消息，我都恨不得立马起身，直奔没有雾霾环绕的南方海滨。张老师说得没错，反正到哪儿都是读书写字，为何不找个环境好点儿的地方呢？但现在我还热衷旅游，总觉得度假对我来说还太奢侈。

骄傲的曼谷体育学院毕业生

无论泰国，还是柬埔寨，大象都是关键词，我们特意把它放在最后一站。清迈梅沙的大象表演令我们大开眼界：画画、踢足球、转呼啦圈、缠游客腰合影、抢游客香蕉、为游客戴帽子、把小费递给背上的主人、勾着前边大象的尾巴前行等，都令观众一次次欢呼雀跃，拍案叫绝。没想到身躯庞大、行动迟缓、看似笨拙的大象，靠着灵巧的长鼻子，能做出那么多不可思议、令人汗颜的事，尤其是画画。四头大象一字排开，领头的 Suda 几笔就画好一头活灵活现的小象，小象嘴里还叼着一支红玫瑰，脚下踏着绿草坪，最后画家还不忘签上自己的大名。另外三头大象虽用时稍多，但他们画的花草树木，都更复杂更精致。若非亲眼所见，没有几人会相信摆在面前的四幅画是出自大象之鼻。

泰国著名的人妖表演，曼谷体育学院喜气洋洋的毕业典礼，富丽堂皇的泰国大皇宫，巴戎寺神秘的"高棉微笑"，气势恢宏的吴哥窟，展品丰富的吴哥博物馆与泰国国家博物馆，令人毛骨悚然的金边监狱博物馆，数不清的寺庙和家家户户供奉的佛龛，清迈美国总领馆外墙上无数纪念美泰建立友好关系180周年的漫画，旅途中碰到的无数有意思的人，都将在我的脑海中留下不可磨灭的印记。

2015 年 2 月 21 日

神农古松

　　弟弟和几个生意伙伴在紫陵万亩果园承包了 30 亩地种果树，三年来几次相邀，我都由于种种原因未能成行。这学期课虽不多，事情却不少，所以一学期没出门。终于忙得差不多了，恰逢桃子成熟季节，又遇端午节假期，于是我邀请三家好友，一行八人开着两辆车，浩浩荡荡奔赴 200 千米外的沁阳神农山。

　　到了果园，采摘品尝鲜果必不可少。前天下午我们一到果园，就迫不及待地钻入果林中。除了大白桃和红桃，油桃和大黄杏也还有一些。不一会儿工夫，大家就都吃得肚儿圆。甘甜、汁多、味道鲜美，是这些水果的共同特征，包括本该有些酸味的大黄杏，可能因为过分成熟的原因，竟也没有一丝酸味。然而与我们今天上午的采摘相比，前天在果园的徜徉，纯属观光欣赏。假期最后一天，我们准备踏上返程之路。早饭后从神农庄园步行到果园，发现负责打理果园的姐夫已为我们摘了六纸箱桃子，但老弟有令，让我们每家都摘个二三十箱，当然这样的话我们就都得徒步跟车往回跑了。五位男士拿着五只大塑料桶去桃园，我们四位女士跟着，想起这两天吃的野菜，忽然对果园里无处不在的野苋菜来了兴趣。男士摘桃子的功夫，我们竟然采了两大桶野苋菜嫩尖，洗了就可以直接做菜。除了苋菜，我们也采了一些曲曲菜和马齿菜，够吃几天的。总之果园里到处是宝。

紫陵万亩果园位于神农山脚下，总面积1.12万亩，桃、李、梨、葡萄、石榴等各种各样的果树一应俱全。果园的创始人是全国劳模，当时在这片凹凸不平的山区垫上厚厚的泥土，种上各种果树，因此才有了如今的万亩果园，成为集采摘、休闲、娱乐、度假为一体的旅游胜地，为当地做了一大贡献。

吸引我最终成行的，除了果园还有旁边的神农山风景区。该景区位于太行山南麓，在河南焦作沁阳市境内，是国家5A级旅游区。传说神农山是古代炎帝部落频繁活动的地方，神农氏曾在这里设坛祭天，遍尝百草，神农山因此得名。我们按景区推荐线路，参观了神农文化广场、猕猴苑、龙脊长城、天之门、神农天梯、紫金顶和白鹤松，上下共六个多小时，对神农山的险、秀、壮有了充分感受。

神农山入口

龙脊长城

临近猕猴苑，大家不约而同地想起猕猴抢人东西的传闻，互相提醒多加小心，但调皮的猕猴还是跟我们开了个小小的玩笑。上大三的侄子是我们 13 人中唯一年轻力壮的小伙子，因此不得不充当我们的搬运工，零食饮料大都在他手里。不知调皮的猕猴如何看穿这一点，趁他不注意，一只猕猴转眼间抢走了侄子手中的布袋，东西洒了一地。猕猴对巧克力等零食不屑一顾，抓起一瓶矿泉水就窜上了树。可惜侄子买的矿泉水瓶口设计过于高级，猕猴折腾半天，怎么都打不开，它恼羞成怒，干脆用利爪撕破结实的塑料瓶，水却洒了一地，可怜的猕猴一口也没喝上。也难怪猕猴要抢水，神农山与附近大名鼎鼎的云台山相比，最大的遗憾就是缺水，否则人气会更旺。

除了活泼可爱的猕猴，此行给我印象最深的，是居世界五大美人松之首、生长于悬崖峭壁上的珍贵白皮松，堪称天下一绝。神农山景区的白皮松达1.56 万余株之多，树龄上千年的有 500 多棵，姿态万千。白皮松也叫白鹤松、鱼鳞松、白骨松、三针松等，但在我看来，更应叫迷彩松。尽管它的树皮远看像涂了一层石灰，近看却五彩斑斓，酷似迷彩服，神奇之极。海拔 1028 米的紫金顶峭壁上，更有一棵树龄长达 3800 年的白鹤松，在缺水缺土的恶劣环境中傲然挺立几千年，真是不可思议。

三天三个假日：端午节、父亲节、夏至，又逢周末，再逢亲朋好友大聚会，诸多狂欢的理由。在神农庄园的两个晚上，酒足饭饱之余，我们分男女两摊玩双升大战，难分胜负，今天午饭后又到老师家里继续鏖战，过足了牌瘾。

2015 年 6 月 26 日

灯台架惊魂一刻

　　两周前爬了神农山，这两天我又去了舞钢二郎山和灯台架，加上以前爬过的荥阳环翠峪、新郑始祖山、新密凤凰山、信阳鸡公山、平顶山尧山、济源王屋山、焦作云台山、缝山针、青天河、卫辉跑马岭等，不出河南，就能充分领略祖国的大好河山，陶冶情操，锻炼身体，一举几得。今天中午在灯台架，我还见证了紧急关头游客与山民爱心传递的惊魂一刻。

　　我11点多从山上下来，见离集合时间还早，就和同团的几个游伴一起在俯首岩下品尝当地的小吃板栗凉粉。凉粉刚上桌，旁边不远处突然传来歇斯底里的号哭声，没等我们明白过来，副领队银河已经一个箭步冲了出去，小摊女主人也催促丈夫快去帮忙，同团的另一个女游客也让丈夫快去。等我们到跟前，银河已在帮昏迷的病人做心肺复苏，几分钟后，病人有了呼吸，围观的游人这才松了口气。

　　摔倒的游客是安徽人，也就三四十岁的样子，好在他所在的地方地势较为平坦，否则后果不堪设想。听说他当时在坐着照相，起身时也许猛了点，突然栽倒，不省人事，头上鲜血直流，半个脸很快肿起来。也有人说他是突然旧病复发，才会摔倒。无论何因，多亏有丰富救护经验的银河领队及时赶到，把头朝下的病人身子放平，让人帮忙掐人中，他自己则马上开始做心肺复苏，这才救人一命。我们半个多小时后出景区门口的时候救护车才到，病人也早已被团友背下山，在门口等着。但愿只是虚惊一场。

　　除了热心与有丰富的紧急救护知识的银河外，摆小摊的山民夫妇，也一样让人感动。他们五十多岁的样子，面对突发状况毫不犹豫地扔下生意出手相助，又出人又捐物，热心慷慨，只为挽救一个素昧平生的外地游客的性命。对前来买雪糕为病人消肿的团友，女摊主打开冰柜，两手捧了好多根出来，一分钱不要，还说"不要钱，不要钱，都是救人呢，不能要钱"。后来又让丈夫送去四五根，还主动为病人送去矿泉水。对后来又专门来送钱的人，夫妇俩同样坚持不收钱。这些雪糕和矿泉水，确实值不了多少钱，但淳朴、热心、善良的夫妇俩金子般的心灵，却珍贵无比。

淳朴善良的山民

　　我首次跟微信朋友圈活动，两天爬两座山，无数个山头，玩得好、吃得好，省心省事。虽然同样是团队游，但这种非营利活动与旅行社还是有本质区别。一是物美价廉。因为组织者不以营利为目的，且他们自己也是户外运动爱好者，参加者多是朋友或朋友的朋友，大家结伴而行，因此很便宜。这次两日游满满两大车人，包括来往大巴、食宿、两景区门票，外加一本景区联票（包括省内外很多景区的门票），每人才花费220元，绝对物超所值。之所以如此实惠，是因为组织者明晖和银河拉来了赞助，回来还有抽奖活动。二是大家比较自觉，不会出现游客与导游之间的诸多冲突，不用因等待而浪费很多时间。三是绝对的纯玩团，大可慢慢游，慢慢逛，几乎和自由行一样自由。今天上午我们在灯台架 4 个小时，而昨天在二郎山整整 11 个小时，除了爬山，还参加了竹筏漂游、龙舟赛、少数民族风情表演、篝火晚会、鸟艺表演、傣族泼水六大免费项目，尽情疯狂。给我印象最深的是第一个项目排筏漂游，每筏八人，竟然没有专业船工操作，我们就那么晃晃悠悠地漂了出去。开始大家都惴惴不安，我和几位女游客都坐了下来，唯恐被晃出去。两位男士首先试着划起桨，慢慢地竟然也就熟练起来，前面的小伙子累了，我自告奋勇划了会儿，可惜竹筏好像不怎么听我话，对准前面的死树冠径直漂去，吓得我赶紧求助，还是小伙子急中生智，拿着桨对着树干顶了一下，竹筏就乖乖地掉转了头。我以前也坐过几次竹筏，比如去年在漓江漂游，因为有专业船工操作，完全不用担心安全问题。这次的竹筏漂游说明，人的潜力是无限的，相信其他竹筏上的游客也都经历了和我们一样的历险，最后都顺利回到码头。

竹筏漂游

手机计步器清楚明白地记录了我这两天每天走一万多步，十几千米，爬一二百层楼梯，自己都觉得不可思议，当然也出了好多身汗。峡谷、小溪、绝壁、峭石，这样的有氧运动，这样的青山绿水，再加上身边涌现的无数让人感动的热心人，包括在吊桥上忙碌的景区工作人员，都让我觉得不虚此行。

吊桥上工作的景区人员

这两天虽然没去市里，但二十多年前我曾在这个城市实习。27 年过去了，有关实习的三件事，我仍记忆犹新。一是来实习的路上，我们在逍遥镇吃胡辣汤，一碗汤里近三分之一都是羊肉，燕子不吃羊肉，倒让我这个食肉动物捡了个大便宜。那是我此生吃过的最美味、最实惠的羊肉汤。此后我再也找不到那次喝胡辣汤的感觉。二是少英带着录音机，经常放刘欢的《少年壮志不言愁》，从此那个旋律就在我心里扎下了根，遗憾的是我至今也没看过《便衣警察》。三是我从此谨记"老师不能生学生的气"。这是带我的老师说的一句话，让我受益终生。给高三学生上课时，有个大男孩就站我对面，靠着教室后面的墙，示威一般。让他坐下他不坐，和他说不想听课可以出去，他倒马上出去了，让我这个初站讲台的实习老师很受打击。下课后向他的英语老师抱怨，老师告诉说，那个学生被家长逼着补习三四年了（和我年龄差不多），他们也拿他没办法，只能由着他去。

2015 年 7 月 5 日

梦幻土耳其

对土耳其了解越多，我越觉得有"文明摇篮"美誉的土耳其是个梦幻般的国家。从土耳其游览回来，这种梦幻般的感觉非但不减，反而愈加强烈。

除了英国和美国，土耳其、埃及、希腊、意大利和法国，是我首选的 5 个必游国家，其他国家都已成行，只有土耳其在脑子里多徘徊了两年。得知 3 月底土耳其开放电子签，我和两个同样对土耳其向往已久的朋友喜出望外，立马决定把土耳其定为这个暑假的出游目标，并且单独设计了一个来回 23 天的行程。事实证明这个安排精妙至极。我们在土耳其整整 21 天，共游览 11 个地方：伊斯坦布尔、番红花城、安卡拉、卡帕多奇亚、孔亚、安塔利亚、费特希耶、棉花堡、塞尔丘克、伊兹密尔和恰纳卡莱（特洛伊）。我们在伊斯坦布尔 4 天半，时间比较宽裕，其他地方都只有一两天，还是走马观花，紧紧张张，难怪有网友说要想在土耳其深度游，至少需要一个月。不过在土耳其三周走下来，我关于这个谜一样的国家的零零碎碎的知识，不经意间串了起来，而土耳其 6500 年的悠久历史和前后 13 种不同文明、土耳其色彩斑斓的自然人文景观及热情友好的土耳其人却让我越加觉得如梦如幻。

梦幻 "蓝眼睛"

土耳其是个多姿多彩的国家，且不说它奢侈的蓝天白云，单是它随处可见的青山绿水就使我们羡慕不已，更别说棉花堡的洁白如棉、卡帕多奇亚"仙人烟囱"的黑顶石柱奇观、五颜六色的童话般的建筑、铺天盖地的七色台阶、花花绿绿的土耳其地毯与陶瓷、彩虹般的热气球、气势恢宏的索菲亚大教堂（537 年）、泛着幽幽蓝光的蓝色清真寺（1616 年），都令人浮想联翩、流连忘返。另外，随风飘舞的土耳其鲜红色的星月国旗、等待收割的金黄色麦浪、土耳其人最喜爱的护身符"蓝眼睛"，都给我留下难以磨灭的印象。

英国、美国、加拿大、墨西哥等许多国家，都喜欢悬挂国旗，无论政府部门，还是家家户户的庭院，每逢节假日，国旗飘飘，是一道美丽的风景，也是人们爱国的标志之一。这次我在土耳其，发现土耳其人民对国旗的钟爱有过之而无不及。有次我甚至发现路边停放的大吊车上也有一面大大的国旗。除大街小巷、景点等常常不期而遇的国旗外，在土耳其旅行，经常会发现远处的山头上，蓝天白云之间，有面星月旗在迎风飘扬，煞是美观。

最先发现土耳其各个制高点上星月旗飘飘，是我们在博斯普鲁斯海峡游览的时候。一小时游览期间，欧亚两岸的皇宫、要塞、清真寺，还有依山而建的数不清的漂亮民居，都使我们一次次情不自禁地举起相机，而进入我们镜头的，还有一座座山头上一面面高高飘扬的星月旗，分外耀眼。巧合的是，远远看来，土耳其的星月旗与中国的五星红旗极为相似，都是一团鲜红色。不同的是，土耳其国旗上有一弯白色新月和一颗白色五角星。一面小小的星月旗，凝聚了土耳其几千年的文明，难怪土耳其人对国旗情有独钟。我们在土耳其的 11 个城市穿行，山头星月旗一再出现，似乎土耳其的每个制高点，都有国旗在飘扬。我不由地想，有能力在这些看似荒无人烟的高高山头上插上巨大国旗的，应该是政府部门吧？这是多么简便易行而又行之有效的爱国教育方法啊！

土耳其广袤的田野中另一诱人的颜色是金黄色，那是等待收割的金黄色的麦田，枯黄的齐腰深的野草，还有达达尼尔海峡和马尔马拉海北岸大片大片的向日葵。首次搭乘土耳其大巴从伊斯坦布尔到番红花城的路上，我就注意到连绵起伏的田野中青黄相间，调色板一般美丽。我将相机镜头拉近，极力想搞清那大片的金黄色植物到底是什么，直至土耳其中部，才终于明白除了枯黄色的野草，还有等待收割的金黄色的麦田。我虽然也明白不同地区农作物的收获季节会有差异，但从小习惯家乡六一儿童节前后收割麦子，因此每次见到麦子一两个月后还长在地里，总觉得颇为神奇。几年前在西藏，发现7月底那里的青稞还绿油油的（9月中旬才成熟），油菜花也开得正盛，后来发现英国剑桥的小麦8月中旬才收割，没想到这次7月下旬在土耳其，又一次次看到路边的金黄色麦田。小时候和父母兄姐一起收割麦子的情景，又一次浮现在我的脑海中，就像每次看到土耳其国旗都会想起我们的五星红旗一样，熟悉亲切之感油然而生。

　　除了大红与金黄，另一个让我难忘的颜色是土耳其人最钟爱的护身符"蓝眼睛"的蓝与白。提起蓝与白，人们自然会想起希腊圣托里尼岛浪漫的蓝顶白墙建筑，想起爱琴海的碧海蓝天，想不到在爱琴海东岸的土耳其，我们同样淹没在蓝与白的世界里。闻名遐迩的蓝色清真寺里泛着幽幽蓝光的蓝白色瓷砖，青花瓷般诱人。瓷砖博物馆、托普卡帕皇宫和卡帕多奇亚的陶瓷工作室里，蓝与白的神话一次又一次出现在眼前。而大小不一、形状各异、材质多样、无处不在的蓝眼睛，更使我们充分体验到蓝与白对土耳其人的意义。

　　百度百科对"蓝眼睛"的解释只有两小段，却简明扼要地点出了蓝眼睛对土耳其人的重要性。蓝眼睛是"土耳其人最喜爱的护身符和吉祥物，也叫'恶魔之眼''辟邪珠'，当地人相信，被邪恶之神盯上就会有厄运上身，于是他们随时带着模仿恶魔之眼的蓝色眼状护身符，用以吸引邪恶之神的注意，逃避厄运"。难怪在大巴扎，在博物馆，在旅店，甚至在塞尔丘克的人行道上，在卡帕多奇亚的大树上，蓝眼睛如影随形。初到土耳其的游客很快就会注意到它的存在，并被各种蓝眼睛工艺品所吸引。连我这个不喜欢购物的人，也被频频出现的蓝眼睛所迷惑，买了几个蓝眼睛钥匙链。

被漂亮的蓝眼睛吸引的同时，我很快注意到无论是各地的考古博物馆还是伊斯坦布尔的地下水宫（532年），蛇女梅杜莎的形象同样极其普遍，尤其是在罗马皇帝雕塑和罗马帝国时期的各种精美石棺上。罗马"五贤帝"中的图拉真和哈德良父子雕塑胸前，都栩栩如生地镌刻着梅杜莎头像，而石棺上托着梅杜莎头像的两位小天使，都把头扭向一边，刻意避开梅杜莎的注视，唯恐被她变为石头。突然觉得土耳其人崇拜的蓝眼睛和他们祖先崇拜的梅杜莎之间，一定有某种关联。关于蓝眼睛名字的由来，百度百科上介绍了两种说法，都与嫉妒有关，后一种说法是"很久以前，土耳其有一位长着邪恶之眼的女巫，人们只要被她充满嫉妒的眼神盯上，就会立马变成石头。后来，人们把女巫压在柱下，挖出了她的双眼，并制成大大小小的东西挂起来，以毒攻毒，这就是'蓝眼睛'的原型"。这里说的女巫，很可能就是梅杜莎，而地下水宫的两根石柱下，果然压着两颗梅杜莎的头像，这应该不是巧合。

罗马皇帝图拉真

关于古希腊神话中的女妖梅杜莎，有各种不同版本的传说，但似乎每种传说都与智慧女神雅典娜有关，也与海神波塞冬有难分难解的联系。梅杜莎本是雅典娜神庙的女祭司，因其美貌而被海神波塞冬凌辱，雅典娜无法惩罚波塞冬，因而将一腔怒气撒在梅杜莎的身上，将梅杜莎的满头秀发变为蛇发，使她背上长出双翼，双眼所及之人都变为石头，单纯美丽的梅杜莎因此成为丑女与邪恶之女的象征。梅杜莎的悲

古罗马石棺

剧其实是无法掌握自己命运的普通人的悲剧。她先是被为所欲为的海神所欺凌，后被另一个不分青红皂白的神仙雅典娜无辜惩罚。但自此以后，梅杜莎也拥有超人的能力，不仅双眼能将人变为石头，就连血液中都含有剧毒，能使人起死回生。也许正是这超自然的力量，使她被后来的罗马皇帝所崇拜，进而成为土耳其人的崇拜对象，后来又演变为土耳其人须臾不离其身的吉祥物蓝眼睛。一枚小小的蓝眼睛护身符，同样蕴含着土耳其几千年的文明史，不可小觑。

一个人的博物馆

博物馆与清真寺是土耳其的两大看点，也是了解土耳其几千年文明精华的理想所在。在土耳其的 11 个城市，我参观了无数清真寺，无数博物馆，见识了无数稀世珍宝，也从中了解了不少关于土耳其各个历史时期的文化知识。

美国聋盲女作家海伦·凯勒在其自传《假如给我三天光明》里，说自己、如果有三天光明，她会用第二天的一整天时间，参观她最喜欢的纽约自然历史博物馆和大都会艺术博物馆，亲眼看看那些她触摸过无数遍的伟大展品，更好地了解这世界的物质层面和精神层面。博物馆的确是我们了解过去世界的最好缩影，也是各地的一大看点。

"一个人的博物馆"，是我在最后几站旅行时感触最深的，如塞尔丘克考古博物馆、伊兹密尔的考古博物馆、民俗博物馆、历史与艺术博物馆，以及恰纳卡莱考古博物馆。在这些博物馆参观时，馆内碰巧都空无一人。随着我在展厅里慢慢晃动，一个个展柜的感应灯亮起来，随后又一盏盏熄灭，馆内唯一的声响，就是这些灯开关的声音。肆无忌惮地在珍贵藏品前随意流连，细细打量，慢慢品味各个细节的精美绝伦，丝毫不用担心耽误他人参观，真是妙不可言的绝佳艺术享受。

塞尔丘克考古博物馆的月神阿尔忒弥斯雕塑极其特别，胸前密密麻麻的一百多个乳房，头上与双腿上栩栩如生的各种动物，都使人过目难忘。阿尔忒弥斯是古希腊神话中的月神，太阳神阿波罗的孪生姐姐，主管狩猎，身上的动物应该都是她所猎杀的对象。在时间有限的情况下，之所以放弃以弗所古城，就是为了有足够的时间好好欣赏这尊稀世珍品，没想到它对面竟然还有一尊公元二世纪的月神雕塑，同样美不胜收。这两尊分别被命名为《伟大的阿尔忒弥斯》和《美丽的阿尔忒弥斯》的月神雕塑无疑是塞尔丘克考古博物馆的镇馆之宝，临近出口时才得见真容。两尊雕塑被独自摆放在一个巨大的长方形大厅的两头，中间是通向其他展厅的通道。为保护展品，

月神阿尔忒弥斯

大厅里的灯光很暗，但聚光在两尊雕塑上，足以看清雕塑的每个细节。除了孤零零的两尊雕塑，还有几根从附近世界七大奇迹之一的阿尔忒弥斯神庙发掘出来的神柱，简单大方的爱奥尼克柱头使它们尤显挺拔俊秀。说起希腊古典建筑三种柱式之一的爱奥尼克柱，更要追溯到 2600 年前的爱奥尼亚——现土耳其西南部地区和岛屿。爱奥尼克柱式在公元前 5 世纪传入希腊大陆，成为希腊建筑艺术不朽的元素之一，至今在欧美仍极其普遍。

恰纳卡莱考古博物馆是我这次集中参观的考古博物馆中展品较少的一个，但因为它珍藏的是梦幻般的特洛伊古城的考古发现，因此对我来说意义非凡。尤其是刚参观过特洛伊考古遗址，再看博物馆中的珍藏，难免多了许多想象。况且即使展品再少的博物馆，也总会有几个让你喜欢的文物，使你不虚此行。恰纳卡莱考古博物馆的哈德良雕塑，伊兹密尔考古博物馆的河神雕塑，孔亚考古博物馆的大力神赫拉克勒斯的精美石棺，安塔利亚考古博物馆的舞者雕塑，都令人叹为观止。令人无语的是，这些博物馆之所以藏品不多，是因为附近的很多考古发现，如今都在大英博物馆。想起两年前在大英博物馆，很庆幸不出那栋大楼，就可以将世界各地的珍藏一网打尽，如今真正来到这些地方，就像在希腊时的感觉一样，很替它们叫屈。

土耳其最好的两个考古博物馆——伊斯坦布尔考古博物馆和安塔利亚考古博物馆，藏有全国各地很多考古珍品，尤其是许多精美的罗马雕像和石棺，令人叫绝。梅杜莎头像是帝王雕塑和石棺共同喜爱的元素，石棺上的狩猎场景与花环雕塑，在后来的考古博物馆中也一再出现，与欧洲考古博物馆中的同类藏品很是不同，可见同属古罗马时期的雕塑，装饰风格大异其趣，土耳其的地方文化特色可见一斑。

梦幻特洛伊

伊斯坦布尔因其横跨欧亚两大陆的独特地理优势，是土耳其游必不可少的去处，但特洛伊却是我将土耳其作为必游五国之一的最重要原因。一场持续10 年之久的特洛伊战争，不仅使繁荣的特洛伊王国毁于一旦，而且拖垮了阿伽门农的迈锡尼王国，使希腊历史上著名的迈锡尼文明因此终结。特洛伊究竟有何魔力？

很久以前读过的《木马计》早已在脑子里生了根，几年来与学生一起研读的《欧洲文化入门》又将特洛伊战争作为欧洲文化的最原始背景，特洛伊因此成为我逃不出的梦魇。荷马创作《伊利亚特》和《奥德赛》时，特洛伊战争已过去三四百年，因此盲诗人荷马一定是根据当时口头流传的希腊神话进行的再创作。无论如何，这两部荷马史诗对后世的欧洲文学与艺术，产生了持久的、不可磨灭的影响，古希腊悲剧大师埃斯库罗斯的杰出悲剧《阿伽门农》，欧里庇得斯的不朽名著《特洛伊妇女》和《安德洛玛刻》，古希腊雕塑《拉奥孔》，以及后来的名画《沦落为奴的安德洛玛刻》，都是明证，而莱辛的美学名著《拉奥孔》是文学专业学生不可不知的不朽作品。直至 2004 年，美国还斥巨资拍摄《特洛伊》，演绎现代版的木马计，电影拍摄中最重要的道具大木马，如今还摆放在恰纳卡莱码头附近，提醒世人珍惜和平，远离战争。我两年前拜访过特洛伊战争的起点、希腊古城迈锡尼，参观过珍藏于希腊考古博物馆的阿伽门农金面具之后，特洛伊更使我魂牵梦绕。因此尽管明知特洛伊遗址早已是一片废墟，恰纳卡莱考古博物馆中珍藏的特洛伊考古发现也不多，并且同行的两个朋友对特洛伊不感兴趣，我还是早早订好恰纳卡莱的住宿，将特洛伊作为我土耳其之行的最后一站。

特洛伊考古遗址在恰纳卡莱市南 25 千米处，有小巴车往返，按说很方便，但我却颇费了些周折。我到恰纳卡莱找到预定的家庭旅馆，向旅馆的老板打听好信息，不等入住，就急不可耐地直奔两千米外的桥下小巴站，却还是晚了两三分钟，错过了 15:30 的班车，不得不等一个小时。我与一位热心的老先生在附近坐了会儿，决定还是到周围走走，再回来搭乘下班车。可笑的是再次回来后，我却得知因为那天是周日，16:30 的班车取消，需要再等一个小时。失望之极，决定放弃。回去办好入住手续，却无心去近在咫尺的码头，决定再次去桥下，等 17:30 班车，搭最后一班车 20:15 回来。之前遇见的台湾海洋大学的龚老师父女也回来搭乘这趟班车，于是我们成了车上仅有的三位游客，其他人都是住在特洛伊附近的当地人。龚老师父女只在土耳其停留一周，却拿出宝贵的半下午时间给特洛伊，而我更是朝圣一般，哪怕历经磨难，也定要到特洛伊这片神奇的土地上一游。不知生活在特洛伊附近的当地人，每天与三千多年前的特洛伊古人生活在同一片蓝天下，呼吸着同样的爱琴海空气，会否不时想起特洛伊沦陷的故事，替祖先惋惜功亏一篑的特洛伊战争？

我细细走遍特洛伊古城的角角落落，想象三千多年前居住在这座固若金汤的城池里的特洛伊老百姓，竟然被希腊士兵围困十年，觉得实在不可思议。更难以想象的是，十年胜负难分的战争，最后却因一匹木马而功亏一篑，令人扼腕叹息。而兵强马壮的特洛伊之所以中了希腊人的木马计，却是民主的结果。特洛伊并非没有智者，但反对将木马拉进城里的祭司拉奥孔却与两个儿子一起被两条大蟒蛇缠死，使特洛伊的芸芸众生更相信城外的那匹木马是天降神物，更愿相信围在城外十年的希腊大军确已撤退。"真理往往掌握在少数人手里。"这道理被千万次证实为颠扑不破的真理，而人们却从古希腊时期就崇尚民主，崇尚少数服从多数，并不惜为此付出无数生命的代价，其中的矛盾，似乎无解。

另外，在特洛伊与希腊联军的鏖战中，表面是人与人之间的战争，实则是神与神之间的争斗。女神们为一只金苹果争斗不休，都想以此证明自己是最美丽的女人，而特洛伊王子帕里斯之所以拐走海伦，完全是被女神们操纵的结果。就连那匹大木马，在希腊间谍口中都是献给女神雅典娜的贡品，而拉奥孔父子之所以被两条破海而出的大蟒蛇缠死，也是因为他们触犯了神灵。对神灵与宗教的迷恋，似乎是特洛伊沦陷的另一大源泉，至少在荷马笔下如此。经过几百年的口头流传，人们给特洛伊战争加入了太多想象的成分，而荷马是文学家，不是历史学家，在缺少史料的前提下，想象自然在所难免。无论如何，古希腊人对诸神的崇拜与依赖，却是不争的事实。在科技高度发达的今天，宗教信仰仍极为普遍，基督教、天主教、伊斯兰教、佛教、犹太教仍然信徒众多。人们崇尚理性，更推崇信仰，这又是一对无解的矛盾。

特洛伊考古遗址无论是规模，还是残存的古迹，都比网上图片要丰富得多。保留较为完好的小剧场和特洛伊南门附近的建筑遗迹，城门外的石板斜坡，作为宗教中心的圣地小教堂，从公元前3000年至公元400年间的九层特洛伊城遗迹，还有1975年竖立在遗址入口附近的那匹大木马，都令人叹为观止。与龚老师父女一起爬上木马肚子，不禁想象三千多年前的希腊勇士在木马肚子里的感觉：担心特洛伊人识破他们的诡计而忐忑不安，还是想尽快结束鏖战了10年的特洛伊战争而孤注一掷？是祈祷特洛伊人尽快将木马搬进城里，还是幻想进城后在富庶的特洛伊城大发横财，衣锦还乡？梦回特洛伊，我还是无法理解特洛伊战争及其对后人所产生的巨大影响，包括对19世纪执意寻找特洛伊和迈锡尼古城的德国商人施里曼和我这个似乎与特洛伊毫无关系的中国人。

特洛伊战争的罪魁祸首，是一个貌似天仙的希腊女人海伦，然而海伦只是这场战争的表面原因，真实的原因则是迈锡尼国王阿伽门农觊觎特洛伊的富庶，借帮哥哥夺回海伦之名试图兼并特洛伊。海伦与历史上千百个女人（如唐朝的杨玉环）一样，白担了祸国殃民的恶名。金钱、权力与美女，不知引发多少战争，多少人惨遭杀戮，特洛伊战争只是其中一个例子而已。

特洛伊木马

与极具语言天赋的龚老师父女同游特洛伊，也使我的特洛伊之行增色不少。这次土耳其一周游，是龚老师送给女儿的礼物，小龚戏称是父亲送给自己的嫁妆。小龚学的是医药管理专业，大学毕业几年了，工作虽与管理有关，却并未从事医药行业。小龚与老龚不仅相貌高度相似，性格也很相像，父女俩都喜欢开玩笑，喜欢拍照，喜欢交友。而小龚给我印象最深的还有她的语言天赋。她并未专门学过韩语，却听得懂韩国旅行团导游与游客之间的谈话，并能与他们自如地对话、开玩笑。坐在木马旁看韩国游客一个个爬上木马肚子，一个个在高高的窗户里伸出头来，好脾气的导游挨个拿起排放整齐的相机帮他们一一拍照，听小龚在身边翻译他们的对话，其乐无穷。我突然觉得如果六个小窗里都有人探出头来，一定好看，小龚于是撺掇导游让上面的游客把窗户填满，可惜游客不甚配合，最后还是空了一个。龚老师父女机票钱花了不少，却只在土耳其待一周，我觉得实在划不来。听说我在土耳其三周，只花一万三千多块钱，龚老师觉得不可思议，他猜要花五六万。

晚上回到旅馆，我就看到龚老师的微信，再次体会到女儿买给我的苹果6的好处。我先后用过三部二百多元的诺基亚手机，最后一部还是在英国时老闫借我的旧手机。女儿觉得我实在落伍，执意买部苹果给我（当然用我的钱）。三月底女儿从美国托人给我捎回苹果手机，去土耳其之前学会微信，没想到都派上了用场。随身带的两个小相机用了好几年了，没有手机照相效果好，于是这次全程照相几乎都是用的手机。手机照相的另一大好处，是给朋友拍的照片，很容易用微信传给她们，比电子邮件上传省事得多。还有手机的 GPS 定位服务，使我少走很多弯路，少问很多路，但也少了很多与当地人交流的乐趣。

"伊斯兰建筑大师"锡南

"建筑是凝固的文化"，在伊斯坦布尔如梦如幻的古建筑中穿行，我渐渐被一个原本陌生的名字所吸引：锡南（Sinan，1489—1588 年）。于是我像在巴塞罗那寻找高迪建筑一样，开始有意关注锡南的作品。四五百年前奥斯曼帝国的伟大建筑师，就这样闯入一个中国人的旅程。

锡南是奥斯曼帝国时期的著名建筑师，享有"伊斯兰建筑大师"的美誉。锡南还是个多产建筑师，一生共设计建造了 300 多座建筑，包括 79 座清真寺、34 座宫殿、55 所学校、19 座陵墓、33 所公共浴室、16 幢住宅、7 所伊斯兰教经学院、12 家商队客栈和 18 个殡仪馆，此外还建造了谷仓、军械库、桥梁、喷泉、医院和大型渠道等。他的代表作中 3 座瑰丽壮观的清真寺：塞扎德清真寺、苏莱曼清真寺和赛利姆清真寺，被誉为"伊斯兰建筑的杰作"。锡南将罗马、波斯和伊斯兰建筑风格融为一体，形成土耳其建筑的基本格调。他建造的大清真寺多覆盖以宏伟的罗马圆顶，四周耸立着尖塔，整体建筑高大雄伟，且精工细作，装饰雕刻华丽，色调和谐，令人惊羡不已。

锡南出身于信奉基督教的建筑工匠家庭，后改奉伊斯兰教，成为虔诚的穆斯林。他年轻时参军，参加过多次战役，并在设计建造桥梁、堡垒等工事时初显建筑设计才华，后在巴格达寄居，考察研究当地伊斯兰清真寺、陵墓等建筑，并掌握了伊斯兰文化。1538 年锡南被奥斯曼皇宫聘用，不久被苏丹苏莱曼一世（Kanuni Sultan Süleyman，1494—1566 年）任命为宫廷建筑总监。此后 40 多年间，他一直在宫廷主持全国的建筑工程。在伊斯坦布尔期间，我多次见到锡南建筑，其中最有代表性的当属气势磅礴的苏莱曼清真寺（Süleymaniye Mosque，1557 年）和布满精美瓷砖的帕夏清真寺（Rustem Pasa Mosque，1560 年）。

纵观锡南的成功之路，除天赋外，还有几个不容忽视的重要因素，如建筑工匠家庭的耳濡目染、军旅生活的锤炼、南异族文化的熏陶、苏莱曼一世的赏识，以及生逢盛世的诸多机遇。而锡南敏于抓住机会、展示自己的才华，不拘泥于传统文化、开放包容的文化精神，也许还有尽职尽责的职业道德，也都是他成功的关键。土耳其的宗教文化融合，在锡南身上得到了完美体现。

奥斯曼帝国的第 10 位苏丹苏莱曼一世，堪称锡南的伯乐，与锡南的辉煌人生密不可分。苏莱曼一世在位 46 年（1520—1566 年），是奥斯曼帝国在位时间最长的苏丹，并因其文治武功，被誉为"苏莱曼大帝"。苏莱曼一世完成了对奥斯曼帝国法律体系的改造，并使奥斯曼帝国在政治、经济、军事和文化等诸多方面都进入极盛时期，成为欧洲政治舞台上一支强有力的力量。

花半天时间仔细观赏苏莱曼清真寺建筑群，是我了解锡南与苏莱曼大帝密切关系的佳径。由苏莱曼大帝在奥斯曼帝国鼎盛时期下令敕建，当时最著名的建筑设计师锡南设计建造，苏莱曼清真寺自然出身不凡，并被认为是伊斯坦布尔最精美的清真寺。建筑群中央是矗立在山丘上的苏莱曼清真寺，周围有医院、学校、浴场等大小二十余处公共设施，规模宏大，气势恢宏，大大小小层层叠叠的圆顶无数，是伊斯坦布尔的地标之一。清真寺的后面，有一片墓地，位于墓地正中间的，是锡南为苏莱曼大帝设计的陵墓，里面埋葬的是苏莱曼大帝及其妻女、母亲、姐姐、苏莱曼二世等。而锡南的墓地位于清真寺右前方墙外的街角。我们绕了半天，才找对地方，却发现那里不但是锡南的长眠之地，而且满是与锡南有关的符号：旁边是锡南咖啡屋，而那条小街就叫锡南街。可见伴随锡南建筑长存于世的，是土耳其人民对锡南的喜爱与尊敬。

伊斯坦布尔的必游景点蓝色清真寺是锡南最得意的弟子 Aga 的作品，它对土耳其著名的依兹尼克瓷砖的妙用，与锡南的帕夏清真寺可谓一脉相承，是锡南建筑精神的延伸。锡南固然伟大，但土耳其人民对古建筑与古文化的珍爱与呵护，更值得我们钦佩与借鉴。

心灵手巧的 Mustafa

除了伊斯坦布尔，地中海小城安塔利亚也是我最喜欢的土耳其城市之一：有山有海，有很好的考古博物馆，有哈德良门等老城古迹，有鲜绿色的街头雕塑，有晃悠悠的电车，有友好好客的奥斯卡旅馆（Hotel Oscar），更有热情好客的安塔利亚人，尤其是心灵手巧的安塔利亚小伙子 Mustafa。

我们入住的奥斯卡旅馆就在老城主街旁的小巷里，安静又方便，员工友好热情，并且极为实惠。极大的一个院子，周围都是淡绿色二层楼的旅馆房间，中间一个小游泳池，还有一个咖啡厅，再就是柠檬树下摆放的一张张餐桌，为客人提供早晚自助餐。订房时不明白这家旅馆"半餐"指的是什么，上网搜索，我仍不敢相信晚餐竟然也包在已经很实惠的房费里，并且是不错的自助晚餐，有个小伙子专门负责烤肉。按规定 11 点退房，我申请多待一个小时，诙谐幽默的前台小伙子夸张地来了一句"哦，天呢"，然后就毫不犹豫地答应了我的要求。后来我在棉花堡如法炮制，老板母子一副公事公办的样子，一点儿不肯通融，我们只好在大中午的花树荫下待了半个小时，然后去汽车站又等了很长时间。

我对安塔利亚印象深刻，还因为安塔利亚大学手工艺老师 Mustafa Canli，他是一个看起来像四十多岁，却只有 32 岁的腼腆大小伙子。看完以安塔利亚老城 Kaleici 命名的民俗博物馆，我随意走进一家工艺品小店，就这样认识了Mustafa，并且一聊就是一个多小时。Mustafa 是家里七个孩子中的老小，单身。四个哥哥和两个姐姐都已成家，哥哥们都在有着 25 年历史的家族企业工作，主要制作地毯和首饰。Mustafa 从小热爱手工，并将手工制作当作自己的职业和事业，店里的很多小商品，包括复杂的项链、手链和挂毯，都是 Mustafa 自己的作品。想不到一个五大三粗的安塔利亚小伙子，竟然如此心灵手巧，着实让我诧异。更没想到的是作为七个孩子中的老小，Mustafa 的家族观念十足，也有着强烈的爱国心。他的许多假期，就这样在店里帮忙，替兄长们分忧。他原本有机会去美国发展，但他拒绝了邀请。他觉得自己的祖国是土耳其，家人都在这里，在这儿待着最踏实。他还是虔诚的苏菲教徒，两个姐姐如今就生活在苏菲教派的大本营孔亚。我们碰巧刚从孔亚过来，对苏菲教派有些了解，因此多了许多话题。但因时间有限，心中的一些疑问，还是没搞清楚，比如不知为何，我们见到的所有苏菲教派教友雕塑的表情都很忧郁，而我见到的唯一一个活生生的苏菲教派教徒 Mustafa，脸上却总是挂着微笑，似乎生活得平静幸福，心满意足。

Mustafa 小时候淘气，把母亲织了一半的地毯剪坏，被母亲严厉训斥，现如今老母亲还偶尔提起这回事。Mustafa 讲起这个小故事时一脸甜甜的笑意，给我看手机上两个小侄子举着他织的地毯时，同样一脸幸福。他认为钱固然重要，但内心的东西更重要。他说的内心世界，大概就是爱家、爱（宗）教、爱（事）业、爱国吧。

我在 Mustafa 店里聊天的一个多小时，除了门口卖西瓜的人的五六岁儿子不时捣乱以外，没有一个客人进门，可见生意萧条。可能也因为那条小街位于老城区边缘，一般的游客逛不到这里。Mustafa 说现在的年轻人都忙着上网，没几个人对手工感兴趣，但他从小耳濡目染，对手工制作兴趣浓厚，因而乐此不疲。他是个严格的老师，对试图糊弄过关的学生，从不心慈手软，学生被逼无奈，竟也能按时交出像样的作品。看来世界各地的大学生都一样，被日新月异的高科技所吸引，无暇顾及劳心劳力的传统工艺，并且人都有惰性，尤其是自制力不强的年轻人，有时需要外力约束，才能有所作为。所谓的"严师出高徒"大概就是如此。而真正要把一件事做好，还得是 Mustafa 这种发自内心的痴迷才行。有师如此，是学生之福，可惜大概要到很多年之后学生们才会明白这点。

说也有趣，上午认识 Mustafa Canli，中午去汽车站的路上，就好几次看到 Mustafa 这个名字，就连下午入住的费特希耶城外旅馆门前的那条大路，也叫 Mustafa Kemal 大道，那晚偶尔打开电视，主持人竟也姓 Canli。之前对这两个词没有任何感觉，之后只要看到这两个词，就会想到安塔利亚老城令人眼花缭乱的工艺品小店里，那个对手工艺痴迷的安塔利亚年轻人。

查阅资料，我才明白 Mustafa 原来还是土耳其共和国的缔造者、国父穆斯塔法·凯末尔·阿塔土克（Mustafa Kemal Atatürk，1881—1938 年）的名字，难怪如此常见。提前三个月订往返机票时，就记住了伊斯坦布尔的阿塔土克机场，后来对阿塔土克这个名字更加熟悉。在土耳其三周，看到无数个阿塔土克雕像，参观过两个阿塔土克故居博物馆，道路、公园、大学、大楼名称中的国父名字更是不计其数，国父名言常常伴随雕塑周围，土耳其人民对国父的喜爱与崇拜，无处不在。

贴心的便民设施

有关土耳其是否是发达国家，网友有很多疑问，更有很多网友不服，觉得土耳其与中国的 GDP 差不多，为何它算发达国家。在土耳其三周转下来，没见到几个工地；没见过很贫穷的地方，无论城市还是乡村，除了高高在上的清真寺，其他的民居大多是红瓦白墙或赤橙黄绿青蓝紫的各色建筑，清新宜人；接触的当地人大多对国家的认同感极高，安居乐业，平静幸福。另外，仅从与老百姓息息相关的各种便民设施来看，土耳其就无愧发达国家的称号。

先说交通。市内公交车、电车、地铁等五花八门，方便快捷，而土耳其的长途大巴，更是获得广泛的赞誉，我多次体验后，觉得果然不凡，值得大赞特赞。我共搭乘 11 次长途客车，总共几十个小时，分属 Metro 和 Pamukkale 两个公司，应该算有代表性。

乘坐土耳其的长途大巴绝对超过了飞机上的待遇，无论硬件还是软件。大巴车大多八九成新，一排三或四个座位，座椅大都宽大舒适美观，设计合理。连我这个有十多年腰肌劳损毛病、每次上飞机需要先要毛毯垫腰的人，一圈跑下来，竟没出什么毛病，这完全归功于土耳其大巴座椅的合理设计。座椅前都有小电视，电视、电影、音乐、游戏等一应俱全。如想打发时间，完全可以戴上耳机，旁若无人地看下去。而我这种上车喜欢看景或睡觉的人，扣上安全带，就可以放心大胆地欣赏路边美景或舒舒服服地睡大觉。不过要想不被打扰，那是不可能的，因为每过一两个小时，大巴都要停一下，让大家上个厕所，或者买点吃的，或者下车活动活动。虽然车上一般有两个司机和一个服务员，司机绝不会把自己累着，也绝不想把乘客累着。土耳其的公路质量都挺好，很像我们的高速公路，但大巴一般也只开四五十迈，超平稳，超安全，司机好像一点儿不着急，乘客也"稳坐钓鱼船"，该吃吃，该喝喝，该下车下车，似乎无人着急有事。在土耳其三周，只见过一起交通事故，还是在格雷梅我们旅馆门前的斜坡小街上。不知网上流传的土耳其交通事故频发之类的信息，是如何得来的。

除了大巴车停靠休息，服务员频繁派发饮食，是乘客不可能不被"打扰"的主要原因，也使我们充分理解了"顾客就是上帝"这句话的含义。大巴发车不久，服务员就开始为大家服务，先发杯水或发个冰激凌，有时还会先让大家用古龙水或柠檬水洗个手。过会儿开始推着小车给大家发零食和饮料，通常四五种小蛋糕和饼干，还有土耳其咖啡、红茶和两三种果汁，然后再次送水。如果旅途在四五个小时以上，会送两次以上的零食和饮料。从伊兹密尔到恰纳卡莱五个半小时的大巴上，大巴两次停靠服务站，服务员还送一次冰激凌，两次水，四次零食和饮料，外加每次过后都要收垃圾，一路根本没怎么坐下过。而我那次竟然把每种点心都尝了个遍，发现还都不错，难怪土耳其美食扬名世界。

土耳其长途大巴不光是游客更是土耳其本地人城际之间旅行的主要交通工具，虽然明知"羊毛出在羊身上"，但我看着白领一般身着干净整洁制服、打着领带的司乘人员，享受着他们温文尔雅、细心周到的服务，有吃有喝又不用担心找厕所，上帝一般的待遇，自然不会有什么无名邪火，与司乘人员之间不会有什么矛盾，票价贵点也就认了。况且从伊斯坦布尔到番红花城六七个小时车程，票价50里拉（110多元），好像也不算太贵（开封到洛阳大巴3小时，60元）。在安静清凉的大巴上戴着耳机享受音乐或影视天地，或静静享受窗外蓝天白云下的山川河流和乡野美景，这样的大巴旅行，绝对是享受。

除了大巴本身，汽车站一个小小的便民设计，也使我们感叹不已。我们注意到每辆进站的大巴都有固定位置，两个前轮正好贴着地上两条横杠，停靠后错落有致，美观大方，而乘客上车的位置高出汽车一个台阶，方便上下。

长途汽车公司体贴入微的服务，还体现在汽车站与市内的衔接上。尽管土耳其长途客车的服务无可挑剔，但大多数城市的汽车站，却与市内相距较远，好在有免费通勤车，却还是有点不方便，且耽误时间，尤其对我们这些初来乍到，不明白这些交通规则的游客。在卡帕多奇亚的格雷梅，我们就上了一当，当然也是因为交流不充分，对所谓的"汽车站"理解不一所致。在所谓的格雷梅下车后，朋友与答应接站的旅馆老板联系，老板说两分钟就到"汽车站"，而我们却左等不来右等不来，最后才发现我们离格雷梅还有几十千米，本该下了大巴再上 Metro 公司的通勤车，坐到格雷梅市中心的 Metro 公司售票点，老板就在那里等我们。好在 Metro 公司的服务确实无可挑剔，竟然为我们的失误买单，专门又派车把我们送到市内。

说起土耳其的便民设施，我们感受到的绝不止大巴一种，与游客息息相关的还有可以随时饮用的自来水，尤其是景点常见的饮水机，大多设计巧妙，如安塔利亚滨海公园的饮水机，仿佛一位老人背着大大的茶壶正在倒茶，方便、大方、美观，一举多得，赏心悦目。

安塔利亚的饮水机

　　土耳其另一个便民设施，是遍布全国的钟楼，与各地的饮水器一样，美观大方，又时刻提醒人们注意时间，也是土耳其一景。说起这些漂亮高大的钟楼，还有个小故事。1901 年，当时的奥斯曼苏丹为鼓励国人向欧洲人学习守时的好习惯，在土耳其各地建造了 58 座钟楼，其中最漂亮的一座，当属伊兹密尔海滨的科纳克钟楼，这座钟楼也是为庆祝当时的苏丹登基25 周年而建。它与旁边的科纳克清真寺一起，成为伊兹密尔的标志，吸引众多游客合影留念。其实早在旅程的第二站番红花城，我们就注意到老政府大楼后面的花园里有个钟楼公园，虽是些缩小的模型，却颇引人注目。此后的旅途中我见到不少实物，如获至宝，比如恰纳卡莱码头附近的钟楼，虽然简朴，却因为它位于我入住的 Yellow Rose Pension 旁边，是我寻找住地的地标，每次经过都倍感亲切。尽管这些钟楼已存在 114 年，土耳其人的时间观念却实在不敢恭维。大巴车晚点是常有的事，我错过的特洛伊小巴，大概是最准点的了。人们的时间观念，似乎并不取决于钟楼或其他计时器的普及。

尽管没学好欧洲人的准时习惯，土耳其在其他许多地方确实非常欧化，体现在衣食住行、建筑设施、钱币等方方面面。除了众多清真寺提醒我们这是个伊斯兰国家以外，其他许多地方，和在欧洲旅行感觉很相似。仅以钱币为例，出发前思虑再三，决定换 1000 美元，唯恐万一银行卡刷不了。到了土耳其才知道我们还是选择错误，因为土耳其虽然也认美元，但更认欧元，旅馆房间都是按欧元算的，而我们需要

伊兹密尔的科纳克钟楼

先把美元换成土耳其里拉，最后在机场再把手里的里拉花掉，而机场所有免税店也都以欧元结算，换来换去当然都会有损失。虽然土耳其的欧洲部分只占其全国总面积的 3%，却住着 10% 的人口，而且土耳其一直致力于加入欧盟，欧化也就在所难免。从历史上看，土耳其隶属于古希腊、古罗马和拜占庭帝国的历史长达几千年，奥斯曼帝国中的很大一部分，也在欧洲和北非，因此它与欧洲之间的关系，似乎向来就比它与亚洲之间的关系密切，这些大概都是这个国家欧化的原因。

热情友好的土耳其人

出发前四天，碰巧土耳其爆发较大规模的游行，我从银行得知这个消息，还有点不大相信。很快消息满天飞，为安全起见，家人劝我放弃，但我们为这次旅行已经准备了好几个月，岂能轻言放弃。还好我们去了，因为我们见识的土耳其人，绝大多数像传说中一样热情好客，参加游行的年轻人早已不知去

向，游行地点塔克西姆广场平静祥和，几天前的那些不快，像没发生过一样。土耳其的几千年文明，毕竟幻化的是土耳其人的热情、友好、诙谐、从容与机智，少数被蛊惑的年轻人头脑发热的一时行为，不足以影响土耳其人的整体形象。

土耳其人的英语实在不敢恭维，少数英语不错的土耳其人的热心相助，却给我们这些旅游者带来了极大的方便。尽管英语不怎么样，那些不幸被我们拦住的路人，大多极认真地搜寻脑子里的那些英文单词，实在不懂英语的，一脸遗憾的样子。每逢这个时候，往往就会冒出一个懂英语的人，主动上来询问我们是否需要帮助，我们便仿佛抓住了救命稻草，就像十年前我在从北京到上海的火车上帮过的那个巴基斯坦人一样。有两次甚至是开车的人停下来，专门为我们解决难题。还有的人因为说不清楚，干脆带我们找到就在不远处的目的地，令人感动。

其实在伊斯坦布尔的几天，我就已经充分领略了土耳其人的热心友好。也许是亚裔面孔不多的缘故，每次从加拉太桥走过，我们仿佛也是一景，有人甚至会拉着我们合影，而桥上密密麻麻的钓鱼人，看我们从身边走过，就会腼腆地对我们微笑，尤其是看我们举着相机的时候。有天凌晨被清真寺的叫拜声惊醒，我和月月决定去加拉太桥上看日出。才5:30，桥上已有不少钓鱼人在准备下钩。和一个年轻人聊起来，我才知道有些人每天都在这里钓鱼，钓到的小鱼直接卖给桥下的游船饭店，很快变为游人口中的美味。旁边的中年人就是一个职业钓鱼人，看到我好奇，他教我上下摆动鱼竿，自己则去准备另一个鱼竿，我这才发现每个鱼竿上有多达10个鱼钩，而他有五根鱼竿，共50个鱼钩，有时会同时钓上很多条小鱼。难怪经常见他们的小桶里收获颇丰，可惜都是些两三寸长的小鱼，可怜这些小鱼连长大的机会都没有。久而久之，这些钓鱼人也成了加拉太桥一景，与两岸美景一起，成为游客相机聚焦的对象。

一次黄昏冒险，更让我有机会见识伊斯坦布尔人的热心与大度。为了充分利用时间，有天下午6点多回到旅馆，稍作休息，我又到了旁边的加拉太塔

加拉太桥上的钓鱼人

（Galata Tower，1348 年）。很快，塔西晚霞满天，如梦如幻，我顾不得多想，冲着太阳飞奔下山，直奔博斯普鲁斯海峡边。那天日落，我有幸从头看到尾，眼睛眨都不眨，唯恐错过瞬间的美妙景象。欣赏壮美的日落美景的同时，我又想起在剑桥格兰切斯特村后无数次看日落的情景，恍如隔世。而我有幸在一艘停泊的大船甲板上独自静静地观赏满天如血的晚霞，完全出自一个好心的餐馆老板的大度。从加拉太塔所在的小山头西下，海峡仿佛近在咫尺，但下去后才发现根本无法到达海峡边。我沿着离海峡最近的公园与建筑跑了很远，眼看太阳一点点下沉，却无法接近，心急如焚。终于通过一扇小门能看到海峡，看到人来人往，我顾不得多想，直接往里冲，被一个服务员拦住，我举起手里的相机，说我想看落日，但他明显听不懂，叫老板过来，老板无奈，摆摆手让我进去了。进去以后才发现这里原来是个水上餐厅，很多人在露天餐厅就餐，一边欣赏落日，而我是唯一在大船甲板上欣赏落日的人。回来对女儿讲起这段经历，女儿一句"你傻啊，你不会也在那儿吃饭？"是啊，可惜当时没想走远，手里只抓着相机，没带一分钱。

心满意足地看完日落，赶快往回走，想在天黑之前回到旅馆，没想到慌乱之中，竟记不得下来的路口，两次走过头，最后走进一条死胡同。关键时刻，又是一位好心人主动提醒，才使我不至于再回头。意识到前边不通之前，旁边车库里的老先生示意我走车库，我觉得莫名其妙，但还是左顾右盼地走进那扇大大的卷闸门。里面空无一人，密密麻麻的全是车，好在暗影中能看到几十米外的对面那扇门。我谢过老先生，快步直奔对面，心里却有点犯嘀咕，甚至怀疑被骗，直到从对面出来，发现面前是另一条街，而且右手不远就是我该走的那条小路，加拉太塔就在前边山头，才彻底放心，并为自己的疑心而真心羞愧。在欧美旅行，一次次发现自己"以小人之心，度君子之腹"，一次次发现我们的信任感太低，生活得太累。没办法，我几个月前还被一个假网站骗去100元，被杂志社奚落为"幼稚"，乐于助人的土耳其人让我又一次感叹人与人之间的信任原来可以这么简单。

因为大多数土耳其人的英语不大好，因此与当地人接触最多又能说上话的，往往是旅馆老板或工作人员，在他们中的大多数人身上，土耳其人的热情好客常常展现得淋漓尽致。卡帕多奇亚小镇格雷梅的 Cave House Hotel 老板快人快语，热情洋溢，非常积极主动地帮客人联系游玩事宜，口碑很好。让他不明白并且很受伤的是，在他那儿入住的中国游客往往拒绝他的帮助。他说如果来中国玩，肯定会先向旅馆咨询有关吃玩购游等事宜，但不知为何，每次他想提供帮助，中国游客往往会说不用了，我们自己玩，我们自己找吃的。有天晚上我与刚认识的两个英国朋友聊天，刚坐下没一会儿，服务员又送来一杯苹果汁，说买一送一，付钱时并没听说有这回事。一里拉一杯（不到 2.4 元），已经很便宜，没想到还更便宜。老板人确实很好，很会做生意，难怪这家旅馆的口碑超好。我通过他定了热气球和卡帕多奇亚的红线一日游，都含来往接送和一餐，很靠谱，也很值。一日游回来，时间还早，老板说你先休息一下，一小时后可以上楼顶看日落，后来他又主动提出骑摩托车带我去看日落。那个地方其实就在我们旅馆后面的小山上，步行也就四五分钟，但若非他带我过去，真会错过近在咫尺的好地方。那里人山人海，是格雷梅看日落的绝好位置。不好意思多占用他时间，就让他先回去，没想到回来走错路，竟然差点找不回旅馆，因为我连旅馆的名字都没记住。好在格雷梅很小，找回镇中心，看到路口的地毯商店，一直往上走就是我们入住的旅馆了。不过说起这里的洞穴酒店，体验一次也就够了。其他各方面都不错，就是房顶掉渣，床上往往会有碎屑，另外因为没有窗户，室内阴暗，倒是很适合睡大觉。

塞尔丘克 Nazhan Hotel 的老板娘热情、善良、能干、大度，也给我们留下深刻印象。这家旅馆离汽车站及主要景点很近，位置超好，就是我们的房间窗户对着一条斜坡路，前半夜有点吵。第二天老板娘还专门问起这点，担心我们休息不好。说是老板娘，其实她是真正的老板，并且是个独自带着六个月大的小女儿操持家庭旅馆的老板。她的丈夫在游泳馆工作，上午十点多才穿着大裤头、趿拉着拖鞋不紧不慢地去上班。而在家里，丈夫明显是个甩手掌柜。我们入住时从办理入住手续，到帮朋友搬运沉重的大箱子上楼，都是矮小的女主人一手包办，而自始至终，丈夫都没事人似的坐在旁边看电视，除了试图回答我找上门来的问题，根本没动窝。第二天早上，我先去郊外寻找地图上的罗马水渠，未果，搭便车回来吃早饭。虽然只有我自己，女主人同样端给我十几种东西：奶酪黄油三种，果酱三种，麦片三种，橄榄两种，面包一小筐，再加上咖啡、黄瓜和番茄，甚至还有芝麻酱。除了芝麻酱，其他都是土耳其早餐中必不可少的元素。我唯恐吃不完浪费东西，女主人一再说"没关系，你只管吃就好"。早饭后去对面的圣约翰教堂，临行之前告诉女主人我 11 点前会回来准时退房，她一再说不着急。我本只想细细观赏宏大的圣约翰教堂及其中的圣约翰墓地，没想到教堂后面的塞尔丘克城堡也一同开放，城堡上最主要的遗迹，莫过于圣约翰曾写作约翰福音的小教堂。四福音书是新约圣经中我们关注最多的内容，没想到在这个以前从未听说过的小城，这么近距离地接触圣约翰生活写作过的地方，也是这次旅行的一个意外收获。一个半小时后匆匆忙忙赶回来，差十来分 11 点，女主人同样说不着急，而我退房后也还是得把东西寄存在那里。回去拿行李时，又不得不在她家客厅看了半个多小时书，女主人同样热情地要给我们准备茶水。与棉花堡冰冷冷的旅馆母子相比，这家女主人给我们宾至如归的感觉。

我整个旅行途中唯一参团的一次，是在卡帕多奇亚，也是收获极大的一天。风趣幽默、尽职尽责的导游 Erbil，轻松游玩的露天博物馆等红线主要景点，陶瓷工作室和地毯厂博物馆般的体验，结伴游玩的北京摄影师小白，Kappadocia Han Restaurant 丰富美味的自助午餐，都使 100 里拉的团费物超所值。Erbil 现年 28 岁，做导游已经 5 年，并且很喜欢这份工作。他觉得每天与来自世界各地的游客打交道，其乐无穷，这份快乐自然也伴随着他的一言一行，潜移默化地传达给他的团友。跟着这样的导游游览，我了解到了很多历史文化知识和当地的风土人情，更重要的是心情愉快，景色也似乎变得更美。记得有次在龙亭公园，院里特意为与会的老师们请了国旅的讲解员，没想到那小姑娘倒更像个引路的向导，一路上惜语如金。我忍不住，一次次提醒她把眼前的景点讲给老师们听，而她竟然觉得没意思，没什么好讲的。我只好一次次越俎代庖，不时将自己所了解的东西讲给大家，并把开封的景点归结为三塔三湖，她觉得还挺是那么回事，并说听我讲解，她也似乎觉得有意思了。我既无语，又觉得她可爱之极。一路上聊得多了，就劝她要么尽快喜欢上这份工作，要么尽快转行，否则自己难受，也耽误游客的时间与心情，而这些游客也许一辈子只来这里一次。那小姑娘倒是不恼不烦，认真倾听我的意见。真希望国内多几个 Erbil 这样风趣幽默、热爱本职工作的导游。

随着中国游客的增多，Erbil 对汉语的兴趣与日俱增，不时向我讨教。在卡帕露天博物馆，Erbil 讲解近一个小时，一点儿都不偷懒。看到我举起相机，他马上夸张地摆姿势给我，嘴里的讲解一点儿都不耽误。这个旅行团给人整体的感觉和国内旅行团差不多，景点给的时间稍显紧张，但线路上规定的景点，都不折不扣，唯一的自费景点是露天博物馆最精美的黑暗教堂，去不去完全由自己决定。除了景点，我们还去了一个地毯厂和一个陶瓷工作室，了解实际制作过程，有兴趣的可以购物。地毯厂还专门有汉语讲解，旁边一个工作人员一块块将各种各样的地毯铺开，让我们光脚上去感受各种材质、各种织法地毯的细微差别，果然很不一样。羊毛地毯最便宜，丝质地毯最贵，棉质地毯居中，还有毛加丝、毛加棉、丝加棉等多种材质，图案各异，色彩缤纷，令人眼花缭乱，眼界大开。小伙子讲了半天，最后问我们对哪种地毯感兴趣，或者有问题可以随意提。同来的五个姑娘都沉默不语，我只好硬着头皮说抱歉，我们几个都属于穷游，买不起这些昂贵的地毯。旁边有位姑娘说，如果有个土豪就好了，小伙子问"土豪"是什么意思，大家于是七嘴八舌地聊天。小伙子在土耳其大学学的汉语专业，还在重庆学习过半年，汉语说得不错，但对"土豪"之类的新词，显然没有接触过。看我们实在没什么购买力，他说"不买没关系，你们随便看。我们今天已卖出三万多美元的货，其中不少买家大概就是你们说的中国土豪"。我指着那块价值 15000 美元的丝质地毯开玩笑说，这样吧，我留下打工，多久能挣回这块地毯？小伙子伸手说 5 年，又说不对，得 6 年。我们就这样像在陶瓷工作室一样，将地毯厂当作地毯博物馆，大饱了眼福，又不用受导游的任何辱骂与刁难，顺利结束地毯厂之行。这也许是土耳其跟团游与国内许多旅行社的一大区别。

　　小地方人往往比大城市人更热情好客，世界各地仿佛都是如此，土耳其也不例外。代林库尤（Derinkuyu）的老老少少热情友好，令我终生难忘。在卡帕多奇亚的第三天，我独自坐长途客车去代林库尤地下城，参观 1300 多年前建造的不可思议的地下岩洞城之前，先在附近逛了逛。首先吸引我的，仍是有着高高叫拜塔的清真寺。这是我在土耳其见到的规模最小的清真寺，只有一二十平方米大，设施也很简单。清真寺里面还有一个小房间，摆成 U 型的一些小桌子上，摊着孩子们的课本。好在外面有个大点儿的院子，适逢暑假，这里简直成了孩子们的天堂。十几个大大小小的孩子在院子里玩耍，见到我这个不速之客，一点也不生分，纷纷围着我打招呼，就像在埃及神庙里见到的那群女孩子一样，每个人都问一句："What's your name?"借此练习英语。随后他们簇拥着我一起进教堂参观，叽叽喳喳，热闹非凡。就像在费特希耶的 Gul 清真寺和安卡拉的 Kocatepe 清真寺一样，这里是孩子们的乐园，虽少了份庄严肃穆，却多了份生活的气息，是我所有清真寺之旅里最轻松愉快的一次经历。很快一个工作人员进来，把孩子们都撵了出去，让我静静地参观，他默默地陪在旁边，之后还邀请我去门口旁边的小办公室，里面还有一个人坐在桌前。他们

代林库尤清真寺门前的孩子们

端给我一碟糖果，一杯红茶，只可惜无法交流。这么小一座清真寺，想不到竟有两个工作人员，其中一个说不定是负责孩子们功课的老师。每逢这个时候，我就会想象，如果上帝不摧毁人类建造的巴别塔，世界各地人操同一种语言，不用学外语，会节省多少人力物力，人与人之间都可以无障碍交流，旅行中会多出多少乐趣。出来又被那群孩子围住，我提出给他们照张相，孩子们自然乐意，但大点儿的女孩子提出她们不与男孩合影，于是我给男孩女孩分别照了相，并且一一拿给他们看，大家都很开心。

离清真寺不远，就是代林库尤市中心的街心公园，实际上就是街角的一小片三角形树林，树林里摆着很多张桌子，每张桌子旁都围着几个在此休闲放松的男人，只有一个女顾客和一个女服务员，这也是在土耳其三周，见到的唯一一个女服务员。而我，是那个烈日炎炎的大中午出现在那片树林里的第三个女人。尽管人多，又是在室外，树林里却非常安静。有些人在喝茶聊天，大部分人在打"麻将"。我在一张麻将桌前站住，马上吸引全桌人抬头看我，我问可

土耳其麻将

否坐下来观战，大家都笑着点点头。看到服务员过来，旁边的老人问我要茶还是咖啡，我说要茶，随即掏出钱包问多少钱，他马上摆摆手说不要钱，我只好表示感谢。看他们打了二十来分钟，发现土耳其麻将其实与中国麻将差不多，只是他们用数字牌，多米诺骨牌大小，分红、蓝、黄、绿四种，码在两层木制牌架上，整齐好看。伊斯兰国家男人地位高，很多阿拉伯国家还实行一夫四妻制，而在今天的土耳其，一夫一妻与一夫四妻制并存，妇女地位明显偏低。丈夫在此休闲打牌的时候，妻子肯定在家带孩子做家务。

无论是偶遇的路人，还是接触时间较长的旅馆员工，或者是代林库尤热情好客的老人与孩子，友好的土耳其人与土耳其美景一起永驻我心间。

游 学 教 师

在土耳其这个东西文化大融合的地方，结识来自世界各地的游客，实为一大快事。适逢暑假，我在旅途中遇见最多的是教师和大学生，和我们一样利用暑假游学。接触最多的是英国的 Elizabeth 与 Eva，还有日本的智子。

在卡帕多奇亚三天，联系最多的是一同住在 Cave House Hotel 的 Elizabeth 和 Eva，她们是发小，来自伦敦一所叫 Barnet and Southgate College 的大学，父母都是乌干达移民。这次她们在土耳其两周，除了旅游，还要参加一个朋友的婚礼，有机会更深入地了解当地文化，令人羡慕。我那天去代林库尤地下城时碰巧在车上扫了一眼当地人的婚礼，载歌载舞，看起来很热闹，问邻座我可否去参加婚礼，他说当然可以，任何人都欢迎。晚上与她俩聊天，刚开始老板还在，大家玩笑不断，很开心。后来她俩准备要酒喝，我赶快撤退，因为我滴酒不沾，这种场合不免扫兴，但我那会儿撤退似乎更令人扫兴，于是说回去冲个澡，一会儿再回来。其实她们的所谓喝酒，和我们所说的喝酒完全是两码事。她们一杯酒也许会喝上一晚，与其说是喝酒，不如说是聊天。半个多小时后回来，果然发现她们还在，我要了杯苹果汁，一起聊天，聊土耳其、非洲、中国、英国，聊教师、学生、大学、假期，也聊宗教信仰，尤其是欧化的土耳其穆斯林与中东其他地区穆斯林女人的区别。Eva 说到她在阿联酋的经历，至今心有余悸。她原本穿着短裤背心，但一到阿联酋就被要求和当地女人一样全身裹得严严实实，只露两只眼睛，使她几次都差点中暑，最后不得不提前结束行程。Elizabeth 尤其热情，说下次去伦敦，一定要提前和她联系，她会到机场接我到她那里去住。我说如果再去伦敦，大概就是第八次了，她说那又何妨，故地重游会别有一番趣味。倒也是，不过一般去过的地方，除非有机会常住，我不会再去旅游，正因如此，一般在可能的情况下，会选择多待几天，多看几眼。

在棉花堡后面的古剧场遗址结识 28 岁的日本姑娘智子，接下来几个小时一起游览、晚餐，发现她不只美丽温柔，而且开朗健谈，我们仿佛一见如故的忘年交，分手后还互留微信联系。

智子的汉语说得很好，刚开始根本没想到她是日本人，还以为是个南方姑娘。她在北航学过两年汉语，难怪她不但会说，而且会写，在微信上用汉字和我交流，一点儿问题都没有。她谦虚地说那是因为日语里也有汉字的缘故，所以书写汉语对她来说不是问题。艺多不压身，那两年的汉语学习，对她现在的教书工作大有益处。她教外国人日语，学生大多是在日本工作的中国人。而她之所以选择北航，而不是我猜的北语，是因为她想把自己丢在中国人堆里，而不是到处都可以见到日本人的地方，真是聪明之极的选择。女儿在美国留学五年了，没交到一个美国朋友，成天混在中国学生群里。她不到18岁就被我送到美国留学，我期望她能很快练就一口纯正流利的美语，没想到她的口语进步奇慢。

说起自己的名字，智子说在北京航空航天大学学习时闹过不少笑话，因为她姓神津。每次她自我介绍，听到"神津智子"这个名字，同学们都会一愣：啊，神经质啊？这几个字放一起，确实不容易发清楚音。我开玩笑说以后再有人说你"神经质"，你就说不是自己发音不好，是他们听力有问题。她开心地笑说：对啊，以后我就这么说。

智子大学学的是西亚历史，之所以来中国留学，其实是随丈夫陪读的，但她没有无所事事地浪费时间，自己也学好了汉语，一举两得。可惜他们回日本后就离了婚，如今智子单身，这次是独自周游世界。我们这次只订了往返伊斯坦布尔的机票和伊斯坦布尔的五夜住宿，其他行程都是临时安排的，已属任性，但与智子的任性游相比，那就简直是小巫见大巫了。与西方发达国家的"驴友"一样，因为不需要考虑签证问题，智子完全是想哪儿走哪儿。她出来五周多了，已游览摩洛哥、葡萄牙、西班牙和法国，土耳其是她这次旅行的第五个国家，但要在这里待多久，下个国家是哪儿，何时回日本，还都是未知数。一个地方待够了，她才会考虑下一站，哪便宜飞哪儿，绝对任性至极，也让人羡慕不已。

智子的父母很传统，以前对女儿管教很严，比如不可找外国人、婚前不可来往过密等，但面对女儿婚姻的坎坷，父母也不得不妥协，说女儿就是领个外国人回来，他们也认了。可怜天下父母心，他们希望的，其实就是儿女的幸福安康。如果是几年前，智子一个人在外漂着，父母一定很不放心，但自从智子在中国留学回去，父母发现她长大了，懂得自己照顾自己，做饭做家务样样在行，他们也就放心了。

　　说起我和智子的缘分，还要归功于棉花堡如火的骄阳。也许是污染少的缘故，哪怕是在只有二十几度的伊斯坦布尔和番红花城，太阳底下也晒得受不了，更别说炽热的土耳其中西部了。临近塞尔丘克，大巴显示外面温度达42℃。为躲避骄阳，中午一两点到四五点最热的时候，要么午休，要么在大巴车上，要么在博物馆，反正绝不能在烈日下。但我们在棉花堡只有二十五六个小时，又想在景区多待会儿，因此那天下午四点就到了棉花堡公园。棉花堡的美丽果然名不虚传，并且因为泉水流个不停，光脚踩在如雪的岩石上，倒是并不觉得热，但剧烈的阳光经过白色岩石和水流的反射，更加刺眼，相机镜头更是晃得根本什么都看不清。棉花堡给我的第二个感受，是双脚被有些不得不走的尖利岩石扎得生疼，转回来不得不走第二遍时我特意穿上提前准备的白色厚棉袜子，但也没觉得起什么作用，反而大家都光着脚，就自己穿着袜子，总觉得招来不少白眼。

　　参观棉花堡后面的古城遗迹时，剩下的就都是炎热了。建于公元前2世纪的希拉波利斯古城遗址规模宏大，石棺、古街、大剧场、教堂等遗迹很多，几千米走下来，又爬到山头看大剧场遗址，我出来后觉得整个人有虚脱中暑的感觉，是整个行程中最辛苦、最狼狈的一次。恰在此时，坐在剧场外树荫下休息的智子打招呼：热坏了吧？我们就这样聊了起来，因为太热，也因为我们都想等7点多的日落，因此在那儿聊个半个多小时。尽管仍然扎脚，但日落前光线柔和了，落日余晖撒在一池池泉水里，无比美丽。得知景区是晚上9点关门而不是之前以为的8点，因而慢下脚步，开始好好欣赏棉花堡的秀美奇观。智子提前穿好了泳衣，孩子一样在泉水中嬉戏，我为她拍了很多照片，她感激不已。我太明白这种感觉了，独自在欧洲旅行时，经常发现一天天都没有自己的照片。

　　智子说本想去希腊，但朋友说希腊应该和男朋友一起去，因此她暂时放弃了。看到哥哥姐姐他们都夫妻恩爱，儿女绕膝，智子很羡慕，希望自己也有个温馨的小家，有个可爱的孩子。但愿外柔内刚、漂亮可人的智子姑娘早点找到她真正的另一半，早点成行她的圣托里尼岛的浪漫爱情之旅。

除了教师与学生，我也接触到一些利用年假出来旅行的其他人员。在伊斯坦布尔的最后一天，在旅馆的楼顶平台结识了匈牙利小伙子 Frank。Frank 现在奥地利做物流工作，每年有 4 周带薪假期，这次共休假 10 周，其中 6 周是积攒了一年半的假期，用来旅行，其他 4 周准备回家看望父母，还开玩笑说反正回家就不需要花钱了。他的意思其实是住父母家就不会有旅行这么多的花费，因此没有工资也无所谓了。他已在泰国玩了一周，很喜欢那里便宜的物价，并且与我一样，更喜欢清迈，而不是曼谷，因此我们有很多共同语言。他刚到土耳其，准备先在伊斯坦布尔待几天，然后再决定接下来的行程，他和智子姑娘一样任性。说起物流，他很为自己的工作自豪，他认为物流工作很重要，很多地方都离不开物流。聊起伊斯坦布尔的知名景点，我自然有发言权，不仅将自己四天的伊斯坦布尔之行如数家珍，而且正好把五天的博物馆通票（85 里拉）留给他，第二天还可以使用。

除了常见的欧美游客，我还几次遇到来自伊拉克和叙利亚的年轻人。新闻上看到的那些场景，不免在我脑海浮现，我很想知道他们的实际生活状况如何，可惜交流不畅。在加拉太大桥上被三个巴格达小伙子拉住合影留念，有点受宠若惊，不知自己哪里特别。一个叙利亚小伙子在安卡拉的餐馆打工，准备下个月去北欧，可见叙利亚的局势确实不怎么好。

在土耳其整整三周，仍是脚步匆匆，留下诸多遗憾。专程去旋转舞的故乡孔亚，与来自世界各地的苏菲教派教友一起观看苏菲教派的创始人鲁米的墓地，却

孔亚市中心的职业擦鞋人

没看上旋转舞，肚皮舞也无缘一见，就连举世闻名的以弗所，也不得不忍痛舍去。土耳其的旅游资源极其丰富，有卡帕多奇亚、棉花堡这样的自然奇观，有三面环海的 5000 多千米长的海岸线，有丘陵山区蜿蜒全国的数不清的景致，有古希腊、古罗马、拜占庭、奥斯曼、塞尔柱等十三种古文明在这里交融，六千多年历史在这里沉淀。土耳其还有美味实惠的烤肉，有大巴扎等数不清的购物天堂，有热情友好的土耳其人民，有浓郁的伊斯兰风情。访古探幽，休闲度假，购物美食，每个游客大概都能在土耳其这片辽阔的土地上，找到自己心仪的圣地，获得不一样的独特体验。

从土耳其回来 16 天了，游记也整理了 2 万多字，虽然照片还未来得及好好整理，但觉得想说的话差不多了，终于可以将土耳其之旅画上句号。但半夜两点多醒来，我脑子里满满的还都是土耳其，尤其是错过的以弗所和圣母玛利亚小屋，并且突然想起漏掉一个很重要的朋友，于是再也睡不着，干脆爬起来补充。"梦幻土耳其"是出发之前做功课时就定下的游记题目，此刻很想换作"说不尽的土耳其"。从未写过这么长的游记，当然也从未一次出去这么长时间，但土耳其确实是个说不完道不尽的地方，值得一游再游。

2015 年 8 月 9 日

缅甸之行

无所适从的缅甸行

我去过不少国家，每次也都做了不少功课。可每次出行都没有像这次这般犹豫。找个国家去旅行，总共出去一个月，大方针定了，剩下的细节问题却一次次将我推入犹豫的泥潭，难以自拔。

首先，确定国家。游记、攻略买了七八本，并且认真看了三四本，上网搜了十几个国家的基本资料，但符合"有文明古迹""没去过"的所剩无几，还不能是像俄罗斯或北欧那样的冰天雪地，也排除了印度尼西亚、马来西亚这样的湿热雨季国家，再加上不想折腾签证，要没有雾霾，不是很脏，机票还不能太贵，总之原来最想去的俄罗斯、印度、斯里兰卡、伊朗都被否决了，最后我决定去东南亚的第二大国家——缅甸。

缅甸国土面积约 67.65 万平方千米，人口 5000 多万，与人口大省的河南相比，可谓地广人稀。缅甸气候温和，自然景色秀丽，人民淳朴、友好、善良，85％以上人口信奉佛教。缅甸是一个历史悠久的文明古国，自公元 1044 年形成统一国家后，缅甸经历了蒲甘、东吁和贡榜三个封建王朝。缅甸还是中国"西南丝绸之路"的一个重要中转站，东西方的商品通过缅甸输出和运入中国。再加上缅甸向世人开放的时间并不是很长，其中充满了神秘色彩，还有"万塔之城"蒲甘等地随处可见的佛塔等古迹，吸引着世界各地的游人，使人心向往之。

我开始一心一意做缅甸攻略，参考旅行社行程，搜了无数网友的游记和攻略后，我最后确定了曼德勒、蒲甘和仰光这三个最有代表性的城市。既然缅甸允许入境28天，同时我也有的是时间，为何不在缅甸多待几天？有了这个想法之后，我只预订了去曼德勒的两张机票和在曼德勒的三晚住宿。在这三个城市各待多久，何时回国，都是未知数。既然行程没有确定，住宿自然也无法确定。

一直令我犹豫的事情还有要不要带电脑。常用的这台电脑较笨重，去英国访学那年没办法，才带它去了，其他时候出门我向来不愿带着它。但想起去年暑假在土耳其，也是只预订了伊斯坦布尔的酒店，后来的十个地方都是临时性住宿，幸好有月月临行前买的一台小电脑，否则我们在土耳其可能就会手足无措。为了不带眼前这台电脑，甚至想步月月后尘，再花一千多元钱临时去买台小电脑，可又觉得平时不用，太浪费。

犹豫了好多天，昨天上午还是快刀斩乱麻，我接连订下了2月1日仰光的回程机票和蒲甘及仰光的住宿，行程总算确定下来了：往返13天，曼德勒、蒲甘、仰光分别待几天，还有一夜坐大巴从蒲甘到仰光。在最后一刻，我还是决定带上那台大笔记本。这次出门与以往的纯旅游毕竟不同，我还计划在云南停留两周（最后只在昆明和大理各待了两天），没有电脑实在太不方便了。

除了确定出行国家和旅游城市，南方的度假设想也让我茫然无措。海南、广东、广西、云南、贵州、四川……我查了十多个南方城市，要想没雾霾，还不冷，似乎就只有海南了。但回程票只能买到昆明，只为两周度假马上再飞三亚，似乎划不来。可是，昆明和大理我之前去过，而且它们的气温在摄氏二三度到十五六度之间，应该还是挺凉的，尤其是众多资料都显示大理双廊整个是一个大工地，我实在没勇气再踏着朋友的脚步去那里度假。

好在关键时刻，昆明的官渡古镇和大理的喜洲古镇使我下定决心，还是在昆明和大理停留两周为好。虽然2007年我在云南待过八九天，但以前从未注意过这几个古镇。前天中午我在央视四套看到《记住乡愁》第二季第十六集的"喜洲村——立学育人",发现它就在大理,便如获至宝。不过,这些毕竟是两周后回昆明以后的事了,不需要这么快做决定。

我专门重新下载的最新版本"有关国家和地区单方面有条件地允许中国公民免签入境和办理落地签情况一览表"上明确显示,缅甸落地签基本资料是签证申请表和彩色近照两张,连泰国等大多数落地签国家要求的回程或第三国家机票都不要,我便大喜过望。这也导致至少两大恶果:一是行程时间久定不下;二是我根本没注意商务签证说明后面还有一句话:"申请入境签证另需提供相关部委出具的邀请函。"直到今天办理候机时才明白这句话的威力:申请旅游签证也需要邀请函,我顿时傻眼了。

好在我不是唯一被拦住的倒霉蛋,因此有人专门做起了这方面的生意。在经过讨价还价之后,我花了 700 元得到邀请函和对方公司的有关资料,经过机场人员再三审核,终于拿到登机牌,然后跑好几里找到登机口,登机两分钟后,飞机开始滑动。竟然还提前两分钟,所有这一切都在 50 分钟内搞定,再晚几分钟可能真就去不了了!好在一个半小时后在曼德勒机场,我这个假商务人员异常顺利地拿到了真落地签,并且是一年内可以多次往返的商务签证,比普通签证费 10 美元。尽管多花了七八百元冤枉钱,但还是特别感谢那个年轻人,如果不是他主动找我,我这会儿很可能还在昆明,预定的特价机票和住宿就全泡汤了。

一到曼德勒,看着满街穿着纱笼的男子,用自制植物防晒霜在脸上涂着各种形状的女子,缺了红绿灯且摩托车比汽车还多的街头,我马上就觉得所有的纠结都是值得的了。

乐趣无穷的各式缅式交通

衣、食、住、行、游、购、玩。"行",自然是我每次出游的重要一环。除了往返的飞机,在缅甸的 13 天,我搭乘了所遇到的几乎所有交通工具——马车、牛车、火车、汽车(长途大巴、双条车、商务车)、电动车、摩托车和突突作响的机动船。敏贡古城的白牛车上，赫然写着"TAXI"（出租车）一词，大大颠覆了以往关于出租车的刻板印象。Taxi 通常用来指"出租汽车"或"计程车"，但是用来出租的牛车、马车也叫出租车，是否也不算过分？

火车是缅甸唯一的国营交通工具，但大都破旧缓慢，因此我接受网友的建议，两次长途旅行都选坐长途大巴，车况都很好。但仰光的环形铁路鼎鼎有名，不可不试，并且我在仰光停留五天半，有的是时间，于是便专门去乘坐。

从居住在中国城附近的 Royal 74 Hotel 出门往北，穿过一家修道院，没走几分钟就是 Lanmadaw 车站。像沿途的许多小站一样，车站小得只有两间小房子，一点儿也不像火车站的样子，以至于我跟着 Google 地图，还是走过了头。花 300K 缅币（1 美元≈6.6 元人民币≈1300K 缅币）买了张车票，很快登上一列老火车，没想到刚走两站，火车就不走了。车厢里很快就剩下我自己，我这才注意到自己坐错了方向，来到了环线最南端的仰光中心车站。重新买票，我又等了四五十分钟，才又坐上另一趟环线火车，全程 3 个小时，却只要200K 缅币。

火车车厢的入口没有门，就那么一直敞着，窗户当然也用不着拉下来。乘客上上下下，车厢一直满员，并且越到西北角 Danyingon 著名的大农贸市场，做买卖的当地人越多，箩筐、背篓、蔬菜、水果等应有尽有。有人甚至在火车上就开始了交易，我买了几捆青翠欲滴的空心菜——回来的时候，在路边小摊吃饭时，再次与空心菜结缘：小店帮工、一位中年妇女用一把小刀刮洗干净空心菜，每个叶子两刀，再把根茎破开为两三厘米长的小段，最后再把剩下的一节从空心处一分为二，精细之极——沿途的风光，有些美丽如画，有些垃圾遍地，由于很多地方地势较低，所以看不到任何风景。大多数时候车慢得要命，但有时候车站之间距离稍远，列车也会加速，此时车身摇晃颠簸得厉害，让我想起唯一的一次晕车经历，唯恐再犯。

我原本打算就这样三小时在火车上一直坐下来，纯粹只为观光，并没有做任何功课，但却傻人有傻福，一上车身边就来了位四十出头的女导游，带着洛杉矶一对七十多岁的老夫妇去 Insein。不方便和他们一起走，就直接坐车到

Danyingon 大市场逛了一圈，又坐回四站，也在 Insein 下车。下车后，我才后悔莫及，想起没有向那位女导游问清楚到这里来看什么。好不容易在理发店找到一个会点儿英语的女孩，才被告知这里没什么好看的（后来得知这里有座臭名昭著的监狱，但不对外开放），观光需要到仰光市内。在路边我吃了碗被誉为缅甸国菜的鱼汤米线，里面还有一块圆形鸡血一样的东西。

总之，我在那里花了四五个小时，最大的收获就是与那位女导游聊了一个半小时。她英语不错，当导游已经有 20 年，这次带的客人只有洛杉矶的那对老夫妻，在仰光、茵莱湖、蒲甘、曼德勒共 10 天，一次轻松愉快的行程。她不但热心介绍情况，解答我的各种疑问，还充当起我与她另一边那位带着三个孩子母亲的翻译，使我得以了解那位伟大母亲的生活状况。

这位母亲带着三个孩子到 Insein 走亲戚，身边带着的只是三个小的，家里还有三个大点儿的，四女二男，其中四个是学生。家中唯一的劳动力是孩子们的父亲，开出租车谋生。我不禁想象我所接触的出租车司机里，是否就有这家的男主人，却难以想象他如何养活这一家八口。

母亲说生活的确不易，但她一直在尽力而为。我的父母也养育了我们四男二女六个孩子，我们也曾是八口之家，并且生活在刚解放不久的豫北农村，那时生活的艰辛，我是深有体会的。

这母子四人都打扮得整齐漂亮，母亲在车上还花 300K 给每个孩子买个小面包，生活应该不是太难，况且缅甸的很多东西都内外有别。外国人坐火车二三百缅币，一块多钱，已经很便宜，而当地人只需 50K，约两毛五分钱。每次有游客要照相，母亲和孩子们都很配合，却还是有点害羞、腼腆、不自在。我想起包里带的水果，却只找到飞机上没来得及吃的袋装干果，便给了那个最小的女孩，女孩接住。但无论我如何逗她，她就是不开口。

这次坐火车的经历将使我一生难忘，除了因为热情的当地女导游和伟大的仰光母亲外，还因为我无意中占了列车员的座位，一路忐忑不安。旅行刚开始时，我还心安理得，但自从女导游说我占了列车员的座位，我就开始如坐针毡，想让位，女导游说不用，反正他已在另一边找到了座位，但每次到站，看到那个好脾气的列车员从那边到这边门口挥着小旗指挥人员上下车，我的负罪感就愈加强烈，本来他只需坐在自己的座位上透过窗户挥舞旗帜即可。

列车共有六节车厢，我们在最后一节。要想看景色，每节车厢只有最后一排两边靠窗户的座位最理想，其他座位要么朝后，要么朝里。因此，一上火车，我就选了左手靠窗座位。列车启动后，车上唯一的列车员曾经要求我让位，但当时看到他拿着大大小小的两三个包包兜兜，我丝毫没意识到这竟是个列车员，还觉得莫名其妙，拿着相机给他解释说我想看景，他竟然就走开了。

当然，我不明白他说的是什么，他也不明白我说的是什么。得知我无意中"鸠占鹊巢"，我起身向他道歉，后来女导游他们下车后和他换了座位，我才终于安下心来。不过，下站的站台竟然换了另一边，列车员又不得不从这边跑到那边去指挥，我哑然无语。

为节省开支，更为了了解当地的风土人情，多与当地人接触，每到一地，除非迫不得已，我一定乘坐公共交通工具。不得不说，缅甸的公共交通是迄今为止我经历过的最具挑战性的交通。一是因为曼德勒的公交车实际上就是改装后的小卡车，乘客多是女人与孩子，他们说的英语几乎无法交流；二是仰光的公交车上用的是缅语数字，连公交车号我都看不懂。

尽管如此，各式缅甸公交、各种出租车我都尝试了一遍，最后两天在仰光，竟能娴熟地搭乘公交，省了很多腿脚。说来其实也简单：如果在等车的人群中找不到说英语的人，只需把自己要去的地方给售票员看，售票员要么就会摆摆手表示这趟车不去那里，要么就会示意你上车，到站还会很负责地提醒你下车，因为我往往是车上唯一的外国游客。我手里拿着 Google 地图，实际上一直很清楚路线。

从敏贡古城回到曼德勒码头，我想乘车直接去曼德勒大学，却颇费了一番周折。我一边打听一边溜达到附近的花卉市场，才找到一辆路过曼德勒大学的卡车式公交。车顶装的全是鲜花，车内坐的清一色全是当地女人，司机和站在车后招揽生意的三个年轻人则都是男人。看到我上车，大家都好奇地看着我，我和她们打招呼，她们也都善意地对我微笑。我说去曼德勒大学，并把我的

Google 地图给她们看，有个年轻点儿的女人用结结巴巴的英语，告诉我这趟车没错。每到站点都会停几分钟，只要有人愿意上，准会给你找到地方。本来和泰国的双条车差不多，后来中间加俩长凳，立马变三条车。坐在车里不便观景，后来我干脆和三个年轻人一起站到了车后的踏板上。和我们一起站着的，还有一个小尼姑。我亲身体验证明，危险系数为零。

晃荡一个多小时，我才到达曼德勒大学西门，进去不远，看到一座漂亮的礼堂，里面好像还有活动，就进去一探究竟，竟然观摩了一场毕业典礼。全世界的毕业典礼大概都差不多：毕业生一个个上台，领导一个个颁发毕业证书，合影，道谢。不同的是每个毕业生排队上台后，先递给舞台一角的女老师一张纸片，女老师才宣布毕业生名字，猜测那应该是毕业生先递上自己的名字。聪明之极，这样无论如何不会念错，也省去了按名单排队上台的麻烦。

从礼堂出来后，我在校园闲逛，发现校园空旷寂静，像个大植物园，偶见几个系院，另有许多绿树掩映中的小楼，好似教师住宅。走了半天，想离开校园时，却遇到了麻烦。我跟着 Google 地图走，本该有个东北门的地方却找不到出口，好在有个骑摩托车的年轻教师主动帮忙，把我带到了北门外，并且还热心地要请我喝咖啡。可惜他英语不行，无法交流，也就不好再给他添麻烦了。

在北门外与热情的曼德勒大学教师道别后，我却发现市中心常见的摩的等各色出租车都不见了踪影。适逢下午两三点最热的时候，见路边小店有冰激凌，我马上走不动了，但却无法和服务员交流，旁边一个小伙子帮我解了围，他是曼德勒大学的一个新生，和女朋友在喝冷饮。我又走出好几个街区，才被一个老先生发现，打电话让他儿子用摩的送我回到位于市中心的 Nylon Hotel，我花了 1000 缅币（约 5 元）。

在蒲甘也坐过两次双条车，一次是从娘乌镇汽车站到新蒲甘的 Central Bagan Hotel，一次是夜班大巴免费接站。第一次汽车只拉着我和另一个当地妇女，第二次却挤了满满一车金发碧眼的欧美学生，我是唯一的亚洲人。我上车时已经满员，就挤在了最外面，但接下来又接了三四拨，十来个人，跟车的小伙子变魔术一般，从车顶拿出一个个小塑料凳，竟然给每个人都找到了坐的地方。来自世界各地的年轻人此时绝对亲密无间，互帮互助，谈笑风生，还彼此开着玩笑。最幸运的是最后两个人，直接被安排在了驾驶间。于是，一个法国小伙子评论，有时迟到的是最幸运的。我也和大家开玩笑，说大家马上就会觉得我们的长途大巴太空了，大家纷纷表示同意。

我们搭乘的夜班车果然车况极好，不仅靠背能放到很低，而且有脚垫和小腿垫。上车不久我就昏昏欲睡，很快就被旁边的意大利小伙子叫醒，让我欣赏天边的红月亮，果然极为神奇。大家都无法解释为何那会儿月亮是红色的，莫非又一个落日？开车两小时后，晚上 10 点，我再次被叫醒，大巴停下就餐。半小时后再次出发，很快又进入梦乡。等我第三次被叫醒，已经是凌晨 5 点，身处仰光郊外的汽车站了。

总之，首次在异国他乡体验夜班大巴，整整 9 个小时，我却丝毫未觉难熬，比在任何一张床上睡得都好。去年夏天在土耳其乘坐 10 次长途大巴，却始终没有勇气试试夜班车，白白浪费了许多大好时光！

除了各式出租车和公交车，在曼德勒还有两次坐船经历。缅甸第一大江伊洛瓦底江与它的下游支流仰光河一样繁忙。无论大小船只，好像都是马达轰鸣，有些小机动船的马达还滴着黑色的油污，直接污染着河水，令人不安。从曼德勒码头坐船向北行驶四五十分钟，到江对岸的敏贡古城，下船时需过独木桥，两个工作人员撑起一根竹竿让大家扶着，绝对简单实用。

敏贡古城一处遗迹旁，几个人在用锄头清理荒地，这场景对我来说再熟悉不过。我连说带比画，告诉他们这锄头和我家乡的差不多，我原来也经常用它锄地。和他们告别离开，没走几步眼前却突然出现父亲在田里锄地的样子，我瞬间泪流满面，独自在空无一人的伊洛瓦底江边，我久久难以平静。尽管父母去世已经有十二三年，但我还是不敢想，不忍想。莫非他们在天有灵，陪我在逛异国他乡的精美古城？

蒲甘比仰光和曼德勒都小得多，没有公交车，因此造就了遍地开花的出租车生意，自行车、电动车、摩托车、双条车，应有尽有，且多是中国制造。对我这样的游客来说，最方便的是电动车，因为蒲甘有多达两千多坐佛塔，著名景点之间大概都有三四千米距离。然而在尘土飞扬、艳阳高照的蒲甘，骑车真不是件好玩的事。

离开仰光的前一天下午，我专门去两个街区外的仰光河看日落，然后像当地人一样跳上一辆晃悠悠的公交车，几分钟就回到了中国城。仰光河似乎比曼德勒的伊洛瓦底江更为繁忙，两头翘起的彩色平底船来回穿梭，乘客上上下下，好不热闹。

顺着河边，迎着即将落山的太阳走了好多街区，除了一个个繁忙的码头，就是江边的各色小吃，还有在江边休闲游玩的人们。最吸引我的场景，是一拨拨年轻人在围着圈踢球，有的类似竹编的空心球，有的干脆就是孩子玩的塑料球，花样繁多，令人眼花缭乱，酷似蹴鞠。我突然明白缅甸人为何身材都那么结实健美，无论男女，那纱笼穿起来都那么漂亮，原来一个小小的塑料球，他们都能玩得那么不亦乐乎。

十多年前，在美墨边境的墨西哥小镇，我见过路口没有红绿灯，但四方车辆依然井然有序顺次通过十字路口的情景，这次在缅甸，我再次惊讶地看到曼德勒街头很少有红绿灯，却不像墨西哥那样有序，而是各色车辆横冲直撞，一个个呼啸而过，竟然也没见什么交通事故，只有我首次试图过街，犹豫再三，还是差点被一辆飞驰而来的摩托车撞个正着。

不过，在红绿灯明显较多的仰光，倒的确见过一次交通事故，就在著名的昂山大市场附近。当时我正在街边闲逛，猛然听到砰的一声，路中间开过来的一辆小轿车撞上了一位老人的手推车。司机摇下车窗，和老人说了点什么，然后就开走了，老人继续若无其事地推着车慢慢走，一切都似乎没有发生过一样。

缅式交通，各显神通；挨个尝试，其乐无穷。

千年不变的缅甸竹席民居

"家徒四壁"常用来形容极端贫困，一无所有，但在缅甸中部常见的竹席民居，却不免让我感叹他们竟连家徒四壁都称不上。

无论在曼德勒及其附近古城，还是在蒲甘，到处可见缅甸典型的竹席房子。在新蒲甘的最后一天，我仔细参观过主街上精美的漆器店与纯手工的漆器作坊，又无意中进入一家大市场，随后离开新蒲甘唯一热闹的主街，来到本地人生活的静悄悄的小街，那里便是竹席民居的世界。听到一家门口有说话声，冒昧打招呼，竟受到热烈欢迎，得以入内参观，和主人家深入交流。

　　女主人不会英语，幸好在此聊天的邻居英语不错；邻居帮忙照完相走了，我征得女主人同意，上楼参观，这时女主人的妹妹一家三口闻声从后面家里过来。妹妹夫妇不但像姐姐一样热情，而且会些英语，陪我上上下下细细观看，帮我介绍各方面的情况。进门是一张长长的竹榻，大概相当于我们客厅里的沙发，一角有张单人床，另一角是厨房。中间相当于杂物间，杂物间的另一面敞开着，连竹席都没有，杂物间上面就是二楼了，连接它们的是五六级摇摇晃晃的台阶。踏上两三级台阶，就能看到正对面竹席墙上花花绿绿的佛龛，无言地诉说着主人家的虔诚与精神寄托。楼上有二十多平方米的样子，一角是个隔间；里外地板上都是卧具，毛毯、薄被是他们御寒的东西。

　　妹妹两岁的女儿一点儿也不怕生，并且极具语言天赋，像模像样地跟我们学习简单的英语。女孩手里的虾片和我女儿小时候吃的一个味道，妹夫用的手机是中国产的华为，他们对中国一点儿也不陌生，难怪对我热情有加。临走给孩子1000缅币（约5元），让她多买点虾片，我下次再来吃，孩子高兴地跟着父母对我表示感谢，并欢迎我下次再来。这个可爱聪明的小姑娘为我这次拜访带来很多乐趣。望着四面透光的竹席房，我担心他们晚上会被冻醒，他们说是有点儿凉，不过早已习惯。

　　那天下午在蒲甘博物馆，才明白原来自11世纪起，缅甸人就住这样的竹席房，千年传承的居住方式，实属不易。后面的茅草顶竹席房小点儿，是妹妹的房子。姐妹俩毗邻而居，虽然清贫，却亲情浓浓，相互照应，连我这样的不速之客都跟着受益，难怪他们笑得那么恬静、自然、开心。

　　缅甸的千年竹席民居与蒲甘现存的两千多座佛塔一样，是蒲甘古老文明的活化石，但人们之所以能够坚守千年，至今仍对竹席房不离不弃，与缅甸的自然环境密不可分。缅甸大部分地区属热带季风气候，年平均气温 27 度，可谓四季如夏。曼德勒与蒲甘位于缅甸中部，适逢凉季，温度也有十几到二十几度，是最舒适的季节，也是旅游旺季。雨季与干季大概更不必担心寒冷。

另外，竹席房也是缅甸贫富不均的一个缩影。除曼德勒王宫和蒲甘王宫两个豪华宫殿外，缅甸的财富似乎都集中在金碧辉煌的佛塔里，比如仰光大金塔。仰光大金塔始建于 585 年，高达 112 米，塔顶罩檐上挂有金铃 1065 个，银铃 420 个，并镶嵌有 7000 颗各种罕见的红、蓝宝石钻球。塔身经过多次贴金，上面的黄金已达 7000 公斤重，昼夜金碧辉煌，光彩夺目，是仰光最著名的地标，也是缅甸的象征。大金塔四周还有 68 座木制或石制小塔，形态各异，每座小塔的壁龛里都存放着玉石佛像，可谓价值连城。

然而，漫步在曼德勒、蒲甘或仰光的大街小巷，还是常常会发现许多普通市民的生活捉襟见肘，甚至极端贫困。街边随处可见的各种小摊小贩，破旧肮脏的曼德勒小街，简易的竹席房，都在诉说着缅甸的两极分化。然而，贫穷并不等于不幸，虔诚的缅甸人民的那份从容，那份淡定，那份闲适，还有那发自内心的笑容，都表明他们心有所属，平静安宁，乐观豁达。

与竹席民宅相比，供游客住宿的旅店、宾馆都很现代，网友推荐的曼德勒 Nylon Hotel 位于市中心，新装修不久，电视、空调、小冰箱等设施一应俱全（尽管这些我都用不着），自助早餐非常丰盛，性价比极高。在新蒲甘入住的 Bagan Central Hotel 占一个街区，一个大大的庭院，小桥流水，绿树成荫，周围二十来间石头房子，雅致幽静。我住的双人间 33 平方米大，装修极具地方特色，别致优雅，早餐也够丰富，大大小小七八个盘子。旅馆唯一的毛病，也是最致命的，却是床铺不干净。不过它还有两大好处，一是免费取消预约，重新安排房间；二是标间按床卖。

我前所未有地充分利用了这两大优势，把所有的计划调整都放在了蒲甘，先后两次取消三夜的订房，最后在这儿住了两夜，多了一个来自旧金山的室友。室友 Jean 一看就是个亚洲人，因此当她说自己来自加州时，我竟然愣了一下，立马意识到自己对美国人的刻板印象，倒不好意思再详细询问。听她一口洛杉矶腔，以为她来自南加州，她解释说自己喜欢洛杉矶英语的腔调。

Jean 三十出头，这次专门辞职出来旅游五个月，已在中国台湾、老挝、越南走了近三个月，每个小国家至少两三周，可谓名副其实的深度游。说起旅行中的酸甜苦辣，她说最难过的是床铺不干净，尤其是碰到虫子，让她不堪其扰，不胜其烦。当然，之所以有这些困扰，最主要的原因是我们选择的都是客栈、旅店类的经济房，否则也不会住在一起。尽管有这些困扰，欧美年轻人出来旅游，尤其是单身侠，大多抱着开阔视野、增长见识的目的，与来自世界各地的室友交流是不可或缺的一环，因而也就顾不得那么多了，照样乐此不疲。

说起缅甸民居，还必须提到在仰光的意外收获：昂山故居博物馆。仰光的旅游地图上没有这个景点，因此它并不在我的游览计划之列，但那天游完公园，我本想打车直奔下一个景点，却碰上司机胡乱要价，干脆不打车了，沿湖一路步行了两三千米，就这样撞上了昂山故居博物馆，我不禁大喜。其实在仰光游览，要想避开昂山将军（Aung San，1915—1947）及其女儿昂山素季（Aung San Suu Kyi，1945—）的影子，根本不可能。昂山公园、昂山大市场、昂山路、昂山体育馆、街头随处可见印有昂山素季像的挂历，这对传奇父女在缅甸家喻户晓，备受喜爱。

昂山故居博物馆在一座小山头上，是一座二层小楼，现代、欧化、美观，与缅甸普通的竹席房大相径庭。故居用文字与图片的形式，详细介绍昂山将军的生平事迹，而这座山顶别墅，也是昂山素季生长的地方。昂山将军毕业于仰光大学，是缅甸独立运动的领袖，缅甸反法西斯人民自由同盟主席，缅甸共产党创始人之一。

昂山将军被谋杀时，年仅 32 岁，他的女儿昂山素季只有两岁。但虎父无犬女，昂山素季后来成为缅甸非暴力提倡民主的政治家，缅甸全国民主联盟总书记，并于 1991 年获诺贝尔和平奖。昂山素季毕业于英国牛津大学，后留校任职，成家生子。

1988 年，她回到缅甸照顾生病的母亲，开始参与缅甸政治，致力于推行民选制度。两年后的大选中，昂山素季创建的政党"全国民主联盟"赢得绝对优势，她却未能顺理成章地成为缅甸国家总理，因为选举结果被军政府作废，在国际引发巨大反响，昂山素季因此连获萨哈罗夫奖和诺贝尔和平奖。她用诺贝尔和平奖的 130 万美元奖金成立信托，为缅甸人民的健康与教育出力。自1990 年大选后的 21 年间，她被军政府三次软禁长达 15 年，2010 年 11 月 13日才终于获释。2013 年，昂山素季宣布竞选缅甸总统。2015 年 11 月 8 日，她领导全国民主联盟再次在缅甸大选中取得压倒性胜利。

回来的前一天晚上和当地华裔聊天，还说到第二天（2 月 1 日）就是昂山素季执政的日子，民众对她领导的政党寄予厚望。

昂山将军为缅甸的独立鞠躬尽瘁，直至牺牲自己年轻的生命，而看似瘦弱的昂山素季放弃牛津舒适、富裕、安逸的生活，回到家乡致力于缅甸的民主事业，二十多年来一直是军政府的心腹大患。虽历尽磨难，昂山素季却始终初心不改，为缅甸的民主进程做出卓越贡献，为缅甸人民的福祉不惜牺牲小家的幸福，不顾个人的安危，着实令人钦佩。

在昂山素季的领导下，千年不变的缅甸竹席民居，也许哪天会变作老百姓自觉传承古老文明的一个选择，而非迫不得已的安身之所。缅甸丰富的自然资源，如珍贵的黄金、柚木等，如稍向民生倾斜，而非大部分被独裁者中饱私囊，五千多万缅甸人民大概都不愁安居乐业，都能生活无忧了。

关于宗教

"没有最虔诚，只有更虔诚。"这是在缅甸期间在我脑子里经常浮现的一句话。在欧美参观过数不清的基督教堂，在埃及、土耳其、阿曼到过无数清真寺，但泰国和柬埔寨随处可见的和尚与尼姑，还是让我不时想起雨中藏民一路磕着等身长头赶赴心中圣地的情景，更加感叹佛教徒的至虔至诚。不过，这次在缅甸，却发现缅甸人民对宗教的热情，更是有过之而无不及。

在缅甸，和尚、尼姑不只随处可见，早上列队持钵化缘的尼姑与和尚也不只是街头一景，对每个缅甸人而言，出家当和尚、削发为尼已经成为他们生活的一部分。去年在泰国问过当地人，问是否每个人都要有出家经历，回答是否定的，但缅甸人却不论男女，都至少要出家一个月，学习佛教礼仪，否则便不能结婚。一般孩子八九岁出家，时间长短完全由家长做主。成年后的缅甸人更是将修道院视为自己潜心修行、忘却尘世烦恼的心灵净地，只要遇到似乎过不去的坎儿，就到修道院待一段时间，想清楚了再出来，继续尘世生活，修行对缅甸人来说真如家常便饭。

拉我们在曼德勒附近古城一日游的出租车司机三十多岁，有个 10 岁的儿子，他已出过好几次家。挪威的 Jonny 也觉得那是个绝好的方式，清净、无欲、无求。但寺院果真是世外桃源吗？我对此表示怀疑，但愿是自己以小人之心度君子之腹。就我们影视剧里所呈现的寺庙形象来看，寺院也是个小世界，俗世的那些尔虞我诈，寺庙里一点儿都不少。心静则安，也许真正的心安，需要自己有定力才行。或者作为佛教王国的缅甸，那里寺院的情形与我们影视剧里的寺庙有天壤之别，真是一片清净之地，那才是缅甸人民之福。

出家是家常便饭，托钵化缘则是每个出家人最基本的功课，也是出家人与普通民众直接接触的常见场面。在缅甸的大街小巷，无数次看到出家人或列队或独自化缘的场景，也看到街边的商家或现金或食物，总会给些什么，双方都自然不过，我却杞人忧天，担心那么多出家人，这些店铺如何应付得来。

而作为游客，我们之所以千里迢迢奔赴"世界最不发达国家"之一的缅甸，我想最主要的原因，也是冲着缅甸"佛教王国"的辉煌历史与保存较为完好的那些令人叹为观止的一座座佛寺而来的。

缅甸盛产黄金，也是世界最好的"万木之王"——柚木的主产地，于是虔诚的缅甸人民哪怕自己吃糠咽菜，也不惜将自己最珍贵的物产奉献给佛祖。缅甸的象征、贴满黄金的仰光大金塔及其原型，蒲甘的瑞希光塔（Shwezigon Paya，1102），蒲甘最漂亮的佛寺阿南达寺（Ananda Phaya），两座精雕细刻的纯柚木佛寺——曼德勒的金色宫殿僧院（Shwe Nan Daw Kyaung，or Golden Monastery，1883）和因瓦古城的宝迦雅僧院（Bagaya Monastery，1834），一次次令人啧啧称奇。"南朝四百八十寺"不知踪影何在，但在"万塔之国"缅甸，仅小小的蒲甘平原，就现存大大小小两千多座保存完好的佛塔，均有八九百年历史，极尽壮观，极尽奢华，极尽虔诚。

与那些材质珍贵、做工精细的佛寺相比，曼德勒山脚下的固都陶佛塔（Kuthodaw Pagoda, 1859）也许既称不上豪华，又不够精美，但这部"世上最大的书"（The World' Biggest Book）却颇令人费解，也因此给人留下难以磨灭的印象。尽管进去前看了门口的说明，参观时看到那么多排列整齐的一排排白色小塔，塔里不是惯常的佛像，而是刻有文字的石碑，还真是令人迷惑不解。问了几个人，后来也再次看了说明，才明白小塔内的石碑上刻的是佛教的三藏经，而这些白塔就是用来保护经碑的，因此这不仅是世上最大的书，也可谓是世上最昂贵的书。

佛塔修建时，召集了全缅甸和东南亚共 2400 余名高僧，召开了五次修订佛经结集大会，最后将结集的三藏经刻在 729 方云石碑上，并建造成了这些珍存三藏经的佛塔。据说如果一个人每天阅读 8 小时，要读完这些经"书"，一共需要 450 天。固都陶佛塔的规模在佛教世界里绝无仅有，气势恢宏，尽管我们读不懂碑上的文字，但还是被深深地震撼了。

缅甸人民对佛教的虔诚，还表现在一些基本的礼仪上，比如进入佛寺必须脱鞋，甚至脱袜。我对这项规定本不陌生，世界各地的很多清真寺与佛寺都要求赤脚，但缅甸佛寺的范围却大大超出已知概念。不只是佛寺内需要光脚，而是进入佛寺大门之前就得脱鞋，有些甚至要求脱袜，而佛寺的范围极有可能是一座小山，比如曼德勒山，这就意味着不只在室内，而且在不甚干净、不甚光滑的室外，也必须赤脚走来走去，让我这个即使在地毯上也喜欢穿着拖鞋的人吃尽苦头，因而也更记忆犹新。

在到达缅甸的第二天，我就光脚爬了缅甸的佛教圣地曼德勒山。虽然曼德勒山的海拔只有 236 米，但将鞋子留在山脚下的山门外之后，沿着山坡逐级踏上 1700 个台阶，途经八大寺庙，对我来说绝对是一次刻骨铭心的考验，一次朝圣，一次洗礼，只因平生我第一次光脚爬了一座小山。如果那天不是有临时旅伴 Jonny，我真有可能坚持不下来，因为尽管我穿着薄薄的丝袜，却还觉得有些地方扎得要命，禁不住叫出声来。

每到一座寺庙，都衷心希望那是山顶，都会不由自主地说"谢天谢地，终于到顶了"，Jonny 每次都说"我不相信你"，每次都证明他是对的，寺庙背后又是数不清的台阶。尽管越往上爬，寺庙越漂亮，但那天无数次想打退堂鼓。在终于爬到山上后，想到还得一步步光脚走下来，我真想住在山上算了。第二天在因瓦古城和实皆古城，我又光脚爬了两三座小佛寺山，数次被尖利的树棘扎得叫出声来，好在竟然没被扎破，脚上倒是快磨出茧子来了。

比起国内动辄数百的门票，缅甸的门票简直可以忽略不计，很便宜。在曼德勒的四天四夜，我逛了整整三天，除市区的几大景点外，还用一天半时间参观了附近四个古城，总共买过两个联票，包括曼德勒皇宫和大大小小十来个寺庙，总共花了 1.6 万缅币，约为 88 元人民币，真的是实惠至极。仰光的门票虽然略贵，但与国内相比，仍是小巫见大巫。

在整个缅甸行程中，我最奢侈的一次花费，是在蒲甘王宫看了一次演出，50 美元，与国内类似实景演出差不多，却绝对物超所值。那晚只有十几位观众，演员却有近百位。尽管如此，演员们一点儿也没有偷懒的意思，仍旧卖力地完成所有预定节目。蒲甘王朝的历史、缅甸的宗教文化习俗、今日蒲甘等场景，都在演出中活灵活现地得以再现。行前所做的功课，几天旅途中的所见所闻，很多都在演出中得到体现，让我觉得既熟悉又陌生。

假如没有佛教，这个世界会怎样？幸好这世上没有假如。无论我们知道与否，缅甸的千百座佛寺就在那里，虔诚的缅甸人民就在那片美丽的土地上生生不息。庆幸在这个假期里，我与缅甸有过 13 天的交集。行前的两周功课，回来后的两周回顾，也永远不可能为我的缅甸之行画上句号。此后，还会有无数个日日夜夜，让我细细回味在缅甸 13 天的点点滴滴。

分身有术的仰光大学英语系主任

从七岁起，一路小学、中学、大学、研究生、博士，访学、教学，总之我一辈子没离开过校园，对校园的感情与依赖也与日俱增。正因如此，每到一个地方，我总会抽出一半天时间，逛逛当地的大学，却没想到 20 天前我在缅甸的仰光大学，竟然有机会和仰光大学的英语系主任聊了差不多一个小时，感慨颇多。

在缅甸的 13 天，我总共参观了 3 所大学，缅甸最著名的仰光大学（1878）和曼德勒大学（1958）早在计划之列，但误打误撞，我却首先闯入了曼德勒的一所佛教大学（State Pariyatti Sasana University）。

从著名的柚木佛寺——金色宫殿僧院出来，我看到对面的钟楼很别致，就走近细看，没想到竟是一所大学，进去以后才得知这是一所佛教大学。校园不大，中间是个巨大的花园，周围是一栋栋在绿树鲜花掩映中的别墅小楼，其中的三四座有学生正在上课。将近两点，校园内清一色身披黄色袈裟的学生正穿过花园，聚到两座小楼外，格外耀眼。看到一个外国女游客独自走来，他们大概是有点好奇，但并不主动与我打招呼，等我张口提问，他们马上全都围了上来，争相回答问题。

除了佛学专业，英语、计算机、历史、政治等也都是必修课，此刻他们就在等着上课，两点上课铃声一响，他们马上匆匆与我告别，涌入教室。这是一群大二学生，英语勉强可以交流，但当我问起既然是大学，为何有那么多看起来只有五六岁的小和尚时，他们的回答却让我不知所云，不知是他们没弄懂我的问题，还是我没听懂他们的回答，总之交流有些障碍。后来，在参观曼德勒大学时，幸得一位年轻教师和一个大一新生热心相助，但交流更不成功。倒是最后在仰光大学，我有幸和英语系主任畅谈，真是开心之极。

说是聊天，其实大部分时间都是我在提问，而系主任知无不言，耐心解答我的各种疑问，有时她也问一些我们这里大学的情况，颇似互相访谈。仰光大学英语系共有 36 名教职工，负责全校 5000 多名学生的公共英语，还有三个年级的本、硕、博英语专业学生，以及各种极受欢迎的培训班：有些政府官员甚至利用周末时间，专程从几百里外的首都内比都赶过来学习。我听得瞠目结舌，心想一共该有多少班，每位教师要上多少节课才能完成这么多不可能完成的教学任务。因为曾是英国殖民地，英语本就是缅甸的第二国语，如今缅甸改革开放，日新月异，人们越来越意识到英语的重要性。既然有需求，系主任觉得作为英语教师，他们义不容辞。

了解了仰光大学的发展史，也就明白了为何人员极其紧张，在教师大幅度超负荷运转的情况下，英语系主任还有那么强的社会服务意识，乐意承担那么多的培训课程。仰光大学是缅甸最古老、最著名的大学，还是 20 世纪四五十年代东南亚最著名的大学。其前身是英国殖民政府创办于 1878 年的加尔各答大学附属学院，模仿牛津和剑桥大学而建，主要为培养经营与管理类人才，却为殖民者自己培养了"掘墓人"。反殖民主义运动的领导人如缅甸国父昂山、缅甸前总理吴努、缅军之父吴奈温、第三任联合国秘书长吴丹等都是仰光大学的校友。

缅甸历史上三次针对英国的全国性罢工（1920、1936 和 1938 年）也都始于仰光大学，他们还于 1962 年、1974 年、1988 年和 1996 年爆发过反抗殖民和高压统治的运动。但 1996 年的学生反抗运动之后，仰光大学被军政府关闭，2014 学年才重新开始招生，因此现在只有三个年级。

除了系主任自己之外，英语系只有两个教授，每人每周上课 14 节，外加各种培训。年轻教师更是动辄上二十多节课。主任自己除了带博士，每周最少6 节课，并且还经常随时准备替补其他老师——哪门课缺人就临时顶上去，主要是英国文学、英语教育课，有时甚至也上语言学，当然还有大量行政工作，外加我这样的不速之客，因而她每周工作七天，全年无休。

尽管工作繁忙，压力巨大，课时极多，但大学教师的工资待遇，却处于极低的水平。主任自己和其他教授每月的工资只相当于三百美元（约 2000 元），年轻教师大概只有一百多美元。"吃的是草，挤的是奶。"鲁迅的这句话不时在我耳畔回响，仰光大学的灵魂工程师们绝对是"俯首甘为孺子牛"。虽然聊得很愉快，她也丝毫没有赶我走的意思，但我还是觉得占了她太多时间，抱歉万分。就像游览过开罗与金边，还有缅甸，不再抱怨自己居住的小城脏乱差，得知仰光大学英语系教师的工作状况，我再也不敢抱怨自己的工作繁忙、待遇不好。

与以前参观大学时一样，尽管我渴望有机会和师生聊聊，但并未刻意寻找机会。那天上午好不容易找到仰光大学英语系所在地，正好有个办公室人员，问我干吗，我说只是参观，没想到她竟然把我领到了主任办公室，于是才有了我和系主任的长聊。最后，想给主任留联系方式，我才发现我并非冒昧参观的第一人，本子上已经留下好多访客的信息，并且最后两位比我还糊涂，日期竟然都已写到二月份。看来，有很多同道中人喜欢逛大学校园，并且好奇心极强，我无意之中竟然在仰光大学扮演了一回记者。主任的这种归档方式也值得大加赞赏，它不仅忠实地记载了他们曾经接待过的各地访客，而且一旦想与兄弟院校交流，这些有过交集的访客就是最好的线索。

之所以能够顺利到达仰光大学，还要感谢在公交车上偶遇的三个仰光大学女学生。看我与售票员艰难交流，旁边站着的两个漂亮姑娘主动帮忙，说自己就是仰光大学学生，跟着她们就行。她们一个学的国际关系专业，一个学政治哲学，那会儿赶着去上 9:30 的课，但我们到校园后已经 10 点，她们把我送到校园主路，就匆匆返回去上课了。

与曼德勒大学一样，仰光大学就像一个野生大植物园。学校西大门与东小门内的毕业堂之间，是条笔直却一眼望不到头的主路，主路两边的栅栏里是各个学院、图书馆、学生活动中心，以及几座不知名的小红楼。缅语系与英语系共用一栋普通三层小楼，旁边茂密的树林中就是师生休息进餐的咖啡厅。告别系主任出来，已近 12 点，偌大的咖啡厅座无虚席。后悔没在那里坐会儿，找点东西吃，说不定我会有更多收获，更后悔没找节英语系的课听听。

但找到二楼的英语系之前，却在一楼听了会儿缅语系的课，授课的是位老教师，手舞足蹈，激情四溢。教室内坐满了学生，尽管前后门都开着，有点吵，但他们却丝毫不受影响。教室门外的走廊里摆满鞋子，看来不只是佛寺要求光脚，连教室也不让穿鞋子，缅甸人真不是一般地喜欢光脚。和系主任提到这个课堂，才得知授课老师原来是一个非常有名的返聘教授、缅甸当地最有名的多产作家，听课的是来自全缅各地的教师，类似我们的国培课堂。告别系主任下楼来，正好赶上他们下课，有学生拉着教授合影，我也顺便追回星，提出和他合影，老先生欣然同意。

华裔大孝子文峰

旅行的一大乐趣，是与当地人及来自世界各地的游客交流，互通信息，互相学习。大多数时候，大家聊得不亦乐乎，也可能短期结伴而行，甚至互留联系方式，但一旦分手，即使偶尔想起，也不会真正联系，但是这次缅甸行结识的仰光华裔文峰却是个例外。

结识文峰是一大堆偶然因素共同作用的结果，最主要的是一张椰丝煎饼。我本打算在仰光停留三天，结果却待了五天半。想看的都看得差不多了，第五天下午午休起来，我在旅店大堂看了会儿华裔主管温姐送我的两本杂志，只等四五点钟到附近的仰光河看日落，为我的缅甸行画上一个完美的句号。

6 点钟看日落回来，在旅店附近跳下公交车，先去眼前的中国城夜市找东西吃。我没走几步，竟一眼看到杂志里介绍的缅甸名吃椰丝煎饼，喜出望外。45 岁的印度裔煎饼女摊主正给前面的两个女孩摊煎饼，我观察了一会儿，然后连说带比画，告诉她自己想要其中一种，加蛋加椰丝，她告诉我加蛋的 300K，不加蛋的 200K。在我和女摊主艰难交流的过程中，坐在一旁的黑衣小伙子主动帮忙翻译，我仿佛抓住了救命稻草，也就这样认识了女摊主的邻居、仰光华裔文峰。文峰很热心，接下来 5 个多小时先是在这儿聊天，然后我陪他购物，参观他为母亲刚装饰一新的房子，最后他请我吃中国城最地道的米线，直到 11 点多才在我住的 Royal 74 Hotel 大堂分手，互留了联系方式，回来两周了，还不时相互联系交流。

文峰 47 岁，断断续续在新加坡待过 15 年，英语口音较重，但并不妨碍交流。他很健谈，全方位给我介绍仰光中国城，介绍缅甸，甚至新加坡，可惜刚开始没碰到他。最可笑的是聊了两三个小时，才得知他汉语比英语还好，因为他母亲是中国人移民，不会说缅语。移民父母不会说当地语言的多得是，他们的子女并不因此就能把父母的母语学好。文峰，还有同是第三代华裔的温姐能把汉语说得那么好，实在令人佩服。

我最大的感触是文峰是个不折不扣的大孝子。能用母亲的语言无障碍交流，只是他孝顺母亲的一个方面而已。他之所以那会儿坐在女邻居的摊旁，也与母亲密切相关。他 82 岁的老母亲和妹妹两口即将从美国回来探亲，为迎接老母亲的归来，文峰已经紧锣密鼓地忙碌了很多天。此刻，他坐在那儿也并非只是闲聊，而是也在等椰丝煎饼吃，忙碌了一天也算稍事休息，完了之后还要去购物。只是客人太多，一直到闲下来，女摊主才给他煎饼吃。我本来一个大煎饼已经吃饱，但那是我在缅甸的最后一顿晚餐，想起被称为缅甸国菜的鱼汤米线，就向文峰咨询，他说附近古观音寺旁的米线不错。怕我找不着，他建议我先陪他去超市购物，他再陪我去吃米线，我自然求之不得。

我和文峰进出了附近两家地道的华人超市，几天来我其实经过这里无数次，却一次也没进去过，从外表一点儿也看不出它们那么大规模。看文峰认真挑选酱油，我自己在超市上下转悠了一大圈，唯一想买的冰箱贴却没有，就回去找文峰，没想到他还在一楼选酱油。他说母亲身体不大好，对吃的东西特挑剔，因此必须看仔细，就这样一瓶酱油挑了二十多分钟，还专门找服务员帮忙介绍。

对一年多没回来的老母亲，文峰既期待又紧张，唯恐照顾不周。而老母亲在旧金山其实独自居住，住在附近的妹妹每天负责给母亲采购。文峰怕我着急，最后还是决定少买点算了，剩下的第二天再来买。跑了两家大超市，最后买了一大堆油盐酱醋、大米和洗漱用品，一看就是平时根本不做饭，反正住在中国城，吃饭方便得很。拎着两大袋沉甸甸的东西，文峰却坚决不让我帮忙，因为需要先把东西送回家里，就这样我又有机会参观了一圈他为母亲刚装修好的新家。

他的家就在中国城夜市附近第 20 街一栋普通的楼房里，二楼，门上装了两三把锁。一进门，迎面就是一尊金灿灿的佛像，装饰一新，周围彩灯闪烁，非常耀眼。然而这还不够，文峰一进门，第一件事就是把刚买回来的另一件小饰品装上，马上佛光闪闪，光彩夺目。文峰说把佛龛装饰妥当，是为母亲回来参拜方便。

这是一套小房子，大概四五十平方米的样子，很像现在的商住两用房：总共只有三四米宽，却有十几米长，狭长的一大间，中间用布帘隔开，外面是客厅，里面是地铺卧室，再往里是厨房餐厅，倒是厨房餐厅旁边一溜开了三扇门，里面分别是浴室、卫生间和储物间，总之房子不大，却五脏俱全。平时文峰自己住，当然绰绰有余，但这里是文峰生长的地方，也是他们一大家子七口人生活过多年的地方，可以想象这里当年的热闹与温馨。文峰14岁失去父亲，之后母亲一个人拉扯着五个孩子长大。我瞬间明白文峰为何如此孝顺。

文峰兄弟姊妹五人分住三四个国家，是个非常国际化的大家庭。这次随母亲回来探亲的是小妹妹，小妹十七八岁独自去美国闯荡，后来在旧金山立足，与一个加拿大华裔小伙子结了婚，并把老母亲也接了过去。文峰的两个姐姐一个在台湾，另一个就在仰光中国城，离文峰居住的老宅只有几个街区。他的哥哥开着家鱼丸厂，手下有二十来个工人，产品很受欢迎，我们逛的超市里就有卖，文峰专门指给我看。

他们是第三代华裔，祖父母是中国人，只是文峰说不出祖籍在哪里，就像旅店主管温姐，以及其他几个接触过的当地华人，好像都是第三代华裔，对祖先的故乡都一无所知，我猜想他们都该是抗战期间到缅甸讨生活的南方人的后裔。

因为刚装修过，家里除了沙发和佛龛，就是刚采购的一些日用品，包括一条新买的纱笼。文峰穿着T恤牛仔裤，但他为迎接母亲又专门买了条纱笼，还没拆封。他说平时不穿纱笼，但节日或有些场合还是需要穿缅甸传统服装。总之，衣食住行点点滴滴，文峰替母亲考虑得无微不至，一次次让我感动又惭愧。

其实，为孝敬母亲，文峰所做的远不止这些。一年多前母亲第一次回缅探亲时，文峰正在新加坡打工，请假一个月不成半个月，半个月不成，文峰干脆辞职回来专程陪伴母亲。母亲已入美国籍，但文峰要想去探亲，签证却很难办，至今也没拿到签证，因此他只能利用母亲回缅甸时与老人团聚，为此他不惜辞去工作。如果能拿到签证，他将去美国陪伴母亲，那么一切问题就都迎刃而解。对在异国他乡打工的辛苦，文峰聊起来似乎在说别人的故事，却掩不住心酸与无奈，尤其是提到那个不近人情、拒不准他探亲的老板。这一年多来文峰赋闲在家，一直在办美国签证，但如果短期拿不到，他准备再去新加坡打工，那边有很多认识的工友。

我问他为何不在哥哥的鱼丸厂打工或者自己做份生意，他说哥哥经营的是家小厂，用不着那么多人，而如果想做生意，店面的租金却非常昂贵，出租车生意也不好做，竞争激烈。不过就我在缅甸几天的感觉，刚开放不久的缅甸到处都是商机，比如在其他地方随处可见、只要四五块钱的冰箱贴，在商品极大丰富的仰光中国城超市或庞大的昂山大市场，竟然都找不到。最后在仰光机场终于找到两家卖冰箱贴的免税店，每个都要三四美元，抢劫一般。

从缅甸回来两周了，和文峰通过几次信，每次他都说在忙着照顾陪伴母亲，有儿如此，真是那位饱经风霜的老母亲之福。只是我没好意思问文峰，他是否遭遇过逼婚，缅甸华裔是否如祖辈那样信奉"不孝有三，无后为大"的古训。

不只是文峰，煎饼女摊主18岁的儿子也是个勤快听话的好孩子，唯一的问题大概就是学习不好，连着两年高中考试都不过关，只好退学，帮妈妈摆摊，有时也帮在旁边卖酸奶的姨妈干活。椰丝煎饼确实很好吃，生意一直很好，不到9点就收摊了。酸奶更是美味之极，可惜没几人知道，客人不多，我也是听说那是孩子的姨妈，才赞助一下，不想竟吃到此生最美味的酸奶。

椰丝煎饼是个技术活，45岁的印度裔女摊主手脚麻利，技术娴熟，但煎饼需要的椰丝却得来不易，而这力气活，就是那个黑李逵一样的18岁大男孩的主要活计。大男孩不时起来帮妈妈和姨妈的忙，其他时间一直在很费劲地刮椰丝。椰丝来自那种已经长老的毛茸茸的棕色小椰子。大男孩先将它一敲两半，再用一个小叉子之类的东西，一下一下费劲地将里面一厘米多厚的椰肉刮成椰丝，而这些雪白色的椰丝，很快就成了络绎不绝的食客口中的美味。有些椰子里面还有椰汁，看我好奇，文峰就叮嘱大男孩将椰汁留下，倒在玻璃杯里。我尝了一下，味道和绿色大椰子汁一样，清淡可口。我不好意思多喝，没想到一会儿却看到大男孩要将它倒掉，我赶忙阻止，并将它一饮而尽。这样的美味，倒掉岂不浪费，但文峰说他们每天用好多个椰子，这东西不稀奇，并且这老椰子汁容易让人上火，这可是我最忌讳的，于是再开椰子时，我也只能看到里面的椰汁被白白倒掉。

这个五大三粗的大男孩勤快、孝顺、腼腆、友好，却想不到他都 18 岁了，还没有户口，他的弟弟和妹妹也都是黑户，尽管他们的母亲有缅甸户口。但因为种种原因，很多人家生了孩子不报户口，就这么一直黑着。另外，缅甸也没有我们想象的那么安全，因为新移民很多，鱼龙混杂。看统计数字，缅甸人口五千一百多万，但文峰说至少有六七千万，很多拉家带口来自印度、孟加拉国的新移民都是黑户。就像大多数缅甸人一样，文峰对新政府寄予厚望，希望昂山素季政府不负众望，给普通民众一个富足、美好的未来。

实际上，第一天在仰光中国城夜市吃饭，就遇到一个懂事、麻利、友好的当地小姑娘。小姑娘八九岁的样子，收拾碗筷、洗碗、点餐、算账，一样都不少干。看我在小桌边坐下来，大人们都在忙碌，没人招呼我，小姑娘就给我拿来一份菜单，在对面一对华裔小情侣的帮助下，我选中一份砂锅米线，指给她看，她就去报给了主厨。然而食客太多，等了一二十分钟，还不见我的米线上来，我就趁小姑娘起身休息的片刻，问她是否帮我报上去，她肯定地点点头，然后继续在我面前麻利地洗着那些油腻腻的碗碟，总共洗四遍，第四桶水确实已经很干净。也许怕我着急，小姑娘每次直起身休息，都会友好地对我笑笑，我指指手里的相机，她微笑着连连点头，样子像极了《武林外传》里饰演莫小贝的小演员。小姑娘好像丝毫没有感觉到生活的艰辛，反而一直愉快地享受着劳动的乐趣，一边两手不停地劳作着。

我不觉想起自己的童年。从小学四五年级起，每逢周末或假期，我就每天背着锄头铁锹之类的农具，和父母一起到生产队干活，工分记在父母账上。四年级时的语文老师叫毛毛，是来自新乡的知青，也是我童年记忆中最漂亮、最知性的年轻女性。毛毛和她的孪生哥哥一起在村小学教书。收获红薯的季节，有天早上我们去村东头地里清理红薯秧，大家一起叽叽喳喳地说着闲话，一边手脚不停地劳作，其乐无穷。

尽管我们都很喜欢毛毛老师，却并不妨碍课堂上故意和她捣乱，比如躺长凳上装睡，手里把玩课间抓子用的五颗小石子或踢毽子用的沙包。那是"文革"刚结束的时候，作为班长的我，有时在学校大会上发言，读一些老师提前准备好的稿子，照本宣科，不知所云。

没有玩具，没有新衣服，过年才有肉吃，很早就下地干活，后来还跟着父兄帮人盖房子，但我童年的快乐一点儿都不少。没有功课压力，父母慈爱宽容，同学间关系融洽，一点儿小事也能让大家乐半天。

帮我点餐的一对小情侣都是第三代华裔，与文峰和温姐一样，都记不清爷爷奶奶来自中国哪个地方。可惜，他们的汉语没有文峰和温姐流畅，但都在学汉语，试图用简单的汉语与我聊天。随着缅甸对外开放步伐的加快，会英语或汉语意味着有更多的工作机会。

第二天下午四点钟从缅甸国家博物馆回来，我又热又渴又累，在附近吃涮羊杂，后来的漂亮姑娘不仅替我翻译，结账时竟然连我的也一起结了，她的600K，而我的1000K，我既感动又感觉惭愧。一天到晚在外转，看到太多美景，遇到太多热情的缅甸人，也偶遇无数来自世界各地的热情游客，太多的友情与感动，伴随着我的整个行程。

离开缅甸前，我在微信朋友圈发了一条状态："缅甸十三天行程即将结束，诸多留恋与不舍，甚至还有些伤感，就像每次刚熟悉一个地方却要离开，并且明知一辈子都不会再回来一样。"这是旅行的魅力，也是旅行的遗憾。无论多久，旅行终归会结束，终究要离开。这无可逃脱的缺憾，促使行者加倍珍惜旅途中的每一天。

挪威男护士Jonny

我独自在外漂泊，有朋友担心我的安全，更怕我孤独。其实，独自旅行，并不意味着孤单与孤独，每天周围都有无数来自世界各地的志同道合的游客，大家路线差不多，熟悉的面孔总是在不经意间一次次出现。有时会心一笑，打声招呼，即使语言不通，也仿佛并不影响交流；有时甚至会短暂结伴而行。到缅甸的第二天下午，在曼德勒的固都陶佛寺，我就这样认识了挪威男护士Jonny。

Jonny 来自挪威西南部小城斯塔万格，七十多岁的父母远在家乡，开车需要十来个小时。他52岁，一头花白头发，护士，单身（有固定女友），旅行达人，经常独自出来游玩度假，酷爱拍照，每次旅行过后都会将照片与朋友分享。

其实，早在金色宫殿僧院，我就曾注意到他，当时错把他当作之前在曼德勒王宫有过短暂交谈的丹麦建筑师，发现不是，也就未打招呼。之后参观附近的佛教大学，然后才到曼德勒山脚下的固都陶佛寺，却发现他就在我前面。前后脚进去，各自游览，不一会儿迎头碰到，我正有一堆疑问，就问 Jonny 那么多排列整齐的白色佛塔是干什么用的，他一脸茫然，但热心地领我去那些佛塔前一探究竟，发现里面都有一块石碑，上面刻满我们都不认识的缅语文字。第二次又碰到他，我现学现卖，告诉他那些佛塔原来并非中国常见的高僧墓，而是用来保护石碑上的经文，难怪一模一样（后来在曼德勒山脚下另一座佛寺，又见到 1447 座几乎一模一样的佛经塔，并且见到明确介绍）。在固都陶佛寺第三次碰到 Jonny，他说，"既然我们路线都一样，能否与你同行？"我当然求之不得，于是我们一起攀登 45 层楼高的曼德勒山，他光脚，我穿着一层薄薄的丝袜，还经常被扎得难以忍受，如果不是有伴，我可能早打退堂鼓了。一次次以为到了山顶，一次次发现佛寺后面又是看不到头的台阶。每次 Jonny 都开玩笑，说再不相信我了，因为我每次都说这次真到山顶了，我脚上快磨出泡了。

也许是职业习惯，Jonny 很细心，光脚在佛寺游览，出来都会穿上棉袜，这样不至于弄脏鞋，而我从山上下来，袜子早成黑的了，一次次穿脱后，鞋里也早已脏得不成样子。

从曼德勒山上下来，已近黄昏，一起打车回市里，竟然发现我们入住的宾馆相距不到五分钟，于是 Jonny 建议回去冲个澡，然后一起吃晚饭。在我头一天晚上就餐的傣家饭店，饭吃到一半，我才想起还不知道彼此的名字。他的名字实际上是 Arild，Jonny 是他的中间名，但 Arild 和后面的姓氏看起来和英文单词一模一样，挪威语发音却都带俄语那样的颤音，我根本学不来，只好叫他的中间名 Jonny 了，而这个英文名字怎么进的挪威语，他也不得而知。他发我的"玉"音有点难度，但很快就读对了，很有语言天赋，难怪英语说得那么好。

说起英语，其实这篇文字很想叫"英语，英语！"专门来记述缅甸之行中遇到的几个英语不错的游客和缅甸本地人。除了Jonny，还有我在仰光机场碰到的他的小老乡，1.93米高的一个大男孩，带着女朋友在周游世界。他刚上一年大学，却休学出来游历一年，完了再回校接着读大学。他们那会儿飞曼谷，然后飞北京，再坐火车去哈尔滨，准备在中国待一个半月。听他提到的这两个地方，我就觉得背后发凉，希望他不要被北京的雾霾所困扰，不要被哈尔滨的寒冷冻僵了。小伙子英语比Jonny还好，一点儿口音都没有。后来和Jonny闲聊，才得知他们的许多课本是全英的，因为他们觉得既然原版不错，就没必要把它翻译成挪威语了。

在仰光碰到的华裔大孝子文峰，英语也还不错，宾馆的温姐也行，甚至在曼德勒跟了我们一天的出租车司机，从未在学校学过英语，但英语讲得也挺好，说是在街上学的。还有蒲甘的姐妹，英语也能交流，当然还有在仰光早餐时碰到的无数意大利、法国、以色列人及其他不知国籍的游客，他们都不是英语专业出身，之所以能用英语交流，最大的原因当然是用得着。

中国的英语教学饱受诟病，作为英语教师，我自觉难辞其咎，因此格外关注别人是如何学好英语的。如果我们再国际化一点儿，如果学生们也有机会偶尔出国旅游，如果除了外教，也有机会经常接触外国人，我相信我们的英语也不会差，毕竟大家的基本功都在那儿，词汇量也不小，只是缺少实战经验。无论如何，每次被恭维我的英语不是他们印象中的中国英语，我都有点儿哭笑不得。无论如何，只要能交流就是好英语。

Jonny是护士，刚开始我还以为听错了，但他的确是护士，并且挺喜欢那份工作，更喜欢工作带给他的丰厚收入。但男护士、男幼儿园老师在挪威也并不多。他居住的大西洋小城斯塔万格只有15万人口，他工作的医院是城里最大的医院，有五六千职工，男护士却没几个，不过他肯定自己不是唯一的男护士。Jonny认为幼儿园没有男教师，男孩子们缺乏男性榜样，非常不对劲，我完全同意，这好像也是很多人的共识，但男护士、男幼儿教师却还是像大熊猫一样珍稀，社会的偏见与工资待遇大概是最为重要的原因。

Jonny 在医院的三个科室轮流上班，早班、晚班、夜班都上，时间很不固定，病人一般都是 65 岁以上的老人。夜班工作十个小时，早班八个小时，有时上完八小时早班，还要接着上晚 9 点的夜班，连轴转，但他说这就是工作，自己早已习惯这么倒来倒去。有时连续工作一两周，也有受不了的时候，不得不停下来休息一下。旅游休闲是他的一种放松方式，一般就像这次一样，会先在一个地方旅游，然后找个地方度假晒太阳。读书是他的另一种生活方式，就连这次出来旅行，还带着两本小说。

我和 Jonny 都是 1 月 20 日下午到达曼德勒，第二站都是蒲甘，最后一站都是仰光，只是他的缅甸行程共 11 天，我 13 天；我在曼德勒多一天，而他在蒲甘多一天，他的仰光行程比我短两天。缅甸行程结束后，他飞曼谷，这也是大多数西方游客的目的地。他已去过曼谷很多次，这次只是中转，但也顺便故地重游，在曼谷待三天，然后飞泰国的度假胜地苏梅岛，在苏梅岛 11 天的唯一事情，就是晒太阳、读书、发呆了。他每年有四五周假期，这次两个国家共25 天。他在缅甸的第二天上午先去了附近的敏贡古城，下午才开始逛曼德勒城，没多久我们就遇上了，可谓缘分。

那天一起吃晚饭时，Jonny 邀我第二天和他一起租车到曼德勒附近的另外三座古城，因瓦、实皆和乌本桥，我欣然同意。这样结伴而行，在缺少公共交通的缅甸，既节省开支，又多一个旅伴，何乐而不为？如果不是 Jonny，我很可能在曼德勒待几天，根本就不出城。因为他的信息，我后来也坐船去了附近的敏贡古城，收获颇多。

Jonny 喜欢拍照。背上是双肩背，手里是个大单反，兜里还装着一个小相机和手机。大部分时间用单反，但要想给朋友在 Facebook 上传照片，就得用手机，换来换去，忙得不亦乐乎。他不仅喜欢照相，而且用单反照相时有个怪癖：盲照。两手自然下垂，托着相机，对着聚焦物，按快门，然后检查照得是否合适。我发现后大惑不解，他解释说这样照相有个好处，角度不同，等于蹲下来照相。以前用胶卷时并不这么照，后来用数码相机，就这么照了，反正可以随时删除。我对着曼德勒山上的大佛试了试，果然还照得不错。人的潜能真是无限，能否做到，就看能否想到了。

Jonny 不仅喜欢照相，还喜欢与人分享。准备回去以后做成片子，放给朋友们看，真是一个好习惯。他这次旅行总共照了四五千张照片，要找一些具有代表性的照片出来，谈何容易，想起来都替他头大。我在缅甸和云南总共 17 天，留下一千四百多张照片，已经觉得多得不得了。然而一张照片一个瞬间，每张照片里甚至都有一个故事，对热衷旅行的行者来说，这些照片绝对是无价之宝。

2016 年 1 月 20 日

心迹

追忆父母双亲

　　失去父亲的噩梦还没做完，一夜之间，我又痛失母亲。稀里糊涂，我也成了一个父母全无的孤儿！"一个人无论多大年纪上没了父母，他都成了孤儿。"我第一次真正体会到孤儿的孤独与无助。

　　八年前父亲患震颤麻痹，当医生的弟弟想尽办法，给父亲求医问药，但最终父亲还是瘫痪在床，于半年后去世。悲痛欲绝之余，我们姐弟几个一致把孝心尽在母亲身上，让母亲有个幸福的晚年。母亲生于兵荒马乱的 1937 年，虽然因为年轻时出力过大，落下腰酸背痛等毛病，晚年还有糖尿病，但我们都觉得母亲身体不错，都觉得她会像姥姥那样活到 80 多岁，我们有的是时间尽孝。因此当母亲那天中午做饭时突然晕倒，不省人事时，在场的大姐惊慌失措。母亲很快被送到县医院，检查的结果使哥姐大吃一惊：母亲脑溢血，大面积出血，需要尽快做手术。然而医生刚把母亲送进手术室却又出来了，说母亲没有了呼吸，已经不行了，让儿女准备后事。哥姐无论如何不相信这是真的，像抓着救命稻草一样苦苦哀求大夫救救母亲。开颅手术做了三个多小时，我从开封赶回家乡医院时，母亲刚从手术室出来，但还躺在抢救室。看着这情景我脑子里轰的一声，却并没有意识到问题的严重性，只希望她尽快睁开眼睛，看到我在她身边。几个小时后，在厦门工作的弟弟也赶了回来。虽然医生不断告诉我们没有希望了，劝我们早点让母亲回家，可是大家还是觉得母亲不可能就这么离我们而去，绝不能放弃。我在抢救室门外守了整整一天一夜，每次护士出来，我都心惊肉跳，希望这些白衣天使告诉我母亲醒过来了，但是一篮又一篮的药送进去，一堆又一堆的药瓶拿出来，却始终没有母亲清醒的消息。

父亲生于1931年农历六月十六，卒于2002年6月7日，享年71岁。母亲生于兵荒马乱的1937年农历五月十七，卒于2003年8月22日（农历七月二十四），享年66岁。父母一生养育了我们四男二女六个孩子，历尽艰辛。

我们兄弟姊妹几个填表时，祖籍都是河南省修武县葛庄乡庞屯村，距县城四千米，但父亲的祖籍并不是他生活一辈子的庞屯。正如村名所示，我们村百分之八九十的村民都姓庞，薛姓仅我们一家。父亲的祖籍在离庞屯仅十几里远的小未村。

父亲从小丧母，和祖父、伯父三人相依为命。祖父和伯父都是文盲，饱受地主欺骗之苦，因此祖父下决心让父亲读书，父亲因而得以读完高小。在当时的农村，父亲属于"知识分子"。新中国成立之初，百废待兴，到处缺人手，县里曾几次三番专门派人来请父亲去任职，都被胆小怕事的祖父阻拦。父亲临终前几个月，脑子已不大清楚，但稍微清醒时，我们兄弟姊妹几个还趁机问起这件事。我们说，父亲要是当年去县里就职，我们几个起码都是城镇户口，问父亲后不后悔，父亲笑说没什么好后悔的。我们知道这是父亲的真话。生产队解体之前，父亲一直是大队会计、小队保管，为人忠实可靠，不偏不倚，不计私利，从未留下半点话柄。"四清"时上面曾派人查当时任大队会计的父亲的账，因为家里刚造了房，有人怀疑父亲贪污。但查了很久，却丝毫找不出任何问题，这时父亲才告诉他们盖房的钱是他和母亲省吃俭用、加上母亲纺线织布得来的。那座老屋住了几十年，直到前年春天，才由弟弟拆了给父母盖上新房，可惜父亲只住了一年，母亲也只住了两年，那房子便人去屋空。母亲丧事后的第二天，当我拿着包准备回开封时，一出门便禁不住泪如泉涌。以前出门都有母亲千叮咛万嘱咐依依不舍地相送，最后还叮嘱到家打电话报平安。如今，尽管魂牵梦绕，我却再也找不到母亲说话了。

与父亲相比，母亲的经历更为悲惨。母亲生在焦作市大王镇西孔庄村，兄弟姊妹七个，四个兄弟，两个姐妹，母亲排行第三，但实际上，母亲上面还有过一个夭折的姐姐。外祖父在农村尽管也算是文化人，一辈子从事基础教育工作，然而重男轻女思想严重。母亲的悲剧一是源于家里的贫困，更多却因为她是个女孩。四个舅舅都多多少少念过一些书，其中三个舅舅都在城镇工作，大舅虽然是农村户口，但一辈子任大队干部，在当地也算是个有头脸的人物。母亲和姨姨们的命运就要悲惨得多，她们中除了小姨读过几天书外，母亲和大姨都是文盲，没上过一天学。大姨裹着小脚，从小便被送到别人家做了童养媳。母亲那个早夭的二姐则更惨，小时得了病，外祖父不让治疗。听母亲说其实不是什么大不了的病，只需要两毛钱的药就行，外祖父尽管家庭负担严重，但也并不是付不起这笔钱。但外祖父坚持不让治疗，外祖母只有暗自抹泪，毫无办法。后来外祖父对外祖母说要把这个女孩送人讨条活命，私下竟偷偷把孩子扔到了村南的野地里。碰巧家住邻近大王镇的外祖母的弟弟从那里经过，听见孩子哭，看见竟是自己的外甥女，便把她抱回自己家抚养。外祖母听说这件事后，竟也无奈忍下了这口气，装作不知道。可惜外祖母的娘家也不富裕，那个孩子没活多久便死了，外祖父为雇人扔掉这个女婴，竟花了两块大洋！故事中的外祖父和我印象中的外祖父其实判若两人。印象中的外祖父非常热情，十分健谈，母亲每次带我们回娘家，外祖父都恨不得让我们又吃又拿。

母亲虽然比二姐幸运，侥幸活了下来，然而她的童年，正是日寇在中国肆虐和国共两党为争夺地盘与人心拉锯式的战争时期，老百姓饱受战争和颠沛流离、有家难归之苦。母亲刚记事时，跟随她祖母千里迢迢去徐州讨饭。按照她的父亲的叮嘱，她的祖母实际上准备出去后把她送人了事。禁不住母亲苦苦哀求，她的祖母不忍心，把她又带回了家（几次听说母亲讨饭的这次经历，觉得应该是1942年河南大饥荒期间，因此尽管很喜欢刘震云的作品，却从不敢碰他的《温故一九四二》，更不敢看冯小刚的电影《一九四二》，直到前段才看了电影，有关母亲的这段经历更加鲜活，更加令人难以忍受）。刚刚十六岁那年，外祖父做主把母亲许给了我父亲（父亲的舅舅家就在外祖父家前院）。母亲当时极力反抗，但父母之命、媒妁之言是中国传统婚姻中天经地义的信条，外祖父说母亲同意也好，不同意也罢，这门亲事就这么定了。就这样母亲刚满十六岁就嫁给了父亲，同年底生下我大姐。母亲一生其实生了七个孩子。她的第四个孩子也是个男孩，很小就夭折了。大姐今年 49 岁，最小的弟弟 33 岁。就是说，母亲一生有近二十年，都处在哺育孩子之中，当然家务和农活一样也少不了。

我排行老四，生于 1966 年初。我永远不会忘记自己当年之所以能上大学，以及后来留校教书、读研究生和现在读博士，完全是母亲的功劳。母亲尽管是中国农村普通又普通的亿万农民中的一员，但正是她的智慧和韧劲儿，才使得我和大弟弟得以跳出农门。记得我上初三时，由于家境贫寒，我想辍学回家。父亲说女孩读了七八年书不上就算了，是母亲坚持，我才上完了初中，后来又考上县一高。因为我们这一届是首届初中三年高中三年，因此高二结业时，学校让一些同学提前参加高考，结果我以十一分之差落榜。我觉得自己已经可以拿到高中文凭，又一次想辍学回家。母亲虽然不懂其中原委，可她知道和我一起考上的同学还没毕业，坚持让我再读一年，就这样我于 1984 年考上大学。村里有个同学同时考上郑州大学法律系。我们俩实际上是继他的哥哥（早我们两年考上新乡师范学院）之后村里第二批考上大学的大学生。就这样，家里人包括我自己也才知道原来我们还可以考上大学，也才开始对小我两岁的大弟弟重视起来。后来听说母亲从姐姐那里得知吃鸡蛋可以补充大脑营养，于是大弟弟每次回家，妈妈便为他煮两个鸡蛋，这在当时的农村特别是还供着我一个大学生的家庭实属不易。弟弟这次为母亲守灵时，还提起这件事。我后来每次听到这件事，也还会酸酸地说我当时可没这么好的待遇。弟弟两年后考上河南医科大学，毕业后自动放弃作为特优生留郑州的机会，回到离家只有七八里地的县城医院当医生，只因为父母愿意让他学医，只因为父母希望他离家近点。当年我们家因为出了两个大学生，在村里可谓出尽风头，父母却因此受尽苦头。尽管如此，每次快开学时，父亲总是把我们的生活费准备好，从来不让我们因此为难。如今，我在读博士，弟弟下海经商，干得不错，我们总算为父母争气，不枉他们当年省吃俭用供我们读书。可我们万万想不到，父母一个刚过70，一个才66岁，就这样早早离开了我们。我每每想起来，我都痛不欲生！

母亲在抢救室的那一天一夜，我哭了一天一夜，想了一天一夜。假期里本想在家多住几天，多陪陪母亲；本想给母亲多打几个电话，陪她老人家多聊聊天；母亲有耳眼，却从没见她戴过耳环，心想下次上街一定给她买一对耳环，让她高兴高兴；大学毕业这么多年，一直觉得自己忙，心想等博士读完了，无论如何要带父母好好逛逛，然而父亲没有等到这一天，母亲又这么去了，我觉得自己一下子失去了生活的动力……还有许多想对父母说的话没说，许多想替父母做的事没来得及做，如今都永成遗憾。如果文字能够安魂，希望我能够用这些文字，表达我对父母的感激、歉意、愧疚和祝福。只愿父母在那边一切安好，不要再那么辛苦。

妈妈，我想您

　　母亲去世整整二十天了，我几乎天天给姐姐打电话，特别是想给母亲打电话说话的时候。我也许太自私了，我自己事后远离了那个环境，并且独自在开封好好休息了几天，还如此受不了，难怪姐姐害了半个月病，刚刚好转，可我一打电话，她知道我割舍不下，于是便哭，姐妹俩在电话里泣不成声。后天他们要去给母亲上坟，我突然很想到母亲的坟上大哭一场。明天晚上，我想回家。

　　去年父亲去世后，一直做梦梦见父亲。梦境里，父亲要么像以前那样在地里干活；要么在病中，我们面对他的两大片褥疮，不知该如何给他翻身才好；更多的时候是在他的葬礼上，我根本看不见他。可母亲去世后，我真的很想很想看见她，可就是看不见，梦也很少做。昨天晚上，母亲终于地下有知，让我在梦中看见了她，并且一晚上都在做梦，都是她。在大多数的梦境里，我们还在父亲去世后，母亲在为我们安排给父亲上坟事宜。但是在其中一个非常清晰的梦里，母亲去世三天后的早上，我们在守灵时睡着了。忽然听见姐姐说母亲活过来了。我一下睁开眼，看见母亲正在往针上纫线，准备缝衬衣。我惊喜异常，不停地给母亲说话，苦苦哀求她不能死。后来母亲还是死了，但我总觉得不对劲儿，非要把坟墓打开看看，转念一想，已经火化过了，什么都晚了！

早上室友起床，把我的梦境打断了，方才意识到一晚上都在做梦。抓起电话打给姐姐，没人接。一直到刚才又打，打通了，在给姐姐叙述梦境时，我又一次意识到我真的受不了，我太想妈妈了，想见到她，想和她说话。

　　8月6日—8月11日我在老家。8月11日是农历七月十四（鬼节），给父亲上坟后，我告别母亲去焦作看望患病的老同学（2006年因心脏病去世），午饭后接上已经在外甥女那里的女儿，坐下午的车回开封。仅仅10天后，接到哥哥从县医院打的电话，让我回去，说妈妈摔着了。我虽然也意识到问题的严重性，但做梦也不曾想到我再也看不见妈妈了，一路上还和一个老乡聊天，到医院看见姨姨舅舅们都在，心才猛地往下一沉。母亲戴着呼吸机等各种仪器在抢救室躺着，做完开颅手术刚刚半小时，不省人事。然而尽管一个又一个医生说没办法治了，让我们早点回家办后事，我却始终不相信，至今也不相信母亲就这样离开了我们。生命可以坚韧到卧床不起的病人甚至植物人都会活上好多年，我无论如何也不相信那么怜惜我的母亲10天前还好好的，就这样一句话不说就离开了我们！我一夜不曾合眼，就一直那样眼睁睁地守在抢救室门外，每次医生护士出来进去，我都会紧张地跳起来询问。我多希望母亲睁开眼看我一眼，哪怕就一眼，我也就知足了。

　　第二天下午三点，连当医生的弟弟和二舅也都说母亲确实不行了。然而尽管姐姐注意到在回家的路上母亲就没有了呼吸，可回到家里，我还是一次又一次让弟弟看看母亲是否还有脉搏，因为我一直抓着母亲的手，她也一直有体温，并且时不时我还可以感觉到她的手在动，我觉得母亲随时会醒过来。我就那么一直握着她的手，隔几分钟掀开一次盖着她脸上的那块白布，看看她是否已经醒过来，直到她被装进冰棺里，冷气模糊了玻璃，我再也看不见她。可是每每想起来，我还是怀疑母亲其实并没死，她是被活活冻死的！

　　25日去火葬场前后，我反复摸着母亲冻得冰凉的脸和手，还是希望她会突然醒过来。我愿用我所有的一切，来换取她哪怕一天的生命。妈，我真的好想好想您！

求 职 记

十月原本就是北京最美的季节，今天又恰逢连阴雨多天后放晴，早上起来，阳光明媚，秋高气爽，空气少有的清新、湿润，还没有一丝风，我顿时多了一份好心情，感觉到一份好兆头。可是一天求职下来，累得一塌糊涂不说，还少有的沮丧。

两个准备找工作的同学，一周来像热锅上的蚂蚁，坐立不安，轮番问我工作考虑得怎么样。我原本还未想过这事，可终于被他们说动了心，也开始坐卧不宁，心烦意乱。

我本来和同学商量好今天去首都师范大学，谁知计划赶不上变化，后来决定先去北京第二外国语学院。出门想都没想，直接去外研社门前坐车，准备买票时问："到海淀南路吗？"谁知售票员说："反了反了，对面坐去。"我们莫名其妙，但也只好到对面去坐车。往北坐了三站到海淀南路，一路上心里都直嘀咕，北二外明明在东南面，为何往北走这么远？

倒霉事还在后面呢。等下了车，发现根本没有什么731，倒是有725到四惠，地铁最东头。没办法只好坐这班车，等车时同学要去厕所，我只好眼睁睁看着车过去。这还远远不算完，上车没几站，车猛一开，一个姑娘手里的冰激凌整个飞到我的白色风衣上，惊得我哑口无言，心想有这么倒霉的求职者吗？车到下一站，我正看着外面的景色生闷气，冷不丁听同学在喊："薛，你先过去，我下一班车赶上。"扭头看见他已下车，不自觉地也想跟着下车，一面心里直嘀咕，该不是又上厕所吧？与其下车后等，还不如下来和他一起再上车，但刚到车门前，门却已关上，售票员很不耐烦，一面嘴里嘟囔："下车你应该早点往门前走。"我说："好好好，我不下了！"我心里沮丧到了极点。

坐 27 站，一个多小时，好不容易到四惠，还得等同学，左等不来，右等不来，幸好有个准备去北京广播学院的女孩和我一起等，但心里还是像着了火。时间一分分过去，眼看十一点多了，他还不到，足足等了四十分钟，电话打了两三个，总算说到四惠站了，可我在站牌下怎么也找不到他，他说就在站牌下也找不到我。真出鬼了，竟然有两个 725 四惠站站牌！好不容易打上车到北京第二外国语学院，11 点 45 分，先去英语系主任办公室碰碰运气，铁将军把门。无奈只有等下午再说，好在有个老同学准备请客，可以混顿饭吃。

饭后直接去主任办公室，还是无人，只好去人事处，接待我们的职员很年轻，北京师范大学毕业，官腔大概还没学会，很热情，又是倒水，又是主动介绍情况，终于使我们稍稍遗忘一上午的晦气。但热情的小老师提供的前景并不乐观，单是博士房补，就由前年的 20 万～24 万元，下降到了现在的 10 万元。

从北京第二外国语学院出来，同学坚持去隔壁的北京广播学院。从南院南门一路打听到北院，才终于找到了外语系所属的国际传播学院，等了半天，院长接待我们，一看我们的简历就问我们是否不知该校情况，人家主要是新闻、传媒，不需要我们这样学美国文学的博士！

奔波一天，我最大的收获是逛了半天北京城。来回坐四个多小时公交，并且走的不是一个线路，因此看了很大一部分北京城，绿地、立交桥、高楼林立，确实很漂亮，但这一切似乎和我无关，我还是对北京没有丝毫兴趣。纯粹浪费时间。

感人至深的艺术魅力

在洛杉矶的 Odyssey Theatre 看美国名剧《推销员之死》，剧尾 Willie 丧礼之后，其妻 Linda 歇斯底里地一遍遍喊："We're free! We're free! We're free!" 余音还在耳边回响。

阿瑟·米勒的《推销员之死》首演于 1949 年，很快获得当年的普利策戏剧奖、托尼最佳戏剧奖和纽约戏剧评论界最佳戏剧奖，是首部同时获得这三项大奖的戏剧。该剧被公认为美国第一出真正的悲剧，不仅在美国家喻户晓，而且享誉全球。

《推销员之死》之所以半个世纪以来常演不衰，首先要归功于剧本本身的巨大感染力。鲜明的人物性格，真实可信的情节，破灭的美国梦，小人物无可奈何的挣扎，相濡以沫的妻子几十年来对丈夫默默的支持与奉献，亲子之间既爱又恨的矛盾交织，这一切都令观众感动不已。虽然剧本讲的是半个世纪以前的故事，但它何尝不是现代人身边每天都在发生的事。伟大的艺术品永远具有穿越时空的艺术魅力。

十月下旬以来，这出戏在加州大学洛杉矶分校（UCLA）附近的小剧场公演一个半月，今天是学生场，持学生证半价 12 美元，这也是我在美国一年来第一次买票看戏。

实际上坐车到学校去的路上每天都经过这个剧场，只是我从来没想到这座不起眼的小平房居然是个剧场，剧场的名字 Odyssey Theatre 很不起眼，剧场也实在小得可怜。我和同去的埃及朋友 Yasser 打赌，结果还真数了座位，总共只有 6 排 98 个座位，舞台也小得很。与闹市区百老汇大街上的洛杉矶剧场相比，这个剧场真是太不起眼了。

　　但看得出演员都是一流的，三个小时的戏看下来，竟然没觉得时间长，并且研究戏剧的 Yasser 说有机会还要来看。可惜我大概是第一次，也是最后一次在这个小剧场看戏了。

童话排排坐

新年新气象！转眼之间，2008 年又过去了半个月。每天晚上，照样在院子里的小花园散步，只是散步的方式不一样了，原来的正走变成了倒走，听说这样对腰、肩都有好处，坚持了一段，觉得好像对腰肌劳损还真有点用处，腰不怎么疼了。

另外，散步时听的中央人民广播电台"中国之声"的节目也有些变化。20:35—21:00 之间的"对农村广播"不见了，变成了少儿节目"小喇叭"。第一次听见这个节目时，觉得对我来说有点太不合适了，可那会儿又没有更合适的节目听，只好凑合着听这个节目——童话排排坐。几天下来，竟然上了瘾，因为半个月来这个节目播的都是经典童话。前几天听《小红帽》，那是十几年前给女儿不知讲了多少遍的童话故事，但现在听来，还是那么美妙动听，惊心动魄。今天听的《玫瑰公主》虽然似曾相识，但故事的名字明显陌生。

回来给女儿讲起刚听的这篇童话，说了半截，女儿就说："这不是《睡美人》吗？"对啊，怪不得我觉得这个故事那么熟悉，我还以为是雷同，原来是格林童话里的《睡美人》。虽然故事中仍然是大家熟知的公主、王子、女巫，才子佳人，郎才女貌，但故事跌宕起伏，扣人心弦，就连人已中年的我也听得津津有味。

女儿这一代生逢其时，幸福啊！想起自己小时候，哪有什么童话听啊。那时候我的家乡农村还没有幼儿园，稀里糊涂玩到七岁和同伴一起准备上学，妈妈还嫌我年龄小，说我的哥哥姐姐他们都是八岁上学，让我在家再玩一年。幸好那时坚持，也就上了，否则八周岁再上学，现在想来更是不可思议。

学是上了，但从小学到初中二年级，一直在村里上学，课本是我们能看到的唯一书本，根本没有课外书可读。不知算是幸运还是不幸，我们那一届学生正好赶上初中三年、高中三年，等于多上了两年学。并且读完初二那年，不知为什么村里的中学被取消，我们不得不到三里外的邻村去读初三。记得有一天借到同学一本故事书，于是中午不回家吃饭，悄悄躲到学校对面老乡家门楼里读，那是记忆中读的第一本课外书。

对了，实际上课外书不是完全没有，那时倒是有一种我们称之为"画书"的小人书，就是所谓的连环画，有现在一般书的一半大小，每页一幅画，画的下方是两三行解释性的文字。每本画书一般都是一个完整的故事。当然那时的画书都是黑白的，纸张、印刷也都很粗糙，但即使这样，也不是我们一般人家可以买得起的。

清楚地记得初 那年，在 次数学课上，我手里举着数学书，下面偷偷看从同桌那里借来的画书《永不消逝的电波》，结果让老师逮个正着，当场没收了画书。那本画书老师后来大概忘了还我，反正是从此就不见了，而我只好挖空心思地从母亲那里要来两毛钱还给同桌。最遗憾的是到现在我也没看完那本画书。

关于画书的故事更多发生在县城。我们村离县城八里地，长大以后去县城的机会多了点，不记得当时都买过些什么，只记得偶尔去赶集，最奢侈的事情就是坐在画书摊旁边的小凳子上，看上一两本自己左挑右拣的最喜欢的画书，每本两分钱，这在那时也是笔不小的数目。

高中三年在县一高读书，每天面对的还是各种各样的课本。真正发现有那么多书可以读，那么多书可以看，还是上了大学以后。每次进图书馆，都觉得自己太无知了，恨不得把所有的书都抱回宿舍，一天之内把它们读完，但有时累了、烦了，功课实在紧张的时候，又不免懈怠，免不了宽慰自己，反正也读不完，索性给自己放个假吧。

女儿一岁九个月开始上幼儿园小托班，然后是大托班，小、中、大班，总共上了五年幼儿园。等她像我一样七岁上小学时，她已经拿了一个毕业证，俨然一个老学生了。还在小托班时，话还说不囫囵的女儿回家就给我背诵从学校里学来的《两只老虎》《排排坐》等儿歌。从那时到现在，我给她买的课外书大概可以用汽车装了！

教师这个职业

有个在法院工作的朋友，每次打电话，第一句话总是："你简直太幸福了！一周就那么几节课，每天都可以待在家里，太清闲了！"每次听到这句话，我都哭笑不得。

几年前在北京读书时，一个同样在法院工作过几年、刚调到高校教书不久的朋友总结教师这个职业"上班不像上班，下班不像下班"，精辟之极。

出去买菜，经常光顾的几个小贩熟悉了，总会寒暄："今天没上班啊？"我只好说："没有。"其实也就是没有上班，但他们不知道我是备课累了，中间出去采购，只当课间休息。

母亲在世的时候，偶尔来小住几天，那时我上的大多是低年级的精读课，每周 8 节，其他时间当然都可以自己支配。有次听见母亲在对邻居说我"总说忙忙忙，一星期就那个几节课，那叫忙啊？"母亲没看见我半夜还在备课、批改学生作业，周末假期也还是该干什么干什么。

不久前，在一次朋友聚餐上，连女儿都说我"什么忙啊忙，晚饭过后就去散步，一走半天，根本就没有看书"。也对，有时甚至下午也去走路，但她不知道往往她睡着两个小时了，我还在电脑前忙碌。

2007 年终于过去了，对我来说，这一年是我有生以来最最忙碌、最最不可思议的一年。说起来每周只有 9 节课，并且都集中在周二、周三两天，其余时间完全可以自由支配。听来确实不错，但看看我上的课吧！上半年三门：二年级两个班阅读（四），每周共 4 节；三年级选修课《文学概论》，每周 2 节；研二选修课《亚裔美国文学》，每周 3 节。下半年三门课：二年级两个班阅读（三），每周共 4 节；三年级选修课《欧美文化入门》，每周 2 节；研二选修课《亚裔美国文学》，每周 3 节。课时确实不多，但课头不少，并且都属于阅读类课，三门课加起来，每周要讲大约 200 页。更要命的是，在所有这五门课程中，只有《文学概论》以前上过一次，其他四门课都是新的，都要花费大量时间备课，尤其是《欧美文化入门》，更是要命。每周两小时的课，大概要花 20～30 个小时的时间来准备，站到课堂上仍觉得底气不足。好在这些课程都是我自找的，并且都与我的专业美国文学有些联系，因此乐在其中。

所有的课都上完，终于停课了，长这么大，第一次觉得自己很了不起。本想松口气，但一想余下的复习考试等扫尾工作，更烦。仅以这学期为例，三门课中两门本科生的课都需要考试，考试就需要出考题，A /B 试卷、答题纸、答案及评分细则，一门课需要六份卷宗。准备好了试卷需要教研室主任及主管院长审查签字，然后去印刷厂印考卷。考试完了要评卷，评卷完了要按学号把试卷排好，然后上网登记分数。交卷之前还需要填写试卷分析表、试卷复查承诺书等。交卷时需要提交的东西如下：1. 按学号排好的考试试卷；2. 原始成绩单一份；3. 网上打印成绩单一式两份；4. 试卷分析表（每班一份）；5. A 卷空白卷、试题、答案及评分细则各一份；B 卷空白卷、参考答案及评分细则；6. 试卷复查承诺书。

总之我的课元月 9 日结束，当天晚上《欧美文化入门》随堂考试（试卷主要是元旦假期准备），15 日阅读课考试，直到今天上午 11:56 分才把所有一切交齐，终于彻底结束了一学期的工作，真想好好庆祝一番！

把所有的时间都搭上备课上课正好，如果一旦有其他工作，那可就惨了。实际上作为大学教师，根本不可能只备课上课。一年来，除了上课，还指导本科毕业论文5篇，成教生毕业论文5篇。另外，一年还参加两次研究生答辩，上半年五个，下半年五个，外加一个博士生答辩，一个博士后开题。除此以外，手头还有四个三年级研究生与四个二年级研究生需要辅导。三年级研究生上学期开题，现在要完成毕业论文初稿，有待下学期答辩；二年级研究生下学期即将开题。

上述种种还只是教师面临的一部分任务——教书，还有一部分任务——科研，就只有挤在假期了。为了参加去年10月份的美国文学年会和11月份的传记文学年会，去年暑假大量时间都在准备那两篇论文，到最后也只完成一篇。

这就是教师，这就是我的2007！上班不像上班，下班不像下班，但教师这个职业最大的好处也正在于这一点：自由！当然还有一大好处：年轻！天天与年轻人打交道，起码心态年轻。无论如何，当了20年教师，发现自己还真是喜欢教师这个职业。

做人就要做这样的人

今天给自己放假。早上起来一直到中午一点，看完最后七集《闯关东》，感慨不已，剧中人物特别是朱家老少的面孔在眼前不停地晃动。

父亲朱开山（李幼斌饰），一个智勇双全，顶天立地的山东汉子，教给我们怎么做人。他早年在关东的放牛沟，因为二儿子朱传武逃婚，面对亲家韩老海屡次刻意报复，朱开山所表现出的那种忍耐、大度与善解人意，远非常人所及。在哈尔滨开山东餐馆时，面对欺行霸市、地头蛇一般的潘五爷的明枪暗箭，朱开山能屈能伸，大肚能容容天下难容之事，当众揭穿潘五爷精心设计的中毒案之后，还不忘给潘五爷留个台阶。最后，居心不良的潘五爷搬起石头砸自己的脚，没有把朱家撵出那条大街反而被自己豢养多年的土匪天外天杀了儿子潘老大。在这个对朱家来说恶贯满盈的仇敌因为丧子破财一病不起的时候，朱开山不仅没有幸灾乐祸，反而带着自己的两个儿子真心安慰潘五爷，使潘五爷最终彻底醒悟，从此在那条街上对抗了多年的山东人与热河人泯灭了恩仇，友好相处。四海之内皆兄弟，朱开山不仅对朋友友好，甚至对自己的敌人也精诚相待，博爱无边。但朱开山的忍让绝不是无原则的，他的高明之处在于善于利于自己的聪明才智化解矛盾，感化敌人，变敌为友。

这位曾经当过义和团头目，在敌人的刀刃下死里逃生的朱开山，年近古稀仍然是个不折不扣的血性汉子。本来坚决反对小儿子开煤矿的朱开山得知儿子是在与日本人争夺煤矿开采权后，态度来了个180度大转弯，成了山河煤矿的总经理。"九一八"事变爆发后，东北的主权实际上落入日本人之手，国破家亡在即，朱开山与日本军人、森田物产的董事长森田大介斗智斗勇，不卑不亢，表现了中国人的骨气。故事末尾，朱开山亲手杀死了森田。面对朱家院子里横七竖八六具日本军人的尸体，朱家人长久伫立，观众则不免拍案叫绝，太解气了！

但朱开山也有他时代的局限性。朱传武、秀儿、鲜儿三人的婚恋悲剧实际上是朱开山一手制造的。故事末尾，年近古稀的朱开山终于意识到这一点，特意嘱咐儿子朱传武代他向鲜儿道歉。"父母之命，媒妁之言"仍然是20世纪前半期中国婚姻制度的主流，因此朱开山的错误也就在所难免。朱家人能够同意秀儿与传武离婚，再嫁给龟田一郎，已经大大超越那个时代。

与朱开山患难与共的妻子（萨日娜饰）不仅是个贤内助，还是个有胆有识、大爱无边的女人。为拯救身患重病、被同乡抛弃的日本孩子龟田一郎，她操起菜刀和放牛沟人拼命的一幕令人久久难以忘怀。故事末尾，又是她的爱感动了龟田一郎，使山河煤矿得以重回中国人怀抱。

朱家的三个儿子与三个儿媳妇同样塑造得各具特色。老大朱传文虽然名不副实，目不识丁，有点小肚鸡肠，还有点窝囊，最后因为贪生怕死甚至还一度误入森田设计的歧途，但他无论是在放牛沟的农场干农活，还是在哈尔滨经营山东菜馆，他的敬业精神都颇令人感动，为了讨到朱记牛肉与富富有余的方子，朱传文可谓费尽心机。

朱传文的妻子那文是个不折不扣的前清格格，尽管"我们王爷府"经常挂在嘴边，但她面对生活中的变故，面对生活的巨大落差，面对心直口快的婆婆偶尔的指责与批评，始终积极乐观地对待生活，给人留下深刻印象。在放牛沟创办清风书院，在哈尔滨帮助丈夫打理餐馆，当机立断帮助顾虑重重的秀儿结束与朱传武持续了18年的有名无实的婚姻，试图宰了投靠日本人的丈夫……

那文性格鲜明，敢作敢为，颇有大丈夫做派，正像她自己所说的那样，可惜她是个女人，否则她一定是个像朱传武一样的热血军人。

朱家老二朱传武一直是母亲嘴里的活兽，继承了父亲敢做敢当、智勇双全的性格，但桀骜不驯，为自己与鲜儿的爱情，新婚之夜丢下新娘子秀儿，带着鲜儿私奔，九死一生；后被东北军所救，从此成为一名军人，受少帅张学良赏识，成了团长；九一八事变后誓死保卫哈尔滨，直至战死疆场。朱传武最感人之处还在于他是个不折不扣的情圣，一生心里只装着一个鲜儿，尽管两个人到最后也没能走到一起，但两个有情人为保卫哈尔滨并肩作战，给观众留下一点点欣慰。

这就是52集电视连续剧《闯关东》中的几个主要人物，荡气回肠，使人过目不忘。我从十几集开始看，一看就着迷，每晚两集还觉得不过瘾，跟女儿学会了在网上看。老早就知道女儿在网络上看电视剧，从未尝试过，这几天才知道网络上看电视剧真是太过瘾了。

"闯关东"是中国历史，也是世界移民史上一个非常独特的现象。以前我只知其然，不知其所以然，这次因为看电视，查找了好多这方面的资料，也的确长了不少知识。

爱心守望，风雪同行

　　下午四点多钟，我本想出去走走，发现又下雪了。雪片不大，就那么细细密密、无声无息地飘飘洒洒。以前的积雪好不容易快化完了，如今地面上又积了厚厚的一层。楼前小路洁白的雪地上，只有两行孤零零的脚印。空中没有一丝风，没有任何行人的踪影，就连窗外的 SOS 儿童村里，都好像空无一人。周围安静极了！

　　本来我最喜欢下雪，最喜欢踩雪，最喜欢雪天去野外疯玩儿。雪，使人迷乱，使人疯狂，使人丧失理智。但这次我却稍稍有些犹豫。中央人民广播电台"中国之声"几天来一直在播一个大型特别直播节目"爱心守望，风雪同行"，一天 24 小时不停地报道连线全国 14 个省市，特别是湖南、湖北、贵州、河南、江苏、安徽、四川、甘肃、重庆等地半个月来的雪灾及道路结冰情况，很多路段不通，水、煤、电、运都出现严重问题，数十万人滞留旅途。在有些路段，司机甚至在冰天雪地的公路上已滞留达一周之久，吃喝都成问题，有些司机被冻伤。各地交警等都在动员各种力量除雪，为滞留司机提供饮食等生活必需品。每次听到这个节目，听到各地水管冻裂，高压线被压断，想想全国各地七千多万被冰雪困扰的灾区群众，心里都觉得沉甸甸的。洁白美丽、晶莹剔透的小小雪花竟会给人们带来这么大的困扰，倒是我从未想到过的。

小时候下的雪比现在多得多，天气比现在也冷得多，我和弟弟每年手、脚、脸都会被冻烂。但我印象最深的还是过年，大年初一早上经常会被大雪封门，起床第一件事就是帮助父母铲雪。我老家豫北农村有春节起五更拜年的风俗。各家各户早早起来包饺子吃完早饭，然后就开始挨家挨户给同姓的本家长辈拜年。家里有儿子已经娶妻成家的，还要给本家长辈端汤。所谓"端汤"，指的是给长辈端饺子汤拜年，别看东西不起眼，这可是拜年的最高礼节。后来大家生活好了，送碗饺子不是什么大问题，于是汤就换成了饺子，"端汤"实际上变成了端饺子。本家长辈念及侄媳妇、孙媳妇们孩子小，包饺子困难，一般也不会真正留下这些饺子，而只是品尝一下，就让端了回去。我们家是独门小户，只有大伯家要去，因此早上不用很早。而大门大户人家因为有很多本家要拜，往往三四点就起来包饺子。我们去拜年的路上，往往看到厚厚的积雪上已经有很多脚印。偶尔看见迎面而来的人群，同样端着两碗饺子，于是人们会用"端汤呢"来打招呼，而不是平时的"吃了没"。

因此，在我的记忆中，雪是过年的一景，洁白的积雪映衬着姑娘媳妇孩子们只有过年才能穿得上的五颜六色的新衣服，很是喜气。人们踩着厚厚的积雪去拜年的景象深深地刻在我的脑海中。直到现在，每次看见人们在大雪中行走，眼前还是会立刻出现老家过年的情景。

然而今年不同，我大雪中疯玩的时候，耳边总响起"中国之声"的声音。断水、断电、断煤气几天几夜，从来没有遭遇过这样严寒的南方人怎么过？冰天雪地中被困在路上好几天，司机师傅们还好吗？

糊糊涂涂过生日

昨天花店打电话，说今天我生日，他们准备把单位为我订的蛋糕与鲜花送过来。我愣了，随口问："我生日吗？我怎么不知道？"他们说没错，是这个日子啊，1月30日。哦，没错，是我生日，准确地说是我几个生日中的一个。

在农村老家，大家习惯用农历，因此我的生日实际上是正月十二。上学后填表，无法填农历，只好写1月12日，这便已经不一样了。上大学后办身份证，发现上面我的生日变成了1月30日，反正也无所谓，也就没有追究。但从此只要填表，就必须牢记这个生日，这也正是今天单位给我送生日礼物的来由。

几年前心血来潮，突然想查查我出生那年的正月十二到底是阳历哪一天。在万年历上很快查到，原来是2月1日。要填表，这个日子才是我应该填的，可惜小时候不知道，现在永远也用不上这个日子了。

去年我生日那天——正月十二，是阳历的2月8日，当时刚到加州大学洛杉矶分校访学不久，碰巧那天国际留学生办公室组织聚会，我算是过了个热热闹闹的40岁生日。当晚我写了篇名为《热热闹闹过生日》的日记收在刚出版不久的《洛杉矶访学记》里，不仔细看全文的读者会以为我是2月8日生日。

更有意思的是，连我一直认可的正月十二事实上也可疑得很。母亲在世时，特迷信算命。记得我刚上大学不久，母亲找人算命，顺便给我算算，结果算命先生说："你这个丫头啊，要是特用功的话可能考上个高中。"母亲心里说不对啊，没觉得她怎么用功就已经考上大学了呀！从此有那么一段时间，母亲不再迷信算命，但不久她又把责任归结到了自己身上，认为是自己给算命先生提供的生辰八字不对。

原来关于我的生日，父母亲有不同的说法。父亲在我满月后为我报户口，报的是正月十二，但后来母亲认为我不是这一天出生的，而是第二天，也就是正月十三。反正无关紧要，也就不管那么多了，但算命是非常讲究生辰八字的，生辰八字弄错了，如何能算得准，就是对了，也不见得算得准啊。无论如何，母亲从此以后不再热心算命了。

然而父母亲竟然会记不清我的生日，让我那段时间还真有点耿耿于怀，后来想想也难怪，我是他们的第五个孩子，虽然我上面的哥哥出生后没几天就夭折了，但他们还有三个孩子要操心，上有老，下有小，当时生活又艰难，实在怨不得他们。况且母亲为我还吃过不少苦头。我出生时年还没过完，而当时一年到头也就过年这几天才能见着荤腥，因此爷爷奶奶劝母亲不要亏了自己，母亲就喝了几口肉汤，结果肚子泄个没完，折腾了好几天。我想我的生日问题可能与母亲当时身体不好大有关系。不管怎么说，我还是认可正月十二这个日子，但我更需牢记 1 月 30 日这个身份证上的生日。

现在的孩子，包括我女儿，别说出生日期，就是出生具体时间都记录得一清二楚。从妇产医院出来，随身带出来的还有一本相册，上面除了孩子出生后的一组照片，还有具体出生信息，以及孩子的手印脚印。从此每年一次的孩子生日，都是家中一件大事，都会约孩子的几个发小及家长聚会一次，开始在家里，后来去饭店。蛋糕当然少不了，尽管没几个人爱吃。不过女儿的十三岁生日是个转折点，一是我差点忙忘了，二是从此女儿再不需要父母为她过生日，而是有了自己的主意，我负责出钱就行。生日的前一天凌晨，我从重庆开会回来时才突然意识到第二天孩子生日，心想幸好回来了。但孩子约了一大帮同学，一起去森林公园玩了一天，算是过生日。傍晚出去买东西，想起女儿生日第一次吃不到蛋糕，于心不忍，想买个小蛋糕回来，可那家蛋糕房偏偏没有，只好作罢。第二天早上被电话吵醒，懒得去接，女儿马上过来钻我被窝，问我为何不接电话。说起这次生日，她来了一句："昨天生日过得不好，没吃蛋糕。"看来孩子还是有遗憾。然而从此不要生日蛋糕了，只认钱，哪怕远隔重洋，也会老早提醒我她生日快到了，让我把生日礼物准备好。我每次都开玩笑说孩子生日是母亲的受难日，孩子大了，轮到孩子给母亲买生日礼物了！

无论如何，现在的孩子，要想弄错生日，难着呢！小时候是父母庆祝孩子又长大一岁，等孩子长大了是孩子自己惦记着生日礼物。

《士兵突击》经典台词感悟

在网上看了几天 28 集军旅题材电视连续剧《士兵突击》，今天终于看完，受益匪浅。它不只是电视剧，不只是小说，而是人生，是哲学。做人有时候不能太聪明了，人是做出来的，不是说出来的，《阿甘正传》中的阿甘如此，《士兵突击》中的许三多也是一样。电视剧看完了，但故事中的人物却还在我眼前浮现，人物台词一直在耳边回响。

不抛弃，不放弃——钢七连精神的精髓，也是主人公许三多，一个绰号许三呆、三呆子、许木木的农村兵成长为一个不折不扣的特种兵尖子的精神支柱。

好好活，就是做有意义的事。做有意义的事就是好好活（许三多）——什么是有意义的事，每个人心中有一杆秤，大家心中也有一杆秤。

是骡子是马拉出来遛遛——许三多参军后听到的第一句话。一直以来，马都是奋进、一往无前的象征，而骡子只能成为"肉"、磨蹭和懦弱的代名词。可许三多这头骡子却成了一头比马跑得都快的骡子，他依靠的是百折不挠的韧性和毅力，是军人与男子汉的血性，是那种不抛弃，不放弃的钢七连精神。

做一天人，尽一天人事儿行吗？（许三多的第一个班长老马）——人人好像都明白，但有几个人真正能做到呢？

别混日子了，小心让日子把你们给混了（许三多的第二个班长史今）——日子是过来的，不是混出来的。无论干什么，都应牢记认真二字。

好好做人！（特种兵大队教官袁朗）——成才第一次到特种兵大队集训四个月期满后，各项考核均为优秀，综合成绩第一，但袁朗坚持把他退回原单位，临别赠言："好好做人！"这才是人之为人的根本。无论做什么，归根结底都是做人。

平常心，平常心（吴哲）——说起来容易做起来难。

步兵就是一步一步一步走出来的兵（兰晓龙的小说《士兵突击》封面）——人生就是一步一步一步，踏踏实实，扎扎实实走出来的。

《集结号》观后感

没啥都不能没人性，有啥都不能有战争！冯小刚的2007贺岁大片《集结号》看后让人心里沉甸甸的，一阵阵发紧。

解放战争时期（1948），连长谷子地接到团长命令，要打阻击战帮助大部队撤离，以集结号为撤退信号。整个连队打光了，也没听到集结号响，谷子地被炮火轰晕在死人堆里，后来得以生还。之后八年里，他一直在寻找原来的队伍，想替战死的兄弟们讨个说法，最后找到了团长的坟头和当年团长的警卫员兼司号员，得知当年团长根本就没有下令吹响集结号。原来为了大部队转移，团长和谷子地的连队一样，也是战争的牺牲品。谷子地醒悟后，决心挖出全连47个弟兄的遗骸，为当年阵亡的弟兄们找回烈士称号。

《集结号》改编自小说《官司》，这是作者杨金远根据一个真实故事创作的。一个老头特别爱听军队的集结号，战士就问他为什么，老人就讲了自己的亲身经历。在一次战役中，上面的命令要求一个连队的战士坚守4小时，以集结号为令撤退，结果等了12个小时集结号也没有吹响过。而这就是影片《集结号》的核心故事：当连长谷子地（张涵予饰）所带领的47个战士伤亡惨重时，排长焦大鹏在牺牲前告诉谷子地：我听到集结号了。焦大鹏是全连最勇敢的战士，由他说出的这句话让谷子地震惊。但是谷子地本人却没有听到号声，于是他决定继续坚守下去，结果 47 个战士最终全部阵亡。从此谷子地开始了寻找真相的过程，当他找到吹集结号的号手时终于得知：集结号的确没有吹响，团长（胡军饰）明知是要让这一个连的战士去送死，但最终他还是选择了与自己交情最好的谷子地。谷子地这才明白，焦大鹏临死前的这句话其实是存有私心，想给连队留下几个"活种"。进入和平年代后，这 47 名战士被定为失踪，谷子地的后半生就在寻找 47 具遗骸，并为他们追讨烈士的称号中而活着。

烈士的称号最终找到了，但影片中血肉横飞、尸横遍野、炮火震天的惨景历历在目。反对战争，厌恶战争，消灭战争，这大概是所有良心未泯的人的共识吧。

单车一日游

　　我与关一起，上午 11 点半出发，下午 6 点钟回来，骑车去了黄河浮桥和翰园碑林，自然景观与人文景点看了不少，非常开心。

　　去年有一天我偶然听到曹老师说起开封骑协，会员一起骑单车去过很多地方，包括青岛和日照，当时听得心潮澎湃，恨不得马上就加入他们的队伍。后来仔细一想，觉得还是坐车到一个地方，多玩些时间比较划得来。我打退堂鼓的最重要原因是觉得路上太脏，汽车噪音与尾气污染都让人受不了。还有一个原因是害怕自己体力不支，拖别人后腿就不好了。于是我们决定自己骑车去郊区试试，先找找感觉。

　　从家门口出发到黄河大堤，大概十千米，我们骑了整整五十分钟。这条路走过无数次，从来没有注意到那么多村庄，一个挨一个，也从来没有注意过有些民居那么别致漂亮。今天是大年初六，路两旁的店铺张灯结彩，大红灯笼高高挂，鲜红的对联与各种各样的门神喜气洋洋，卖水果糕点的沿街排开，一路上走亲串友的络绎不绝，真是年味十足。

　　从大堤到黄河浮桥我们又骑了十多分钟。上大堤之前，一路上我们并没有体会到多少大自然的感觉，络绎不绝的车辆、来来往往的人群、毗邻的村庄等是主体，但一进入大堤，眼前马上一亮，心里也立即跟着欢呼起来。虽说是冬多数树木光秃秃的，但一片片树木整整齐齐，树林中的小路幽静深远，一眼望不到头，连空气都立刻清新起来。黄河两岸天苍苍，地茫茫，雄浑的黄河水争先恐后地冲进浮桥间隙，这样的景象使我们心旷神怡，禁不住一次次深呼吸，恨不得把路上吸入的汽车尾气彻底排放干净。

开封郊外民居

回来路上我偶见"开封第九届翰园春节祭祖大庙会"的广告，决定前往一观。其实几年前就听说过这种庙会，我也每年都想去看，可就是一直没能成行。今天我们把黄河带给我们的好心情一直带到了翰园碑林。

老远就看见中国翰园门前车水马龙，人头攒动，熙熙攘攘。进了门扑面而来、铺天盖地的红灯笼更使我忍不住惊呼起来：哇，太壮观了！杂技歌舞、民俗表演、特色小吃、儿童乐园、假山攀爬，连高大的轩辕黄帝塑像也披上了大红色的节日新装，园子里到处都是欢乐的人群，到处是大红的灯笼与各种各样喜庆的装饰，甚至还有足够以假乱真的桃花和火红的枫叶，这就是热闹非凡的中国翰园碑林每年一次的春节轩辕黄帝祭祖庙会。

园林区人气旺盛，热闹非凡，北边的碑林区却仿佛世外桃源，人迹罕至，

中国翰园

但这里才是这座园子的精华所在。我也是第一次来这里，虽然对书法艺术一窍不通，但还是觉得太美，太震撼了。

中国翰园碑林被称为"中国历史上第一座民办碑林"。碑林坐落在龙亭公园西侧，占地120亩，刻碑3700多块，碑廊建筑壮观，园林景色秀美，是一座融山水艺术景观和古典园林建筑艺术为一体，集古今中外诗、书、画、印艺术之大成的文化园林。

碑林里的碑刻以书法艺术为主，根据不同的表现内容和表现对象分设中心碑廊、现代碑廊、宋代碑廊、历代帝王名臣碑廊、绘画碑廊、篆刻碑廊、硬笔书法碑廊、少数民族文字书法碑廊、中年书法碑廊和国际友谊碑廊等，长达六华里，是中国历史上第一座树碑数量最多、观赏效果最好的碑林，被誉为世界之最。

令我惊讶的是，这所碑林竟然是开封市供销社一个普通退休干部发起创建的。1983年，因劳累过度导致肝硬化的开封供销社干部李公涛提前退休。退休之后，李公涛带领全家，自筹资金，于1985年创建中国翰园碑林。李公涛在《家训碑》上写道："为继承发扬祖国传统文化，振兴民族精神，誓在七朝古都开封，兴建一座与西安、曲阜碑林相媲美的具有旅游价值的碑林，把现代书法流传后世，以愚公精神世世代代刻碑不止，我倒下由我弟弟子孙接着干。只许投入、不许索取，迎难而上，百折不回，直至碑林建成，无偿交给国家为止。碑林有了收入，李家子孙不能从碑林牟取一分钱利益，特作家训，镌刻于石，嘱儿孙共遵之。"多么伟大的老人，多么无私的文化精神！

碑林

中国人的日子好了，中国的富翁多了，但中国太缺少李公涛这样为弘扬中华文化要求家人"只许投入、不许索取，迎难而上，百折不回"既富有远见卓识又富有奉献精神的"当代文化愚公"。

人都是需要点精神的，功名利禄和金钱财富不可能使人真正快乐。我相信已过八旬的李公涛先生二十多年来从来不会觉得无聊，从来不会怀疑人生的价值与意义。今天李银河老师博客上题为《叔本华人生哲学》的文章也说明了这一点。

关于人生，叔本华有过一个精彩的钟摆理论：人生就是在痛苦和无聊这二者之间像钟摆一样摆来摆去：当你需要为生存而劳作时，你是痛苦的；当你的基本需求满足之后，你会感到无聊。相信这会是许多人的感觉。正因如此，有人会怀疑人生的意义，怀疑生命的价值，个别人甚至会选择轻生。但叔本华认为，要超脱这种痛苦和无聊，人应该过一种睿智的生活。所谓睿智的生活，是一种丰富愉悦的精神生活，"从大自然、艺术和文学的千变万化的审美中，得到无穷尽的快乐，这些快乐是其他人不能领略的"。

叔本华把人的命运概括为三类：人是什么；人有些什么；如何面对他人对自己的评价。他的看法是：第一类问题远比第二、三类重要。"一种平静欢愉的气质，快快乐乐的享受非常健全的体格，理智清明，生命活泼，洞彻事理，意欲温和，心地善良，这些都不是身份与财富所能促成或代替的。因为人最重要的在于他自己是什么。当我们独处的时候，也还是自己伴随自己，上面这些美好的品质既没有人能给你，也没有人能拿走，这些性质比我们所能占有的任何其他事物都重要，甚至比别人看我们如何来得重要。"

过睿智的生活，这就是叔本华指给人类摆脱痛苦与无聊的法宝，而李公涛先生给当代中国人树立了一个绝好的榜样！

五学并举

晚上听社科院杨义先生演讲，题为《学术研究的五种途径》。整整两个半小时，我发现只有两个退场的。最后大家还意犹未尽，听到先生说"本来还有几个例子要讲，因为时间关系就算了"，学生在下面竟然异口同声地"讲吧讲吧"，要不是主持人宣布结束，说不定演讲还会继续。

很久没有见过这样秩序井然、听众热情这么高的演讲了，我很受感动。演讲结束后，我特意询问与我一起站在后面的组织者，一个跑前跑后照相的女生，问是不是文学院组织学生来听的，她说不清楚，她没有听说有人组织。一路上我又问了四个学生，其中一个法学院三年级的研究生，三个文学院的学生，都是自愿来听的。

由此想起三周前我自己组织的两场演讲，在校科技馆二楼多达 328 个座位的报告厅，虽然中间有个别退场，但 200 多听众同样秩序井然，热情高涨，演讲后的互动气氛很好。我在加州大学洛杉矶分校访学时的导师张静珏教授无论如何不相信学生都是自愿去听的，还当着我的面询问过学生是不是老师组织去的，学生明确回答大家都是自愿的，没有任何人强迫。事实也正是如此。

作为组织者，在决定演讲地点时，我曾反复思量，犹豫再三，并且征求几个同事意见。地方小了怕不够坐，地方大了怕空位太多不好看，但最后还是选了一个大报告厅。当时也有人建议组织学生去听，我也确实在上课时给我教的四个班的学生都说过这两场演讲，但我确实从未想过要强迫他们去听，原因很简单，如果他们不感兴趣，即使勉强去了，中间也还是可以退场。

与外语学院的那两场演讲相比，这次选的地点在学校新办公楼一个会议室，大概只有100多个座位，因此后面密密麻麻站了好几十个人，我就是其中之一。一个半小时后我实在站得受不了了，干脆席地而坐。

经常听到有人感慨现在的学生浮躁、不爱学习、不懂礼貌、不尊重权威，但从这三次演讲看，好像太片面化了。河南大学一向学风良好，现在看来这个传统还在，大部分学生还是愿意学习的，这使我这个做老师的颇感欣慰。

杨义先生是社科院文学研究所所长、《文学评论》主编、著名的学者，其主要著作有《中国现代小说史》《二十世纪中国文学图志》《重绘中国文学地图》《中国叙事学》等。杨义先生的这次演讲从清末民初学者章太炎的观点说起，章太炎在1924年曾批评中国大学只重耳学不重眼学的现象，杨义进一步总结为做学问的五个途径：眼学、耳学、手学、脚学、心学。

杨义认为，眼学是做学问的基础，具体来说又包括卷地毯式、打深井式和砌台阶式三种方法。卷地毯式的方法是指根据研究题目，按照阅读书目把作家和他们的著作逐本阅读，例如他写《中国现代小说史》时就采取了这个方法。他通读了五四时期的小说2000余种，而不仅仅只读代表作家的代表作品。通过卷地毯式的阅读，可以读出作家的异同，理出材料的层次，认识到整体性与独特性。打深井式的方法是选择一个较小的题目、有争议的或者是研究上的空白，进行深入的研究。砌台阶式的方法主要是指研究者的不同研究阶段要相互支持，一个研究应该成为下一个研究的基础，通过多个接力跑，就可能达到三级跳的境界。例如他早期研究现代小说，接着研究古代小说、古代诗词、叙事学，前期研究就为后面的研究砌了台阶。

耳学主要指的是听讲，听课有助于了解常识和交流思想。思想是要共享的，碰撞才能够擦出思想火花。他说："靠听讲做学问，是很浅的；不听讲做学问，是很陋的。"意思是，如果不参与思想交流，很容易陷入闭门造车的孤陋状态。

手学指动手搜集整理材料，这是一门古老的做学问方法。好记性不如烂笔头，手学主要是动手做笔记。古代的出版与流通不方便，很多人做学问都要去藏书阁抄书，现代有计算机储存的便利，但以笔记来积累素材的方式还是非常重要（听到杨义先生举的"手学"例子，不觉想起我的老师刘炳善先生前几年在编辑《莎士比亚大辞典》时，亲手做的卡片装满了 12 个方便面箱子）。

脚学指的是实地调查研究。读万卷书，行万里路。文学研究也要进行实地调查，到了现场，可以切身体会到文本产生的空间，作者生存的环境，同时，地方文人编撰的很多资料、书籍是书店、图书馆所没有的，族谱、碑文、建筑风格等都会给人启发。

心学指的是动心用脑、体悟思辨，要用心去感受、体验你的研究对象，从而达到超越的效果。这就需要打破矮子观场局面，没有看见却跟着前面的人喝彩，必然会以讹传讹。心学强调思辨与融通，要寻找原创的可能。

在研究中如果能够做到眼、耳、手、脚、心五学并举，就会具有综合效应，在各种方法的碰撞中擦出思想的火花。"这五种做学问的途径相互为用，既可以充分地调动人的身体的智的多种潜能，又可以广泛地接纳来自各种维度的多种形态的知识，进行比较、对质、筛选、印证、融合，因而使学问处在立体空间而做大，处在对质状态而做深，处在运动过程而做新。五学并举，乃是做学问的全身心投入，对学问则力求多维度的打通。"

杨义先生在介绍研究方法的同时，借助大量富于启发性的例子来说明如何在材料中发现有价值的问题，如何突破已有的研究找到新的意义生长点。他又强调研究要有开阔的视野，思路要有大规模，例如，他分析清朝的学问的弱点，指出清朝学问在民族问题、民间问题和考古材料方面的不足，这正是当代学者可以超越清朝学者的突破口。如果没有找准突破口，如果大的方向都没有走对，就无法发挥自己的长处并弥补前人的不足，结果很可能是勤奋读书一辈子也没有进入学术的门槛。杨义先生的讲座给大家带来很多启迪，他列举的例子让大家觉得学问充满了思考和发现的乐趣，他对学术的执着追求与严谨态度也使大家受益匪浅。

档次不高的盗车贼

　　人人平等，是人类一直追求的梦想，而大千世界无奇不有，才是这个世界的真实面目。进入 21 世纪才几年，我已经在中国的大学校园里丢了四辆自行车，这才明白其实连盗车贼都是分档次的，不可一概而论。

　　屋漏偏逢连阴雨，人倒霉了什么事儿都不顺，喝凉水都塞牙这话一点不假。这不，我和女儿都嗓子嘶哑、感冒咳嗽半个月了，终于不得不去校医院输液。下午女儿去打针时还带同桌一起，比她咳得还厉害。好不容易把她俩打发走了，我也终于输完液，总算松了一口气，出门发现下雨了，想着赶快飞车回家，却很快发现车子没了！

　　第一感觉：不相信。也许被人搬错车，到哪儿避雨去了呢。周围找找，无影无踪，这才不得不相信确实被人偷走了。

　　第二感觉：哭笑不得。就我那样的杂牌车竟然还有人偷，这小偷未免档次太低了！想起这辆车能供我骑到今天，已经够命大了。2006 年我在美国访学期间，地下室曾被撬开过，过后发现我和女儿的自行车竟然安然无恙，从此总以为这样的杂牌车根本不入盗车贼的法眼。现在想想，那个破门而入的窃贼的目标大概是摩托车、电动车之类的高档车，起码也得是个捷安特吧，我这样的车子没锁他都不要，连顺手牵羊的资格都不够。与今天这个众目睽睽之下冒着被人发现的危险公然行窃的盗车贼相比，两年前的那个盗贼真是"档次"高多了！

第三感觉：车子白洗了。前几天雨后，发现车子实在脏得不像话，就用水随便清洗了一下，尽管已经锈迹斑斑，不仔细看还挺新的样子，没想到一周不到竟招来盗车贼，真是无语。

第四感觉：幸运！还好偷走的是我的自行车，不是女儿刚买不久的电动车。感谢女儿今天勤快，与同学一起步行来打针。朋友劝我：破财免灾，说不定你和女儿的病都快好了。但愿！我向来以为阿Q精神并非一无是处，像我这样千千万万个平头老百姓遇见这样的烦心事儿，只能自我宽慰，不然又能怎么样呢？

刚才心血来潮，想看看我这车子（不，应该是别人的车子了）到底是什么时候买的，竟然在经常使用的一个小盒子里发现三个自行车执照，而它们所代表的车子都已经不翼而飞。一个是绿皮的，上面记载我今天刚丢的车子是佳美达26车，紫色，2004年11月3日在附近车市买的。也就是说，再有两星期，这辆车子就有四个年头了，四年里从来没有被擦洗过，刚洗过几天就被偷走了。人有时候勤快了真不是什么好事，想想真是追悔莫及啊！

再看看两个红色自行车执照，其中一个三枪26型的紫蓝车，1995年买的，早已记不清什么时候没了，大概20世纪末就不见了踪影。还有一个是女儿10周岁那年（2002）买的24型粉色小车，我却是记忆犹新。女儿骑了不到两年，说个子长高了，那辆车子就退伍了。我觉得闲放着可惜，又没地方可送，碰巧有个大学同学回来读博士，我就主动送她骑，但她一直没来拿。于是我晚上去校园散步时用它代步，就放在操场边。谁知用了没几天就被偷走了，我和同学都觉得挺可惜，只怨她老不来拿，否则也就不会被盗了。这大概是2005年的故事了。

再往前就是在北京外国语大学读书时的事儿了。北京外国语大学校园不大，我又喜欢走路，本来没必要买自行车。但查资料经常需要跑国家图书馆，乘公交尽管只有四站路，但两头走的路加起来，花费的时间也不少，而从北京外国语大学南门出来到国家图书馆，骑自行车只需大约10分钟。于是入校半年后，大概2002年五一前，我在校门口一家卖车子的小店买了辆自行车，记得当时只花了

200 元多一点，觉得挺便宜，但没骑几天就发现质量很差，大概是翻新车。又过没几天，五一放假，我回老家了，同屋同学的丈夫和女儿要来同她一起过节，我就把车子留给他们骑。过节回去发现车子好像变了，原来我的那辆车早已踪影全无，这辆车是同屋又买给我的。我觉得要不是，不要也不是，非常过意不去，好在偷车贼好像读了我的心思似的，没几天就把这辆车也"拿"走了，从此大家倒都安生了，我也死心塌地乘公交，不再想买车这回事儿。

校园丢车早已是老生常谈，并非北京外国语大学与河南大学的专利，当年在北京外国语大学丢车的也并非我与同屋两个。记得当时盛传北京大学有个学生自行车丢怕了，就在新买的自行车前后共上了八把锁，第二天发现不仅八把锁全被撬开，而且车闸上还夹张纸条，上写"你以为上八把锁我就打不开了？"八把锁的故事被传为美谈，盗车贼不仅显示了自己高超的撬锁技艺，还没有把车"拿"走，好一个"风度翩翩"的偷车贼啊！八把锁的故事也许有点夸张，但我与同学的自行车确实都上了前后两把锁，我也确实见过带着三把锁甚至四把锁的自行车，但自行车被盗现象还是愈演愈烈。真应了中国那句老话"锁这东西，防君子不防小人啊！"

三百多元钱买的自行车骑了四年，要说也够本了，但没有车子可骑，马上就得去买新车，这其中的麻烦与烦恼，恐怕很少几个人没有品尝过。丢电动车、摩托车甚至汽车的人，除了给生活带来的不便，经济上的损失也更大，烦恼恐怕更多。正如办公室同事所言："这年头不丢车子倒是不正常的了！"但我还是想不明白，人类都飞天、登月、太空行走了，为何连感冒都征服不了，连盗车贼都难以根除？

"拿"我车子的盗车贼，今晚一定很高兴吧？是否在举杯庆贺明天转手可以卖个三五十元？想没想过丢车人的烦恼？"老吾老以及人之老，幼吾幼以及人之幼"就像那"人人平等"一样可望而不可即。无论职业贵贱，无论贫富悬殊，只要从事的是正当的行业，凭自己的真本事吃饭，就是令人尊敬的，就应当人人平等，而盗贼，无论其技艺如何高超，功绩如何卓著，永远也不会赢得人们的尊敬。人要自尊、自重、自爱、自立、自强，这话应该同样适用于盗贼吧！

《大国崛起》启示录

　　又是期末，还是年末。我负责的课上完了，又用三四天时间把考卷准备好，总算可以松口气了。想犒劳自己，彻底放松一下，最好的办法就是影视剧，既可放松娱乐，又可从中学到不少知识。我上网搜看 12 集大型纪录片《大国崛起》，心灵一次次被震撼。

　　从 15 世纪末开始的五百年间，人类社会经历了巨变，大国一个个走上历史舞台：葡萄牙、西班牙、荷兰、英国、法国、德国、日本、俄国、美国，留给人类多少经验与教训，多少思索与震撼。

　　在上述九个国家中，几乎每个国家历史上都有被奴役、被殖民，然后又反过来奴役、殖民其他国家的现象，由此我想到中国真是太好了，每年的诺贝尔和平奖都该颁给中国。现代百年，中国被多少列强欺凌奴役，但直至今天，中国仍在韬光养晦，奉行和平共处五项原则，从来不干预别国内政。全世界都应该看看这部纪录片。

　　一不做二不休，我看完《大国崛起》，又看了《文明之路》，以前脑子里零零散散的东西时不时被串了起来。

　　说是放松，其实也是为下学期的文化课做准备。我去年给学生上过一学期《欧美文化入门》，今年没开，因为下学期有位美国主攻西方文明史的教授要来这里几个月，为充分利用他的优势，院里决定让他给一、二、三年级学生和研究生同时开设不同程度的西方文明史课，我会旁听所有课程，好好补一下这方面的功课，以后为学生再开文化课，心里就有底了。我让办公室工作人员在电子屏幕上发通知："请一、二、三年级全体同学利用寒假时间收看（或下载收看）大型电视系列纪录片《大国崛起》和《文明之路》，为下学期外教的西方文化课做准备。"但愿有学生收看，定会受益匪浅。

课堂上的时间毕竟有限，教师最大的任务也许不是向学生传授知识，而是激发学生追求知识的兴趣，激发他们学习的热情，然后因势利导。我准备给学生列个书单，包括文学、历史、社会、哲学、人类学、电影、纪录片等各个学科门类，希望对他们有所启发。

读二月河"帝王系列"图书

我很久没有这样大量集中阅读中国文学著作了，真是酣畅淋漓，过瘾之极，时不时会冒出一种"学什么美国文学呀，真该学中国文学"的念头。

英语专业出身，尤其是至今仍在从事英语专业教学与研究的同学朋友聚在一起，经常会感叹自己"英语没学好，汉语也忘得差不多了！"也难怪，与中文专业的同学相比，我们失去了四年甚至七年系统学习中国语言、文学、文化及文学理论的机会。等我们研究生毕业，拿到英语语言文学专业外国文学方向的硕士文凭之后，突然发现我们其实与中文专业外国文学方向的研究生一样，要想发表论文还是要用中文写作，这时就会发现自己的汉语糟糕之极，经常黔驴技穷，词不达意；哲学与文学理论知识更是少得可怜。于是花大量时间弥补自己的不足，却总有事倍功半之感，始终无法与科班出身的中文系学生相比。而我们的英语水平更是无法与英语国家的人相比，字典是我们须臾不可分离的工具。真是可悲。

我的研究方向是美国文学。尽管真正的美国文学只有一个半世纪的历史，但文学作品浩如烟海，总有读不完的书，因此十多年来，我系统阅读的中国文学作品少得可怜，连很多年前读过的四大名著也早已让位给电视剧了。

几年来不断听人说起二月河写的"帝王系列"图书，却一直没机会找来读。这个暑假一开始（7月2日），我突然心血来潮想读它，跑图书馆借了三本，不想回来一看就再也放不下，于是干脆从网上订了一套。买回来一看，精装本，整整一大箱子，足足二尺厚。这套系列丛书包括《康熙大帝》（四卷，2217页）、《雍正皇帝》（三卷，2044页）和《乾隆皇帝》（六卷，3744页），共13卷8005页，500多万字。这下好了，它们陪伴我度过我人生中最充实的一个暑假。每天早上起来，一直到半夜12点多，吃饭、睡觉、做家务，甚至雷打不动的散步时间都压缩到不能再压缩，着了迷似的抱着厚厚的书一本接一本地啃，一天最多370页，最少也200多页。这期间除了出去20天（《康熙大帝》第四卷陪我跑到哈尔滨，来回候机时读它更是妙不可及），我用整整50天时间读完这套丛书。现在想来都觉得不可思议！

　　想想这么多年来，即使考大学、考研、考博，做毕业论文等，再紧张的时候也没有熬过晚上11点，反而每次废寝忘食读书到半夜的时候，都是在读中文小说（当然有时备课也会很晚）。记得多年前花一周时间读《基督山伯爵》，上下两卷大概一千三四百页，也这么如饥似渴读得昏天黑地。在北京读书时第一学期选了三门小说课，当时郭老师告诫大家"你们这样选课等于自杀"，后来果然明白了这句话的意思。有一周三门小说课都要开讲新书，这就意味着上课之前三本小说都要读完，于是550页的原版 Moby Dick《白鲸》，不到三天时间读完，平均每天200页，还做了大量笔记。

　　但阅读中文小说和英文小说的区别在于，后者是我的专业，要考虑学习、写作、评论，而前者纯粹是娱乐消遣，在绝对放松的情况下反而受益更多。在汗颜自己中国古典文学尤其是诗词鉴赏水平低劣的同时，发现自己对很多字词的音义也似是而非，于是对一些出现频率较高的字词，一改以前几乎从不查汉语词典的习惯，倒是确实学了不少汉语知识，如魑魅魍魉、睚眦必报、坐蓐儿等。

　　书中描述的康乾盛世长达130多年，是中国历史上非常重要的时期，因此不知不觉中，了解不少历史知识。而关于人物命运，阅读期间萦绕脑际最多的一句话是"不幸生在帝王家"。高贵的出身，锦衣玉食的生活，却难掩勾心斗角的宫廷争斗，难逃父子相残、兄弟相煎的王位之争。即使侥幸荣登大位，也会很快发现帝王的宝座，远非想象中那么光鲜亮丽，转而羡慕平常人家的平凡生活。

愧对宁波大学

一直觉得自己很幸运,求学求职晋职,几乎一路风调雨顺,但又很不幸,因为人生关键几步,走得都稀里糊涂。喜欢数理化,成绩也一直不错,分科时却和同桌一起选了文科。高考数学最好,又对数字很敏感,一心想当会计,却考了英语专业。大学四年,一点儿也不喜欢开封这座古城,最后却留校教书至今。专业是无法改了,并且不知何时开始,我发现自己其实挺喜欢英语,更喜欢教书这份职业。但在这里25年了,一直"贼"心不死,试图换个地方。考博时放弃近水楼台的本校,执意考出去,就是为了逃离,但由于种种原因,答应导师毕业后回来服务几年再说。五年过去了,觉得诺言已守,再次动了调离的心思。

我半年来和宁波大学(简称宁大)多有联系,被他们院校两级多位领导的真诚所感动,一度决定加盟,但最后还是因为房子等问题无缘宁大。每每想起这件事,就觉得愧对宁大,愧对看好我的院校领导,愧对我的两个老同事,尤其是愧对前前后后为我做了许多工作的段院长。

昨天段老师打电话说可以去报到了,但其实我心里已经决定放弃,最终让我宁大梦彻底破灭的是要补交养老保险金4.5万元,而我到那儿总共只有34万元补贴,与之前说的有些出入。补贴多少倒也罢了,让我自己带钱去交是我无论如何也接受不了的，这想法前一段已经给段院长表达过，但因为不知宁大到底会不会要我，所以也没最后说清楚。段院长昨天挨个找校领导做了最后决定，我反而决定不去了，想来怎么都觉得对不起段老师。但没办法，实在觉得划不来，下面是写给段院长的信。

段老师：您好！

实在不好意思，我最终还是不得不让您失望。

各方面离我最初的期望值都越来越远，这让我不得不再次思考我调动的动机，以及过去以后的结果——无法安居乐业，成为房奴。尽管如此，上午我还是又做了最后一次努力，去找了人事处和院长，想着如果能正常调动，起码可以省去一些麻烦，少一些后顾之忧，但看来拿到档案的可能性等于零。

宁大虽好，看来终究与我无缘。如果一两年内能把职称问题解决，当然如果到时候宁大还需要我，那时没有孩子这唯一的后顾之忧，也有可能没有了房子之虑和养老保险的麻烦，我也许会再考虑去为宁大效力，到时候保证不让段老师再四处为我的事劳神奔波。

从去年在宁大开会，到今年四五月份去宁大试讲，再到十月中旬我再次去宁大接受考察，段老师和宁大的其他领导如王校长、赵校长、人事处长都给我留下非常好的印象，有你们如此为宁大踏踏实实地工作，不遗余力地招聘人才，相信会有更多人才源源不断地涌向宁大，我会像关注河南大学一样关注宁大，希望宁大发展得越来越好。

浪费段老师很多时间和精力，每每想来都觉得不安，但愿以后有机会让我弥补这次亏欠，起码以后段老师如果有机会来开封，让我做东以表歉意与谢意。

已请老同事帮我还上上次从宁波回来时您托人买的软卧票款383元。

请代我向王校长、赵校长及相关领导与老师表达我的谢意和歉意！祝大家新年愉快，万事如意！

玉　凤

附记：

五月份我去宁大试讲后，段院长真心实意希望我加盟，多次联系我，并和学校一次次沟通，为我争取待遇。我被段老师的诚心所打动，答应去宁大。最近王副校长和人事处长要亲自接见我，面谈待遇等问题，于是我又跑了一趟宁大。校长和处长都很热心，也很真诚，面试过后，领导讨论的结果，竟然又给我找了6万元补贴，由原来的30万元变为36万元（住房补贴25万元，科研启动费与安家费各3万元，另外补贴5万元）。这让我简直有点难以置信。在许多用人单位，此种情况下大概只会越来越少，不会越来越多。士为知己者死，别说我本来决定了就不会变卦，宁大这么真诚相待，我只能用实际行动告诉他们没有看错人。

王副校长兼外语学院院长，也是搞外语出身，语言学专业，成果很多。我们聊了半个多小时，最后他告诉我如果他感觉不好，就没打算让人事处长见我，我这才明白原来又是一轮考察。好在看来他还挺满意，最后竟然答应再帮我申请2万元住房补贴。从赵处长那里出来，段老师觉得我还应该去见见赵副校长。赵校长是做加拿大文学的，翻译了很多东西。他已经了解了一些我的情况，很欢迎我过去。我给两位副校长和一位处长各送了一本《洛杉矶访学记》，两位副校长各回赠我一本书，《隐喻的认知构建与解读》（王文斌著），《走下坡路的男人》（赵伐等译）。

听说人事处赵处长对我疑虑最深，担心我不带家属，是因为家庭有问题，我自己过去不稳定……但这次见面他也很友好，一再问我还有什么要求只管说。说起待遇问题，他说房补和科研启动费都可以特事特办，灵活一点，看来比王校长还大方。

整体印象：三位校领导与外院的段院长和范院长一样，都很实在、实干，办事效率特高。在他们看来，领导岗位就是个岗位而已，是为学校服务的机会。

我向各位领导表示，尽管待遇没有达到我预先的期望值，最主要的是房子问题不知如何解决，但我之所以已经放弃了又改变主意，完全是被段老师的诚心所打动。无论待遇如何，我既然已经决定去宁大，就是火坑我也跳。对各位领导的诚意与努力，我很意外也很感动，我会用自己的实际行动报答各位领导的知遇之恩。

本来在宁波待一天就足够了，但段院长想让我多待一两天看看房子。他是恨不得我立即办好过去，立即把房子搞定。盛情难却，我只好在那儿多待了一天。周二下午林开车带我绕宁波转了个圈，在院士林参观时突然想起有个老同学就在浙江大学宁波理工学院，打电话聊了几分钟，同学马上说起那个地方有多好多好，要不是已给宁大说定，理工学院也是个不错的选择啊。

回来之前的那个上午，早饭后随便在校园转转，突然想起去甬江边看看，就从图书馆阅览楼（包玉书科学楼）找到学校西门，出去往西往南走了大约七八分钟，突然发现甬江就在眼前。原来我之前在阅览楼后面离甬江就那么几十米远，那里就是学校最南端。宁大周围没有围墙，却有一条小河环绕学校周围。南边的小河外就是甬江大堤，在宽宽的大堤上行走时几乎见不到一个人影，吹着凉凉的江风，舒服极了。正考虑是否安全，远远见一个巡警过来，顿时安心多了。与那个热心的巡警聊了一会儿，巡警告诉我从那个农家乐可以进宁大校园，免得我绕一大圈。其实在阅览楼后面就看见了农家乐的路标，但荒草浓密，没敢进去，原来那里就通向江边。中间几十米长的小道两边简直就是个桃花源，不知名的树木茂密深幽，静无一人，我脑子里马上涌现《桃花源记》。

段老师好意专门派人给我买的软卧，岂不知我最怕软卧，最怕软卧包厢中会是三个男的，会很不自在。这次倒好，两个男的，但另外一人始终没有出现。其中一个人是宁波航海局的一个处长，很健谈，愤世嫉俗的样子，倒也颇有点见地。另一个是年轻军人，飞行员，参加过什么特技表演，和他们两个在一起，倒也不觉得怎么尴尬。但处长说起宁波，已全然没有什么好印象，让我一度怀疑我的选择是否值得。但事已至此，已经别无选择，就等宁大的讨论结果，除非他们最后决定不要，否则断无出尔反尔之理。

去宁大那天还有个小插曲。火车本该11:20到站，但3点整才到，让段院长准备迎接我的计划全泡了汤。在列车上与乘务员聊起火车晚点的事，她也很无奈，说原因很多。一是因为人多，上车时不能在规定的时间内上完，导致晚点；二是有些站点莫名其妙长时间不让发车；三是给动车让车，时间越晚等得越久；四是不让超速赶车。铁路局还经常有人微服私访，动辄找茬，总之乘务员、司机都不好干。真是一行不知一行难啊。无论乘客，还是司乘人员，没有一个人愿意晚点，大家的目标其实一致。

回来断断续续读赵副校长翻译的加拿大短篇小说集《走下坡路的男人》（*Man Descending*，1982）。该作是盖伊·范德海格（Guy Vanderhaeghe，1951— ）的处女作，出版当年即获得加拿大最高文学奖——总督文学奖。小说集由 12 个相对独立而又相互联系的短篇故事组成，正如书名所暗示的那样。"作者把悲天悯人的目光投向一群走在人生道路的下坡路上的男人，他们大多在职场上失意，在家庭中落魄，被朋友视为怪物，被家人当成负担，但他们内心却自恃英勇，不甘沉沦，自豪然而却徒劳地试图改变每况愈下的痛苦人生"。"描写加拿大现代社会中的男人面临羞辱、嘲讽、伤害、挫折、失败和死亡时的心态和情感。"

很有意思的题材与主题，很不一样的感觉。我所读的美国文学与中国文学作品中，没有见过这么集中描写"走下坡路的男人"的作品，有点类似 19 世纪俄国文学中的多余人，非常具有冲击力与震撼力。

误会 巧合 反讽

　　前几天晚上偶然发现中央台 8 频道在演 30 集电视连续剧《迷失洛杉矶》，我禁不住看了起来，一看就想看完，今天终于如愿。我想看这部剧的原因主要有两个，一是熟悉的洛杉矶背景，二是剧中主演梁冠华因为出演过狄仁杰给我印象颇深。

　　但从网上看完前几集，我真是没有耐心把其他几集补看完。剧本倡导的真善美、友谊、亲情等固然不错，但所有这些都基于一个大大的误会以及接踵而来的一连串或大或小的误会与巧合，未免使全剧显得有点荒唐。但误会与巧合导致的悬念与戏剧反讽还是吸引我这几个晚上都准时坐在电视机前。

　　剧情其实很简单，关于北京汽车修理工孙子旺去洛杉矶帮助初恋情人陈秀寻找失散 20 多年的龙凤胎的故事。孙子旺、张大年与德福 20 多年前一起到内蒙古插队，孙和张一起爱上淳朴善良的陈秀。孙回城后张与秀相好，秀儿怀上孩子后为了不影响张回城，谎称打胎却从此人间蒸发，偷偷把孩子生了下来。孙和张都曾经回去寻找秀儿，但她避而不见，20 多年后，秀儿患肝癌晚期，临死前给张大年留下一封没有抬头的信。而这封信被陈飞阴差阳错地送给了孙子旺，从而导致众多挫折与误会。故事最后，真相大白，误会顿消，故事以喜剧告终，龙凤胎的亲生父亲张大年携龙凤胎回国看望使他们得以相认的发小孙子旺，并且准备去为已经去世的秀儿扫墓。

然而所有这些故事都基于陈秀写给张大年的那封没有抬头的信，基于陈秀的弟弟陈飞把它鬼使神差地送给了孙子旺，而孙子旺明知自己不是秀儿信中龙凤胎的父亲，却不向周围有关亲朋说明，导致北京、洛杉矶一连串悲剧的发生：一心为孙家传宗接代一事操心的孙子旺的姐姐极力主张接回龙凤胎；结婚20年一直没有孩子的孙子旺的妻子杨喜莲一怒之下与其离婚；孙子旺的好友兼老板德福极力撺掇孙子旺到美国寻找两个孩子，完成秀儿的意愿，却不巧成为煽动姐姐拆散孙子旺两口的帮凶。而孙子旺的到来更是使洛杉矶华人圈鸡飞狗跳：事业有成、家庭幸福的张大年几乎被白人妻子抛弃，变得一无所有；龙凤胎中的男孩福兰克先是对孙子旺后来对张大年仇恨有加，屡闹事端；正准备与孙子旺的外甥结婚的龙凤胎中的女孩安琪拉莫名其妙被男友抛弃，痛不欲生，醉酒被恶人劫持，染上毒瘾，险遭不测。虽然最后所有这些误会都烟消云散，但观众脑子里却一直有个疑问，假如孙子旺一开始把话说清楚，是否会少了很多麻烦，少给人带来一点痛苦？

故事中的人物都被孙子旺蒙在鼓里，而观众对此一清二楚，由此引发的戏剧反讽成了观众又恨又想看看他们最后如何恍然大悟的一个个悬念。误会源自一个个有意无意的谎言与隐瞒，而这些也许善意的谎言都可以通过人与人之间坦诚的沟通来消除。

多一份真诚与人沟通，多一分耐心听人说完，会减少不少误会与痛苦。

可怜之人

下午和同事一起走路，她说起晚上要请 36 岁的小弟两口吃饭，原因是他们太可怜，因为弟妹已经没有母亲，父亲又几乎半身不遂；而小弟更可怜，因为父母两三年前相继去世，他小小年纪就成了孤儿，更可怜的是他娶了个好吃懒做的媳妇，年纪轻轻的只会花钱，从来不工作。当姐姐的不照顾他们于心不忍。我听了不禁哑然失笑，心想可怜的不是他们，而恰恰是同事自己。

可怜有三个意思：1.（形）值得怜悯；2.（动）怜悯；3.（形）（数量少或质量坏到）不值得一提（《现代汉语词典》第 5 版第 772 页）。

突然遭遇地震、海啸、洪水等天灾之人可怜（值得怜悯），因此全中国、全世界的人在汶川地震、海地地震之后都会慷慨解囊，可怜（怜悯）受灾之人。

飞来横祸中的无辜受害者可怜，比如杭州醉驾司机撞死的孕妇，因此大家一致谴责醉驾司机，可怜人祸中无辜丧命的众多鲜活生命。

少年丧父、中年丧夫、老年丧子者可怜，生活中有太多可怜之人值得人可怜。但生活中同样有太多可怜但不值得可怜之人。

平时不努力，考试（或其他重大事件）之前吃不香、睡不着、焦虑万分，考试之后面对糟糕不堪的成绩痛苦万分、寻死觅活，但三天过后依然我行我素，直到下次考试来临，这样的人可怜，但不值得人可怜。

能力不大、野心不小，不怨自己能力有限，努力不够，却总是抱怨命运不公的人可怜，但不值得人可怜。

吃着碗里的，看着锅里的，虚荣攀比、贪得无厌的人可怜，但不值得人可怜。

来世上走一遭，对社会毫无贡献（身体原因除外），只会给社会添麻烦的人可怜，但不值得人可怜。

可怜不值得可怜之人的人，最最可怜！

小弟两口虽然差不多都是孤儿，但他们也因此没有任何负担，不用贴补家用。虽然只靠他每月一千多元的工资生活，但他们经常这儿蹭一顿，那儿蹭一顿，加上没有孩子，无忧无虑；虽然弟妹懒惰成性，但这么多年了，她始终是小弟眼里的宝贝，甘心情愿养着她，实在也看不出有什么可怜之处。

但做姐姐的心疼弟弟工资低、干活累、媳妇不会疼人，可怜他们小小年纪就成了孤儿，着急他们还不要孩子，总之时时处处像母亲一样照顾他们，岂不是比他们还要可怜。可怜之人自有可怜之处，一点不假。

知足是福

终于看完 41 集电视连续剧《老大的幸福》，我意犹未尽，上网查找第 42 集，发现一个网友续写的第 42 集，竟然编写得天衣无缝，既帮老大找到了幸福，让他最终和梅好有情人终成眷属，又抚慰了像我这样不喜欢悲剧的观众看完电视剧后郁郁寡欢的失落之心。

然而我们像老大的弟弟妹妹们一样，都是在以我们的标准度量老大的幸福感，其实老大是否幸福，只有他自己最清楚。失去梅好的老大固然遗憾，但他尊重梅好的选择，尽快调整自己的心态，很快又投入到帮助弟弟妹妹寻找幸福的生活之中，并在其中重新找到了自己的幸福。即使在最后，当他得知梅好之所以莫名其妙地离开他，完全是因为四个弟弟妹妹从中作梗时，他也丝毫没有埋怨弟弟妹妹之意，反而在得知梅好即将与腰缠万贯、事业如日中天的夏锦达结婚时，真诚祝愿他们白头到老。并且当他在梅好举行婚礼的北京饭店门前发现乐乐时，老大主动要求把患孤独症的干儿子乐乐带回顺城，让梅好尽情享受蜜月。老大的幸福观简单而朴素，并不是今天物欲横流的物质社会中的大多数人所能够理解的，这也是电视剧中的故事赖以发生的基础，是观众之所以意犹未尽的源泉。

总之，《老大的幸福》里四个不知幸福为何物的弟弟妹妹为报答大哥的养育之恩，试图为原本很幸福的大哥寻找幸福，结果大哥帮他们一个个找到了幸福的方向，而他们却硬是用自己所谓的幸福观，把大哥花费十几年时间终于找到的感情寄托拱手送人。但老大还是幸福的，因为就像片尾曲《知足是福》中所唱的那样，"得到的是因为，因为没苛求。失去了也不必，也不必太在乎……得到是福，舍得是福，知足才是最幸福"。

然而有几个人能真正读懂歌词？又有几个人能真正知足常乐？

露天电影

连着两个周末在学校大礼堂旁的大屏幕前看露天电影，《孔子》《阿凡达》和《拆弹部队》，都是所谓的大片，观后感觉却不同。

尽管孔子被排挤，不得不周游列国，但有颜回、子路、子贡等学生死心塌地地跟着他流浪，不枉为师，不愧为万世师表。孔子之所以怀才不遇，很大程度是因为生不逢时。乱世之中，铁拳战车才是真道理，孔子的礼、仁显得那么苍白，好在影片把孔子塑造得文武双全，虽然有失真实，但符合观众的尊圣心理。红衣舞女、南子的装扮及草地奔跑、如血夕阳等，场景颇为震撼。昨天看《孔子》时唯一遗憾的是电影开始不久，声音没了，成了默片，不得不靠字幕，有同学在旁边说，"这真是看电影啊！"并且屏幕前就是大路，不断有车、人从面前通过。

今晚看《阿凡达》，典型的美国题材：战争、爱情、世界末日；典型的美国风格：侵略、毁灭、征服。人类为掠夺资源，把潘多拉魔盒里的灾难一股脑地倒给原本宁静漂亮的潘多拉星球，好在还有那么几个良心未泯的"好人"，纳美人才不至于遭受灭顶之灾。看电影时脑子里总是出现海湾战争、伊拉克战争、阿富汗战争的画面。还是更喜欢卡梅隆的《泰坦尼克号》。

上月刚获得第 82 届奥斯卡最佳影片等 6 项大奖的影片《拆弹部队》和《阿凡达》一样，是一部很美国化的电影，与我心里预想的奥斯卡最佳影片却有一定距离。影片讲述几个美国拆弹专家在巴格达执行任务的故事。从影片中众多的血腥场面，尤其是从伊拉克少年贝克汉姆的肚子里取人肉炸弹的令人毛骨悚然的场景来看，满以为会是一部新型反战片，想不到影片最后，拆弹专家詹姆斯好不容易服役期满回国，与妻儿共享天伦之乐，但念念不忘牺牲在巴格达的战友们，思考的结果却是美国士兵之所以在伊拉克有那么多无谓的牺牲，是因为拆弹专家太少的缘故（而不是不该发动战争），因此自愿再次奔赴前线服役。影片宣扬的是美国的民族主义，而不是普世的人道主义，因为它丝毫没有考虑伊拉克人民的生命与利益，不免令人失望。

正像《拆弹部队》的女导演凯瑟琳·毕格罗说的那样，影片反映的人物都不是普通的美国兵，他们"都是军队里的志愿兵，因为天赋异禀，所以才有资格加入 EOD（爆炸物处理控制中心）这个特种精英小组。里面的成员都拥有极高的智商，同时他们也愿意承担这种纯粹高压下的工作。其实对他们中的绝大多数人来说，有的时候危险也就好比毒品，是会上瘾的，欲罢不能"。但愿这个世界不再为这些拆弹上瘾的专家们提供展示他们技艺的机会。

很久没有这样露天看电影了，虽然有点冷，在花池边坐得有点浑身僵硬，但整体感觉还不错。小时候在村子里就是这样看露天电影的，当然，那时的屏幕远没有现在的高级。

工作使人年轻健康

　　读《宋美龄——106岁世纪老人养生方略》,我非常赞同宋美龄对工作重要性的认识。她在日记中写道:"工作,是半个生命,越忙越有精神,人要年轻、要健康,就要积极参加工作。反之,懒散是生命之敌,一懒生百病。要使生命之树常绿,只有在不断工作中防止智力衰退,保持身心健康。"

　　百岁老人冰心和杨绛晚年,也一直都在读书写作;长寿村的老人,很多八九十岁还在田间地头劳作。归根结底,工作是他们健康长寿的共同秘诀。

　　杨绛创作《我们仨》时已经92岁高龄。丈夫与独生女儿相继去世,杨绛的寡居生活显得孤独而无奈,这种情绪也弥漫在字里行间,使读者在阅读时往往心情沉重,遗憾、惋惜、仰慕,诸多情绪交替出现。但杨绛又是幸运的,她毕竟有许多美好的东西可供回忆。钱钟书与杨绛夫妇,还有他们的独生女儿钱瑗,在现当代文学史上值得大书特书的一家三口是那么不平凡,又是那么平凡。他们是幸运的,亲情与爱情,这令无数人向往的两件最美好的东西是他们一家最大的财富,也是支撑他们走过"文化大革命"前后诸多艰难困苦的重要力量。读书、翻译与写作,钱钟书夫妇对生活的要求不高,他们生活得充实又快乐,因为他们始终有书可读，有自己喜爱的事情可干。

　　宋美龄喜欢引用《圣经》里的话："我要打的仗已经打过，要走的路已经走过。权、名、利已成硝烟散去，让我们忘记这一切吧!"从零开始，干好眼前该干和想干的一切，是这些老人给我们的共同启示。

小小"刺激"

　　去年暑假心血来潮，我翻译了一篇短篇小说，叫《一个小小的刺激》，原著是 2009 年美国普利策小说奖获奖作品《奥丽芙·基特里奇》（*Olive Kitteridge*，2008）里的一个短篇。小说的女主人公奥丽芙认为，生活中需要一些"大刺激"和一些"小刺激"。大刺激指的是诸如结婚生子之类令人飘飘欲仙的大好事，但这样的大刺激里往往暗藏着危险的潜流。正因为如此，所以还需要一些小刺激，比如，一个友好的店员，或者一位了解你喜好的饭店服务员。这理论还真有点道理。昨天花 1.5 元，在路边小摊买到两个小刺激，着实让我兴奋不已。

　　软尺几年前就不见了，偶尔想起来用，怎么都找不着，恼人得很，一直想再买一个，可每次都是用时才想起来，不免有点沮丧。还有身上这条利用率极高的运动裤，是女儿两三年前淘汰的，里面的皮筋太松，好在有腰带。前不久突然觉得，每天为系腰带花了太多冤枉时间，干吗不换条皮筋了事？可就像买软尺一样，一直未能如愿。昨天出去买菜，看见路边地摊上琳琅满目的小商品，猛然看到梦寐已久的那两件东西，两分钟之内竟然全到了手，如获至宝！回来马上把皮筋穿好，把里面的腰带拽出来，从此再也不用系来系去了，顿觉轻松自在了很多。碰巧朋友打电话，不等她说什么，我马上兴奋地告诉她我刚刚得到的这两件宝贝，朋友听我的兴奋劲儿，还以为我中了大奖。即使中了大奖，也不过如此吧？

我很幸运，生活中的小刺激接二连三。这不，自从一个月前得知今年的普利策奖开奖，就特想得到 Tinkers 的这本书，只好硬着头皮麻烦朋友在美国帮忙购买。今天一打开电脑，就看到朋友的电子邮件，说已得到这本书，并且正好有人回国帮我带回，真是天大的喜讯。

楼后的秘密花园

另外，在这套房子里住了 5 年多了，前几天才偶然发现楼后竟然还有一个五彩缤纷、姹紫嫣红的小花园。这栋楼在小区最南边，后面就是围墙，围墙南边是儿童村几十米宽的大草坪，因此我特别喜欢在封闭的大阳台上读书、活动，但因为阳台上有飘窗，趴在窗台上只能看见一小部分楼后面的东西，只知道围墙这边有些花草，却从未去看过。前几天下楼等师傅送货，闲极无聊，正好看见楼下的老师背着喷雾器到后面去打药，就好奇地跟过去看，这才发现楼后竟然还有一个小花园。小花园有两栋楼长，十来米宽，里面红、白、粉高高低低的月季花开得灿烂无比、娇艳欲滴，虞美人也开得正盛，更奇特的是有大小两种花，每株上都开着黄、红、橙不同色系的几种花，四五朵挤挤挨挨地凑在一起，亲密热闹极了。赤橙黄绿青蓝紫，这里的花除了绿色，其他花色都齐了。实际上它不仅是个小花园，还是个小菜园、小果。油麦菜、小青菜、生菜、大蒜，香椿树、梨树、桃树、葡萄藤，应有尽有，争奇斗艳。自从发现这个小天地，这里简直就成了我的花园。看书累了，我不用再趴在阳台上眺望窗外的草坪了，直接飞奔下楼，几十秒后就在我的小花园里徜徉了。只是人们我这样不劳而获，总有一丝不太理直气壮的感觉。感谢辛勤的园丁师傅！

生活中不乏这样的小刺激，只是人们不太留意而已，正像生活中并不缺乏美，只是缺少发现美的眼睛一样，生活中其实并不缺乏幸福，只是往往乐时不在意，苦时记在心，常常与幸福擦肩而过。

签　证

　　女儿琪琪和嘉嘉约好 8 点签证，7∶20 就开始在大使馆外面排队。嘉嘉爸爸在外面等她们，"省得她们哭着出来"。女儿说如果她们签上了，叔叔会带她们去机场找找感觉，签不上她们会去游乐场或逛商场。我怎么听着意思都是反的，不但悲壮而且感觉她们好像都在祈祷自己签不上，尤其是不要一个人签上。

　　我告诉嘉嘉爸爸昨晚女儿在电话里哭了半天，害怕签上了就得背井离乡；我觉得她们根本就没做好心理准备，因此签不上更好。他回信，"我看也是，她们最好别签上！"馆里馆外的申请签证者和家长都在祈祷签不上，真是好笑。

　　昨晚九点，琪琪突然发短信问："妈妈，我要是签证过了，是不是必须得出国？"我看了又好气又好笑，问她为什么要去签证？折腾这么长时间，总不至于是做游戏吧？她打电话过来，哭得一塌糊涂。原来她是怕自己一个人签上，不得不独自背井离乡。"原来没感觉，但明天签上了马上就得背井离乡，很舍不得！"北京的留学中介曾博士让康琪在前边先签，因为她有访美记录，是有利条件。让她说是和身后的同学嘉嘉一起去，这样两个人都签上的可能性比较大。但显然说她的可能性更大，因此她心虚了。本来她们还有另外两个伙伴 20 日签证，可一个提前打了退堂鼓，另一个被拒签。

没办法，我只好让她想好了，如果后悔，不想出国，就不要去签，这样扔我两个月工资，只当做了个游戏。但如果签上了，马上就得付中介费 5000 美金，那可差不多是我一年的工资。六月底女儿想出国留学，与嘉嘉的表姐晨晨一起吃饭，晨晨把在国外留学半年的艰辛描述得像唐僧取经，历经了九九八十一难，说出去的人没有不后悔的，从上飞机就开始后悔得只想下来回家，只是碍着面子没办法半途而废，只得硬着头皮坚持下去。我让他们当时在场想去留学的三个人一个个表态，要不要去？他们异口同声："去！"而且当时也想到了，三个人都签上当然好，一起做个伴；但即使只有一个人签上了，也必须得去，这事儿可不是闹着玩的。他们照样一个个坚定得很："去！"一个人也去！可昨晚女儿说了，那时没感觉，这会儿才想到要来真格的了。我说那你的感觉来的也太快了吧，晨晨上飞机才开始后悔，你倒是签证前一天晚上就开始后悔了。

放下电话，一会儿女儿又发来短信："妈妈，我是害怕你们投资的钱我以后挣不回来。"我回信说我从来没有想过这个问题，她也不用想；我只是觉得知识太重要了，因此愿意尽自己一切努力，让她接受最好的教育，帮她实现梦想。只要她努力了，什么样的结果我都认。但当时信号不好，短信怎么都发不过去，这时已经十点半，我打电话过去，她还在哭泣。但过会儿她又发来短信："我知道了，明天我们都会加油！妈妈，我爱你们。晚安！"我感觉她已经开始懂事了，起码她以后可能会比较认真地听听别人的话，遇事可能会过过脑子。

8:28 女儿发来短信说她和嘉嘉都签上了，高兴得不得了，倒是嘉嘉爸爸一直在嘀咕："签证官可真不负责任，怎么就让过了呢?"

"万里长征"开始了!

热爱是最好的老师

为期 10 天的"国培计划"研修项目培训很快就要结束了，有幸参加这次初中英语班的培训，聆听多位专家的精彩讲座，与来自全国十一个省市的四十多位专家学者面对面交流，使我这个初中英语教学的门外汉获益匪浅，也使我对爱因斯坦的名言"热爱是最好的老师"有了更深的理解。

在为我们授课的十多位专家学者中，无论是讲授理论知识的华师专家，还是来自初中英语教学一线的优秀教师和教研员，除了对各自讲授专题的精彩阐释，给人印象最深的，还是他们对教育事业、对学生、对研究领域的无限热爱。也许正是这种热爱激发了他们的潜能，调动了他们的积极性与创造性，使他们成为各自工作岗位中的佼佼者。几天来，他们的热情一次次感染我们这批工作岗位不同、年龄各异的学员，枯燥的理论不再枯燥，生动活泼的案例更使大家兴趣盎然，使我们一次次忘记连续几天听课的疲劳。

班级论坛、网络论坛、文娱晚会以及班主任为我们班特意组织的晚会更使我意识到我的同学中藏龙卧虎，个个身怀绝技。实际上，他们中的扈华唯、熊仕荣和曹松山不仅是我们的同学，同时还是我们这次培训的培训师，他们都曾是优秀的一线初中教师，现在是兢兢业业的教研员或校长。他们的工作热情与学习热情一样感染着我，我为有这样的同学而骄傲。

几天来让我们深深感动的还有我们两个年轻的班主任——张继波老师和杨焓老师，他们虽然都只有二十多岁，但他们是我见过的最负责任、工作最热情的班主任。他们从头到尾全程陪着我们上课，组织各类活动，从衣食住行到学习活动，无微不至、不厌其烦地为班里四十多个（从三十多岁到五十多岁不等）学员服务，使我们感动不已。

热爱是最好的老师。有挚爱教育事业的专家学者，有为培训事业热情服务的华师教育学院，我相信我们的学员会把热情的种子洒遍全国，让各地初中教学一线的老师们也感受到这份热情。百年大计，教育为本，教育大计，教师为本。有了热爱教育事业的一线教师，我们的初中英语教学一定会有重大突破。

笑对病魔

11月18日晚进京，今早回来，我在京待了整整一周，住在中央民族大学西门外的一家酒店，只为一件事：陪伴吴老师。前三天每天陪她到北京外国语大学校医院打升白（细胞）针，后四天陪她在北京肿瘤医院打美罗华、化疗。虽说在北京外国语大学三年，毕业后每年也会有两三次见面机会，但从未在一起呆过这么长时间，我对老太太了解更多，也更加钦佩。

9月17日送女儿出国读书，看望过老太太，当时觉得还挺好，但没几天就听说她住进了北医三院，怀疑是淋巴瘤，我吓一跳，说什么都不相信。但十一后确诊，的确是淋巴瘤。从那时起我一直想去看她，想陪她待一段，但一是她不让过去，二是这学期我尽管没上课，但事儿多，十月份去武汉学习十天，又去合肥开三天会，回来又给"国培计划"培训班上了六次《西方文化概论》课，加上感冒两周，总之一直未能动身。

18日课程结束后，我立马动身进京。但见到老太太，之前的担心害怕反而都消失得无影无踪，我想这可能是因为老太太自己心态好，积极主动地配合医生治疗的同时，又没有把疾病太当回事。这让我想起毛泽东的"战略上藐视敌人，战术上重视敌人"，她自己没被疾病吓倒，周围的人也就释然了。

陪了老太太 7 天，在吴老师和李老师的极力推荐下，我读了三本新书：《冰心书信全集》《文苑散步》和《行板——纽约》。

读完《冰心书信全集》，不但对世纪老人冰心（1900 年 10 月 5 日—1999 年 2 月 28 日）有了更多了解，也从中了解许多吴老师的成长历程。冰心晚年行动不便，多次抱怨自己"老而不死"，给别人带来负担，恨不得一了百了。比如 1989 年 6 月 29 日，在给大女儿吴冰夫妇的信中，她写道："我已经活到八十九……一切靠人，连夜间转侧都得叫人，精神负担着身体，而身体又成为别人的负担！实话说，我也活腻了，恨不得一下子，解脱了完事！"许多人期望长命百岁，但长寿老人如果身体不好，不能自理，太长寿了也许不是什么好事。这使我想到前两年听到吴老师说过"我可不想太长寿"的话，大概与冰心晚年的感觉不无关系。如今，身患淋巴瘤的吴老师淡定如初，说自己已经 75 岁，非常想得开，只是她每天联系的上百号同学、同事、亲戚朋友、学生等突然不见了每天都会收到的七八封精美的各类 PPT，觉得很不适应。

尽管冰心晚年身体不好，有厌世情绪，但这丝毫不影响她对读书、写字、写作的热情，每天忙得要命，只恨时间不够用，经常怪"不速之客太多，使我厌烦"。1990 年 10 月 2 日，在写给吴冰的大儿子李丹的信中，冰心说："估计今年我生日一定热闹，我很怕这种热闹。"坐得下来，钻得进去，耐得住寂寞，这大概是文人的基本素质之一，吴老师继承了母亲的这种风格，正像冰心所言："我以为'为政不在言多'，为人也是如此。"踏踏实实做人，老老实实做事，为人低调谦虚，是冰心母女的共同特点。

作为公认的现代著名诗人、作家、翻译家、儿童文学家，冰心没有飘飘然，晚年的她仍然谦虚谨慎，不止一次说自己的作品被出版得太多了，使她惴惴不安，说："您的序把我说得太好了，使我惭愧。"做自己不容易，出了名以后还能做自己更不容易，而冰心做到了，吴冰老师也做到了，她们永远是我学习的榜样。

冰心坚持和提倡爱的哲学，认为"有了爱就有了一切"。她爱母亲、爱儿童、爱自然，更爱祖国和人民。她说："爱祖国爱人民的心，胜过一切。我们是中国人！""我总觉得中国人就是中国人！第一，在外国不给中国人丢脸；第二，一定要回国服务。"冰心是这么说的，也是这么做的。她和吴文藻先生都曾在国外学习深造，她的一子二女以及第三代也都不止一次出国留学，但他们学成后都回国服务，令人感佩。

1987年，在《给冰姿小朋友》的信中，冰心写道："有一件事，我要提醒你。你以后无论给什么人写信，都不要用公家信笺和信封！这是公私不分，这样做不好！……要培养好这种功德，也许我言重了，不过我从小是这样做的。"冰心自己家教极严，对待子女也是如此，从这封信中即可见一斑。虽然现在几乎不写信，用的都是电子邮件，但现在可能没有几个人会把这样的"小事"当作事了，而贪官污吏的贪欲大概就是从这样不起眼的小事一步步发展起来的。

张中载老师的《文苑散步》内容丰富，许多东西都可作为我《西方文化概论》课的辅助读物，因此阅读时直后悔没有早点看到这本书。

美国税法律师、华人移民曹青桦（David Qinghua Cao）的小说《行板——纽约》是吴老师和李老师不约而同一致向我推荐的，我只花了一天半时间就读完了它。这的确是一本不可多得的优秀小说，文字优美流畅，故事情节跌宕起伏，引人入胜，人物形象鲜明，对话富有特色，经常让人忍俊不禁。除此以外，由于小说主人公曹喜鱼与作者一样是税法律师，喜欢古诗词和哲学，还会弹钢琴，他的同学朋友也几乎都是高智商的白领、商界精英，而与他接触最多的老同学齐鲛腾是个精算师，因此小说中描写的内容庞杂，专业词汇较多，使我不时想起美国当代著名作家、立志成为最后一位通才的鲍尔斯（Richard Powers，1957— ）的《回声制造者》（*The Echo Maker*，2006）。总之这本书不仅好看，还使人长知识，又让人露怯，书读完了，觉得很过瘾，却连书名都没搞懂，真是惭愧！

回来上网查了，行板，是音乐速度术语，记号 Andante（每分钟66拍），指稍缓的速度而含有优雅的情绪，属中慢板。但与小说主题的联系还是不甚明了！经常给学生强调作品名称的重要性，这次却把自己给难住了。

为东京艺术中心正名

从正月初二开始，我每天翻看三四百页《美国通史》（共 6 卷），查找有关美国创伤史的内容，已经翻完第五卷，还是翻完再看小刘刚发过来的吴老师的四章《华裔美国文学选读》。忙里偷闲，昨天我和三个同事一起去西郊的东京艺术中心看电影《天生一对》和美国刚上映的《谍中谍 4》，收获颇丰。

《谍中谍 4》是好莱坞巨星 Tom Cruise 主演的，故事惊心动魄，背景从匈牙利的布达佩斯到莫斯科的克里姆林宫，从印度的孟买到迪拜的世界第一高塔，欣赏故事的同时还可以顺便浏览世界各地风光，了解遍布世界各地的美国特工生活。无论是戒备森严的克里姆林宫，或是孟买富豪的私人宴会，还是迪拜高达 818 米的摩天大楼，都无法阻止美国特工的脚步。美国特工在世界各地都如入无人之境，最终顺利完成不可能完成的任务，关键时刻拯救了濒临毁灭的西雅图民众。孤胆英雄，无往不胜，典型的美国电影，典型的美国思维。

第一次进东京艺术中心，一大收获是纠正了以前的偏见。从它落成之日起，就听到各种各样的传闻，听到最多的是它是个洗浴中心，后来又听说是个电影院，因此一直以为它挂羊头卖狗肉。昨天观影前有充足的时间在里面上下参观，才知道艺术中心的名字其实可谓货真价实。从外面看，建筑物本身设计还算特别，而内部无论是大厅还是扑面而来的大楼梯，或是内部装修，都算气派不凡。

最引人注目的是楼上楼下摆放了很多开封北宋官瓷研究所近些年研制出来的官瓷，我们挨个欣赏，为一个觚（gū）字绞尽脑汁，把能猜出来的发音在手机上查了个遍，也没找到它到底读什么，几个学外语的教授再次为自己的国语不精而惭愧。向工作人员要了个介绍北宋官瓷的小册子，从头翻到尾，尽管还是没有找到这个字的发音，却学了很多有关官瓷的知识。

除了官瓷，二楼三楼楼梯两边的大厅里，有很多字画，使艺术中心的名字更加贴切。我们徜徉其间，细细欣赏，其中一幅海滨图上扑面而来的汹涌波涛猛然撞上岸边的几块大岩石，激起浪花飞溅，再加上远处的蓝天白云，整幅画辽阔、壮观、形象、动感十足，颜色、构图和谐，搭配巧妙，是我们四个都特别喜欢的一幅画。

艺术中心电影院的设施很现代。买票机由电脑控制，可以自己选座，就像选飞机座一样。电影院的休息室从室外到室内，我们先后到过三个，当然是最后一个贵宾厅最豪华舒服，并且人少。服务生的服务态度也是一流，我们说休息厅有人抽烟，马上有服务员去制止，并且带我们到没有人抽烟的贵宾厅。

从我们到过的两个小放映室看，每个放映室只有八排座位，每排大概不到20个，座椅宽大舒服，靠背直达头部，加上每排座位都依次上升，前边绝对挡不住后面观众的视线，并且很难看到前边人的后脑勺。观众从两边上去，台阶上有小彩灯照明，设计很人性化。前边整面墙的大屏幕却是一面双刃剑，既有好的一面，也有浪费的一面，因为放映室小，我们坐在第六排都觉得屏幕太大，前边一个小姑娘描述更到位："头有点晕，眼睛看不过来。"然而瑕不掩瑜，和以前的大礼堂相比，这样的小放映厅当然观影效果更好，很有身临其境的感觉，音响效果也不错。

眼见为实，耳听为虚，不可想当然，不可轻信道听途说，我昨天的经历再一次验证了这一点。

笑 对 人 生

——忆吴冰老师和李志昌老师

　　昨天在八宝山送走恩师吴冰教授，早上刚刚回到家中。恩师辞世仅仅八天，我已经历大悲、逃避、痛彻心扉、面对现实几个阶段。虽然疾病与死亡总是和悲伤与眼泪难解难分，但恩师坦然面对癌症甚至死亡、笑对人生的超然态度，却使我对人生有了新的理解。

恩 师 辞 世

　　2012 年 3 月 30 日中午，吴老师去世半小时后，我收到师姐小刘的短信，看见"吴老师 12:40 去世了"几个字，脑子轰地一下，随即给她回了两个字："天哪！"父母，尤其是母亲去世时的感觉又一次无情地袭来，使我不得不再次体验孤儿的痛感与无望。首先想到取消第二天一大早的山西三日游，但悲痛之余，想到吴老师在天有灵，肯定不希望我像傻子一样终日以泪洗面，肯定希望酷爱游玩的我快快乐乐地享受这次山西之行。于是在最后一刻，我还是重新报了名，第二天早上 5:30 准时出现在集合地点。虽然知道我因故取消这次活动的几个老师惊讶于我的出现，虽然在外三天，尤其是长途旅行和晚上休息时，想起吴老师的音容笑貌，悲伤之情难以言表，但平遥古城、绵山、王家大院仿佛世外桃源，让我暂时逃避了忧伤。

对付失去亲人的忧伤，我觉得最好的办法是逃避，时间是最好的治疗仪。父母去世已经10年，但有关父母的话题在我们兄弟姊妹之间，还是一个禁区。去年春节在大哥家，一眼瞥见电视机旁摆放的父母照片，心还是猛地一缩，眼泪随即夺眶而出，赶忙装作若无其事的样子到卫生间，情绪平复后才敢出来，却再也不敢朝那个方向瞄一眼。10年了，父母的照片从来不看，有关父母的事情尽力不想，偶尔梦见父母，醒来不等泪湿枕巾，便有意想点别的事情岔开来。直到最近一段时间，才发现自己可以较坦然地与朋友谈起父母。

2002和2003年夏，父母相继去世，当时我正在北外读博。巧的是，我发现吴老师及其先生李志昌老师正好和我父母年龄差不多，从那时起，尤其是我博士毕业回到单位以后，与二老的联系反而多了起来。在我心中，二老就像我的又一对父母。如果说父母养育了我，影响了我的前半生，那么吴老师在把我带上学术之路的同时，仅和李老师一起重塑了我的灵魂。我也试图把对父母的愧疚及未来得及尽的孝心在他们身上弥补，以免再留遗憾。没想到他们只给了我不到10年的时间，许多想说的话还没来得及说，许多想做的事还未来得及做，他们就这么匆匆走了。

逃避三天，还是要回来面对现实。4月2日晚上回到家中，一进门就迫不及待地打开邮箱，扑面而来的是十几封华裔美国文学研究中心成员写的悼念吴老师的文章，明知不敢看，却又忍不住。于是每篇文章都像威力极强的催泪弹，几年前就以为早已哭干的眼睛，没想到竟然还有这么多泪水。本想在家休整一天，没想到在开封一天一夜，透支了更多的体力与泪水，加上三日游的疲劳犹在，3日晚上在进京的火车上，倒还睡了几个小时。但半夜三四点醒来，就再也睡不着，记忆的闸门一旦打开，就再难收住。天亮以后，离京越来越近，这趟乘了许多次的1488，这座生活过三年的北京城，突然间让我觉得陌生与畏惧，因为这次进京，与以前毕竟有天壤之别。即便是三周前去送别李老师时，也没有如此孤独与绝望，因为那时毕竟还有吴老师在。

感谢李丹和李冰兄弟俩想得周到，让我和小刘与他们一起，去307医院接灵车，在灵车上一路陪伴吴老师到八宝山。在医院太平间见到吴老师冰冷的遗容，最后在八宝山殡仪馆的竹厅（3月12日在这里送走李老师）与遗体告别，眼睁睁看着吴老师被工作人员推走，从此阴阳两隔，那种痛彻心扉的感觉，永生难忘。

吴老师2011年1月11日入住307医院，在这里待了差不多3个月，而我其实是第五次来到这里。第一次是3月10日（李老师3月8日去世），周六，小刘为吴老师做好了中饭，因为堵车，我俩到307时，已近中午1点。我拿着饭盒先进去，一路都在忐忑不安，唯恐自己一不小心，泄露了李老师的事。从去年9月到现在，半年没见吴老师了，这次看到她坐在沙发上吃饭，除了脸有些浮肿，精神还好。我故意打趣，说她这个样子很富态，像极了冰心老人。她说都是激素闹的，并说"我可不想这么富态"。让我担心的话题终于来了，吴老师喝完最后一点牛肉汤，说她已经吃饱，小刘做的饭就不吃了。接着问我是否去海淀医院看过李老师，我只好说我们准备一会儿就去，于是吴老师让我们把饭带给李老师吃，还让把她看过的一大摞报纸也带去。我拼命忍住眼泪，强装笑脸，心里却满满的都是忧伤与罪恶感，不知我们这么瞒着她是否是正确的选择。好在我们单纯可爱的老太太完全相信了我来查资料的善意谎言，没有任何怀疑。不过谎言终究是要付出代价的，本来准备周末两天好好陪陪她，周一去八宝山送别李老师，这下倒好，她让我忙我的事，坚决不让我再去医院。第二天我只好在北外宾馆待了一天，大部分时间在读《吴冰选集》。

我第二次到307医院是两周后，3月23日，周五。前一天一大早，小刘打来电话，泣不成声地告诉我吴老师房颤得厉害，医院已经三下病危通知。我当即托人买当晚的车票，但在见到吴老师之前，我一直怀疑小刘是否有意瞒我，几次泪流满面，一路上都在祷告吴老师还是我两周前见到的样子。谢天谢地！我又在307医院的VIP病房见到吴老师，遗憾的是我再没看到她下床。她已经很虚弱，身上到处插着管子，但样子还安详，没有任何痛苦的表情。那个周末连着三天，我每天上午都去医院，每次在病房里陪她一会儿，她就开始撵我出去，让我忙我的，因为我说随领导出差。好在这次她始终没有再提李老师，我也正好避开这个话题。后来和小刘及李丹哥俩说起这几次经历，我们都觉得奇怪，吴老师仿佛害怕吓着我一样，每次让我看见的都是她相对较好的状态。房颤、一天一夜接连不断地呕吐、多次胃管插不上、高烧不退、小便困难、便血等，都没让我碰上，而我见证的始终是老太太安详的样子，是护士顺利帮她插上胃管，老太太没有半点痛苦的表情，然而床单、被罩、衣服上随处可见的棕黑色液体，都在诉说她刚刚与病魔进行的搏斗。知道吴老师是绝对不允许我周一再出现在医院的，于是周日（25日）去看她时，我说准备坐晚上车回家，不耽误周一下午上课，老太太很满意。没想到这竟是我们师生的生离死别！11天后再次来到307，竟然是在太平间里见到的恩师，摸着她那冰凉的面庞，我禁不住浑身颤抖，泪眼模糊。

昨天在八宝山，吴老师的几个博士生和中心成员一直在外面帮忙，遗体告别仪式开始后，我们在门外一字排开，向每个告别出来的老师鞠躬致谢。听着告别厅低回的哀乐声，看着吴老师的亲朋好友、同事、同学、学生一个个眼圈红红地出来，有些还忍不住伤心地抽泣，我们几个一次次伤心欲绝。我们最后进去向吴老师告别，然后在工作人员的安排下，作为亲友得以最后一次和吴老师亲密接触，最后眼巴巴地看着她被推走。这时我不得不承认吴老师真的已经离开我们，无论我们愿意与否，无论我们能否接受这个残酷的现实，她都永远地走了。

想起最后十多天老太太忍受的巨大痛苦，想起一年半来断断续续的化疗，尤其是最后两三个月老太太在307医院战胜肺炎的漫长历程，我突然意识到死亡对她来说何尝不是一种解脱，不但摆脱病痛，而且摆脱了终将有一天得知李老师先她而去的情感伤痛，对她来说，未尝不是一种幸运。另外，大家都知道吴老师与李老师夫妇感情极好，他们相濡以沫一辈子，如今相差22日到天堂再聚首，也算幸事。还有，3日中午在家，看到我在加州大学洛杉矶分校访学时的导师张敬珏老师写给我和小刘的短信，"老吾老以及人之老，幼吾幼以及人之幼"，说我们俩都是她的亲人，明知她是安慰我们，可那一刻有关吴老师的任何事、任何人、任何回忆都只能招来眼泪，而张老师正是因为知道我俩眼睛不好，不想让我们流太多眼泪，才故意逗我们的。她提醒我俩的眼睛都再也伤不起了，应该想些"和吴老在一起的 lovely and funny times"。尽管那会儿对我们来说为时尚早，但在北京两天，我和小刘几次提起张老师的忠告，不只感谢她的贴心，还尽力像她提醒的那样，回想一些和吴老师在一起的幸福时光，而不是沉溺于悲痛之中。

昨天晚上，李丹哥俩答谢中心成员和几个博士生，吴青老师和王立礼老师回忆起吴冰老师的许多逸闻趣事，大家甚至能够谈笑风生，这正是张老师所希望的，也应该是吴冰老师所希望的。一向积极乐观的吴老师肯定希望我们尽快从悲痛中走出来，回归正常生活。

严 师 慈 母

读《吴冰选集》，最大的感触是吴老师所崇拜的父母及四位师友的崇高品质，实际上这也正是吴老师所拥有的，也是她极力想传承给我们的，如父母的"爱国情怀，正义感与是非感，公私分明、乐于助人、与人分享的品德"，父亲吴文藻"对工作的认真、治学的严谨"，"对学生的热情、真诚和严格"，"无私的奉献精神和谦逊的学者风范"，母亲冰心的"爱心、乐观、豁达、与人为善"，"名利淡如水"，待人接物的"豁达、自然、真诚"，"从不趋炎附势，也不落井下石"，等等。

踏实勤奋做事，正直诚恳做人，积极乐观地对待生活，吴老师绝对是严格意义上的教书育人，在各方面为我们树立了学习的榜样。她是我们学业上的严师，生活中的慈母，一个纯真可爱的"我们的老太太"（我们几个博士生私下对吴老师的称呼）。在北外跟着吴老师读了三年书，我总结自己吃尽了苦头，但也学到不少东西，不只是做学问，更重要的是做人。

吴老师的严格是出了名的。偶然看到北外一个学生的博客，大意是吴老师对人对己都非人地严格，我觉得一点儿都不夸张。博士考试前，吴老师给过考生一个三四页长的书单，从美国殖民地时期开始，到20世纪六七十年代，涵盖了美国各个时期的重要作家作品。我和同学入校后，这份长长的书单就是我们前三个学期读书的主要内容，大概每周一本，然后在每周两节的讨论课上，吴老师提出各种刁钻的问题，经常把我们问得张口结舌，比如有次问某个人物的头发何种颜色，我俩面面相觑。半学期后，终于得到吴老师的认可，说我们读书比较仔细了。近几年越来越认识到，这一年半系统的文本细读训练和美国文学作品阅读，将使我受益终生。

吴老师经常说自己理论欠缺，因此除了她的美国文学课，还要求我们和硕士研究生一起，补修西方古典文论、20 世纪西方文论两门理论课和钱青老师的文献课（Bibliography）等，旁听 19 世纪美国文学、现代美国文学和当代美国文学等其他课程。让我当时后悔不迭，当然也使我受益无穷的，是我主动修吴老师的文体学课。吴老师看到我硕士成绩单里有文体学成绩，因此并不要求我修这门课，说我可以旁听，但我当时不知深浅，说既然旁听，那就跟着修吧。后来我经常和同学开玩笑说，为这句话，我后悔了一学期。每周两节的文体学课，一学期共有五次书面作业，诗歌、小说、广告、散文应有尽有，其中最多的一次作业有三个内容，包括一则榨菜广告。我粗心大意的毛病在这些作业中暴露无遗，老太太大概急了，一次在作业后给我下了最后通牒 "Never 'for example'!" 于是最后一次作业，分析乔伊斯的短篇小说 *Eveline*，我花了整整三天时间，不厌其烦地分析其中的每个细节，耐心统计相关数据，10 页左右的文本，我写了篇长达 17 页的论文。吴老师看见吓了一跳，说要好好看看我都写些什么，最后说有些地方重复，但终于给了我这学期唯一的一个 5^-，不过因为那则榨菜广告我只得了 3^+ 分，因此总成绩只有 4 分。一个师兄听到我抱怨让我吃尽苦头的文体学作业，说"吴老师也太不给你们面子了"，但无论是吴老师，还是我和师弟，都从未想过吴老师应该照顾我们的面子，只觉得要学好这门课，实在太不容易，但这门课无论对语言学还是文学专业的学生来说，都太重要了。

老太太原则性极强，我们几个博士生一致认为，只要一说起作业和论文，老太太马上一脸严肃，没有任何商讨的余地。在北外学习三年（2001 年 9

月—2004 年 6 月），无论有没有课，我和师弟向来是开学向老太太报到，放假向老太太辞行，只有 2002 年后半年是个例外。因为胆结石，我 2002 年 8 月 22 日做了胆囊摘除手术，术后两周刀口才彻底长好，为此请了一周假。但毕竟术后两周就开始正常听课、看书、做作业，可能是术后没有恢复好，学期末腰疼难忍（从此落下腰肌劳损的毛病），实在没办法，只好向老太太请假，想早回来两三天。老太太准假，但还要我向英语学院书记请假，说书记准假了才算数。同学听了，都觉得不可思议，说吴老师真是太较真了。

老太太的原则性表现在方方面面。我临近毕业时，和师弟一起联系了几个单位，但因为我是单位定向，所以有次问起老太太对我找工作有无要求，她说没什么特别要求，"只要你和原单位处理好关系就行"。我听了心里直嘀咕，"除非我回去，否则就处理不好关系"（我从一开始就告诉她我之所以考出来，就是为了换个地方）。论文答辩后第二天上午，老太太特地到我宿舍，与我聊了一个多小时，最后我不得不主动说："要不我先回单位服务几年，然后再考虑调动问题？"老太太马上如释重负，说："这就对了。"她虽然从不明说，但她一直认为单位培养我三年（三年我总共拿了单位 2 万多元工资，而我愿意双倍赔偿，单位却不放），我不应该就此一走了之，应该为单位服务几年再考虑调动问题。

吴老师患病前后，我有一年多没教课，开始不敢让她知道，但瞒了没多久就瞒不下去了，只好向她和盘托出。我把当时写给院长、书记和人事处长的长达五六千字的材料发给她，以此证明不是我偷懒，而是学校无意中把我"蒸发"掉了，我只是以此方式抗议而已，何况说到教学与科研，我还在全力以赴地做着后者。老太太明白了我的委屈，但每次打电话或是见面，还是首先问我的事有无进展，尽管我一开始就对她说过这种事在这儿永远不会有任何进展。吴老师患病后，我更加明白我的事是她的一块心病，因为有次她主动提出要出面和我单位交涉，我谢绝了，但答应她新学期开始上课，她再次说"这就对了"。我很庆幸当时当机立断，没有再给吴老师添堵，否则我会更加不安。

直到生命的最后时刻，恩师还在言传身教、身体力行地告诉我学术来不得半点马虎。对此，我将铭记终生。从老太太一开始化疗起，我就多次主动要求帮忙，但她总觉得我们手头也都有活要干，轻易不愿意张口。去年年底，有次打电话，她问我能否帮她看部书稿，我马上满口应承，说元旦后处理完期末卷子就没事了，开始全力以赴地看她的稿子。春节前后用四周时间校对《亚裔美国文学导读》和《华裔美国文学选读》中吴老师的四篇稿子，其间因为稿子中的某些细节，多次和吴老师交流，虽然对她的细心与认真早有领教，但还是常常惊讶于老太太的一丝不苟。定稿后编辑马老师让我们确定《亚裔美国文学导读》的英文书名，我搜索相关书名后，提了两个方案供吴老师挑选。她当时正在忍受肺炎与淋巴瘤的双重折磨，但还是很认真地考虑了一下，然后选中一个，编辑马老师也认可。我以为万事大吉，谁知几天后吴老师又发来短信，说想到一个更合适的英文名称，也确实更贴切。这让我十分佩服。

吴老师去世前一周（3月23日），我去医院时特意带着前一天上火车前刚刚收到的外语教学与研究出版社快件。我把《亚裔美国文学导读》的白版翻给吴老师看，告诉她我再看最后一遍，加上索引就定稿了。她当时已经很虚弱，但还是翻了一下那厚厚的书稿，然后提出要看前言。一会儿护士说要抽血化验，我就把书稿拿开了，她很不高兴地说还有最后两行没看完。后来她还真提出一点小疑问，让我落实后修改。那个周末三天，虽然只在病房里陪了吴老师三个多小时，但其他时间，无论是在病房外，还是在宾馆，我一直在看她的书稿，帮她做索引，最后用大半天时间，在她书房的电脑上把索引做好，发给编辑马老师，把书稿留给外研社。我明白《亚裔美国文学导读》是吴老师多年教学科研心血的结晶，虽然她最终没有亲眼看见成书的样子，但它能在6月份亚裔美国文学国际会议之前印出来，也算了了老太太的一桩心愿。

工作学习中的老太太极其认真，但只要不涉及原则性问题，生活中的老太太绝对慈祥可爱、和蔼可亲。每次去看她，或是在学术会议上见面，她都会亲切地拍拍我的脸颊，笑哈哈地问："你还好吧？"每次打电话，只要我一叫"吴老师"，她马上就会说："啊，你最近怎么样？眼睛好不好？"我的教学、科研，我的生活环境，包括我女儿的情况，都是她关心的话题，仿佛我每次打电话，就是为了向她汇报自己的近况。知道我眼睛不好，她尤其关心，每次打电话都叮嘱我不要用眼过度。说到她自己，她总是说自己一切都好，不用挂念。人到中年，碰上这么一位可亲可爱、亦师亦母的长者，何其幸运！

乐观豁达的二老

冰心老人晚年疾病缠身，但她始终有一颗年轻的心，积极、顽强地配合医生，恢复了右手的功能，使酷爱写作的老人如获至宝。她从不服老，每天坚持看书、写作，她热爱生活，兴趣广泛，永怀童心、爱心。晚年的吴冰老师简直就是一个活脱脱的冰心老人，读书看报就是她在病房的工作。

2010年10月，吴老师被确诊患上淋巴瘤，准备到北京肿瘤医院化疗，为免大家担心，10月19日她给中心成员写了一封长信，详细汇报自己的病情，并开玩笑说，"这一病，我才知道我的身价陡然之间提高到几十万，估计还会不断提高！""我个人感觉很好""我也没有觉得很累。所以不必为我担心，我的体质还是不错的！"从那时开始，一直到几乎最后时刻，无论是在电子邮件里，还是在短信上，这都是她告知大家病情时的基调，最常说的是"我很好，你们不用惦念"，尽量不让大家为她担忧。

那学期，我正好没课，听到吴老师患病的消息，恨不得马上飞到身边陪她，但正如后来每次提出去看她时一样，她一般都是拒绝，一再强调自己不用陪。10月27日，吴老师首次入住肿瘤医院，准备开始化疗。那天上午，我给她发了一条长长的短信，说"您可千万别再说不让去。您和李老师在我心里就像父母一样亲切，特别是我父母去世以后。我心里已经有了许多遗憾，我想您保证不想让它再增加。何况我现在是最合适的人选。您这辈子一定遗憾过没有女儿，就把我和刘、石当作女儿吧！"她回信"你先别来，需要时，首先叫你！"

但我明白她大概永远不会主动叫我去陪她，于是11月18日，我还是先斩后奏，擅自跑去北京陪了她一周，见证了她第二个疗程化疗前后的经过。本来一直悬着的心，之后倒是坦然了，因为老太太自己积极配合医生治疗的同时，并没有太把疾病当回事，于是周围人也就不会有刻意隐瞒之苦、天塌地陷之悲。当时正是广州亚运会期间，晚上我和吴老师一家一起看足球赛，吴老师、李老师还有他们的小儿子看得热血沸腾，时而加油助威，时而惋惜感叹，丝毫不受癌症阴影的影响。三四天后，她就开始催我回来，说"你都看见了，我没事吧？你放心地走吧，女儿的义务已经尽完了！"从北京回来，我写了一篇长长的日记，详细记述了那次陪伴吴老师的经历与感受。

在许多方面，吴老师夫妇俩极其相像，比如善良热情、正直诚恳、勤俭节约、积极乐观、纯真可爱、谦逊低调，生活简单、充实而快乐。对吴老师的几个博士生，李老师从不吝惜自己慈父般的关爱，因此我们几个对他的感情也丝毫不亚于对吴老师。早在 10 年前我还在北外读书时，有一次李老师打电话，说给我们每人买了一大瓶洗发水。原来是有人上门推销，他一下买了好多瓶。我用了一次就知道是假货，但又不好意思告诉善良的老人，后来听说李老师不止一次被推销员蒙骗，有次甚至被骗了几千元（后来竟然戏剧性地追回），我才婉言劝他以后不要给陌生人开门，尤其不要让推销员进门，他都笑哈哈地答应，但下次照样上当受骗。

吴老师不善家务，因此除了每周三个中午有钟点工做饭外，买菜做饭的重担都落在李老师肩上。每次去北京，他们都会邀请我到家里去住，但为了不给老人添麻烦，我还是宁愿住宾馆。不过李老师会时不时给我打电话或发短信，说准备了好吃的，让我回家吃饭。烤红薯、土豆烧牛肉、烤鸡腿等，都是李老师的拿手好菜。不忍看着七八十岁的老人在厨房忙碌，但李老师坚决不让我帮忙，说我不熟悉厨房设施。每次都说让他们尝尝我的手艺，遗憾的是最终也未如愿。

早在 20 年前，李老师就做过胃癌手术，好在术后恢复很好，不知道的人根本看不出来他曾经是个癌症病人。也许是胃被部分切除的原因，李老师饭量很小，但他精力充沛，经常把自行车骑得飞快。吴老师化疗间隙，二老有时一起去昆玉河边，吴老师坐在河边休息，李老师骑着车子去附近的早市买菜，然后一起返回北外。有时打电话，他们刚从河边返回，听他们描述往返的情景，我觉得温馨又浪漫，羡慕不已。去年暑假我自己骑飞车摔得惨重，从此非常担心李老师骑车，多次劝他步行、打车或坐公交，而他总说"没事，没事，我下次慢点骑"。二老始终童心未泯，我想这也是他们一辈子生活得简单快乐的原因。

吴老师总说李老师不善言谈，事实也的确如此，不过也有例外。有时打电话，听到是李老师，我刚叫一声李老师，他马上就说："哦，玉凤啊！"然后马上高声叫吴老师接电话。但如果吴老师不在家，他就会接着问："你咋样啊？"和吴老师简直如出一辙。2009年春天，有一次吴老师去讲座，让我陪李老师，不知怎么聊起李老师的经历，一聊就是一个多小时，我简直像听天书一般，惊奇于他在印尼曲折的童年生活、传奇般的回国经历，以及在北欧做外交官的神奇经历，觉得他简直就是一个磨难造就的外交官，从此极力鼓励他和吴老师写回忆录，甚至自告奋勇要帮他们写。但后来每次问起，他都说没什么可写的，而我因为每次进京都来去匆匆，也就搁下了，不想竟成又一憾事。

前几年得知李老师的生日，自此每年的7月25日，我都会给李老师打个电话或者发个短信，祝他生日快乐。去年在他80岁生日之前几个月，我们几个就开始盘算给他个惊喜，但因为当时吴老师身体虚弱，不便远行，并且吴老师一再强调不要铺张，说我们有这个心意他们已经很感激，于是筹划了很长时间，最后却只是一起简单地吃了顿饭。但吃饭前李老师发表了长长的"演说"（吴老师语），吴老师说从未听他一次说过那么多话。

2012年2月7日，李老师因肺部感染住进海淀医院，事前我一无所知。但那天上午，我往家里打了几个电话，始终无人接听，感觉不好，就给吴老师发短信询问，才知道李老师也住院了，并且老两口一南一北两个医院。我一听立马觉得头大，想着李丹兄弟俩忙不过来，我正好还有两周才开学，就当即托人买晚上的火车票，准备进京帮忙照顾他们，但吴老师说："你不用来，我这里请了护工，不要你陪，你来了也帮不上忙……护工比你更专业。听话！"我说那我去照看李老师，吴老师回复："估计他几天就出院了。此人相当保守，绝对不愿意你陪，那样会让他非常尴尬，反而影响他治疗和休息。需要你时一定叫你，你先别来，切切!"无奈，只好遵命。李老师也回短信说只是肺部感染，几天就好了。五天后（12日）我想该好了吧，结果李老师回复说："多项体检都做完了，下周才出结果，到时才开始治疗。"23日李老师回复："几项检查结果出来了，彩超扫描肺部都正常……请放心!"并且还不忘告诉我吴老师的情况："刚接吴短信，说有好转!"

也怪我们大意，总觉得吴老师化疗了一年多，感染性肺炎都挺过来了，李老师更应该没问题。他精力那么充沛，那么乐观，那么善良，吴老师回家来，还等着他伺候呢，谁也想不到他会先一步离开人世。3月9日中午接到李冰电话，说李老师前一天去世了，我无论如何也不敢相信这晴天霹雳般的噩耗，随即后悔不迭。老人住院整整一个月，我为什么就没有跑过去看他一眼？两年半了，我为什么每次去北京都那么匆匆忙忙？我说过要收集他们的照片，听他们讲自己的故事，哪怕编本画传也好啊。

2001年到北京外国语大学读书时，我就对父母说过毕业后找个漂亮的海滨城市，把他们接过去好好享几天清福，结果不等我毕业，他们就先后撒手人寰。近两年我重拾这个话题，几次对吴老师和李老师说，等我在海边安顿下来，第一件事就是接他们过去好好休养一段，如今又成了永久的遗憾。敢问天下儿女，是否非等没了机会，才明白尽孝不能等的简单道理？好在老人大概从不相信儿女的这些空头支票，并且吴老师关心最多的，始终都是我的学术氛围，而不是我最关心的自然环境。回想起来，3月25日最后一次见到吴老师，我们聊的正是这个话题，好在我那会儿还算聪明，听出老太太的意思是我应该待在原单位，我马上给老太太吃了颗定心丸，说我准备踏踏实实待在这儿不动了，老太太第三次对我说："这就对了。"

印象中的李老师永远一副乐呵呵的样子，而即使危病中的吴老师也平静安详，乐天知命，他们教会我踏踏实实做事，老老实实做人，简简单单地享受人生的快乐。此刻天国中的二老，想必正满面笑容地看着我，希望我能真正像他们那样笑对人生吧!

吴老师追思会

原定下午 3：30—5：30 的吴冰老师追思会开到 6：45，大家还意犹未尽，正像主持人、北外英语学院院长孙有中教授所说的那样，在这个场合，每个人都有很多话要说。

除了吴老师的儿子李冰和吴老师的妹妹吴青老师的发言外，总共有 13 位（代表 16 位）吴老师的生前好友、同事、同学、学生在追思会上发言。华东师大的金衡山老师急着赶飞机，却还是一直等到追思会开始，追忆了吴老师为华裔中心不辞辛劳、广泛收集资料的故事。

在孙有中院长看来，吴老师的为人就像蓝天白云一样爱憎分明，并且吴老师是一个无条件享受生活的人，因此孙老师一再提醒大家不要哭泣，要尽力分享与吴老师在一起的快乐时光。

吴老师生前最亲密的"同事、朋友、姐妹"王立礼老师没说几句话，就哽咽而止，她们 37 年的姐妹情、朋友谊令在场所有人动容。做一个争气的中国人是吴老师的信条，又何尝不是王老师的信念。

台湾"中研院"的李有成老师借助照片，仔细回忆了 2009 年 12 月吴老师在台湾访问的情景，在李老师诙谐幽默的解说下，大家不时爆发出一阵会心的笑声，正契合了孙院长要求的氛围：分享与吴老师在一起的好时光。

加州大学洛杉矶分校《亚美研究》原主编、华裔美国作家 Russell Leong（梁志英）教授中英文并用，先代同事、好友 King-Kok Cheung（张敬珏）教授宣读纪念吴冰老师的文章，然后又朗诵了自己专门为吴老师创作的诗歌 Paths。正像南开大学出版社的张彤老师所说的那样，吴老师用自己的人格魅力，结交了中美及我国台湾和我国香港的许多朋友，不分年龄，不分国籍，只要对她认定的华裔美国文学研究事业感兴趣或有帮助的，都是她的朋友。

　　吴老师的"铁哥们"、南京大学的张子清老师和北语的陆薇老师也分别委托赵文书老师和胡俊老师发言，北外的吴一安老师和郭栖庆老师，以及吴老师的博士生小石、小刘和我也都做了发言，从方方面面、点点滴滴追忆吴老师。

　　参加这次追思会是我这次进京的主要目的，还有就是参加周末两天的亚裔美国文化国际会议。4 月 5 日吴老师的遗体告别仪式之后，我于次日早上回到开封家中，这次于 6 月 7 日出发再次进京，整整两个月了，一路上还是觉得怪怪的，没有吴老师的北京对我似乎没有了任何吸引力。

　　我从 2001 年 9 月进北外读书起，每次一到京，第一件事就是向吴老师报到，前几年是电话，后来是登门拜访，这次也不例外。明知家里不会有人，可在外研宾馆住下后，还是不由自主地走向后面的北外塔楼，心里拼命安慰自己"也许李冰在家呢"。按了三次门铃，等了几分钟，门内毫无反应。以前可从未出现过这种情况，只要门铃一响，里面马上就会传来李老师或吴老师的声音"来了"，紧接着门应声而开。此刻多希望再听到他们的声音，再看着这扇门打开，再看到他们惊喜的面容。明知无望，却还是盼望奇迹出现，退出来在走廊窗口又站了几分钟，泪眼模糊地看着远处的北外东院校园，耳朵里却在捕捉着希冀出现的门声。

　　虽然我追忆吴老师和李老师的文章叫《笑对人生》，虽然我在追思会上也响应孙院长的号召，希望大家向吴老师那样积极、乐观、快乐地笑对每一天，但每每想起吴老师，眼泪却总是不听指挥。

知性优雅的 Fae

每次外出，无论开会，还是旅游，我都会觉得收获颇丰，这次也不例外。虽然三周前还旁听过 Deleuze 国际研讨会，但作为正式代表参加国际会议，这还是首次。6 月 8—11 日在北外参加"亚裔美国文学与亚裔美国研究国际会议"，与老朋友相聚，也见到许多亚裔学界大家，如 UC 的 Elaine Kim 和 Russell Leong（梁志英），台湾"中研院"的李玉成老师、台湾师大的梁一平老师等。这次参会的最大收获是结识 Fae Meynne Ng（伍慧明）。

虽然从不追星，但这次得知 Fae 要来，还是特意带上她的作品《骨》（*Bone*，1993），准备让她签名。以前出去从不带书，这次之所以带上 *Bone*，其实还有另一个重要原因，那就是论文没写好，心里未免紧张，准备利用报到那天修改论文，需要这部作品。还有就是从 2007 年开始给研究生开设亚裔美国文学课，*Bone* 是这门课的必读作品之一。正像我对 Fae 说起的那样，有了她的签名，下学期我可以向学生炫耀了。

上了点年纪，更加成熟知性，除此以外，Fae 和网上照片并无多大区别，依然身材苗条，依然长发飘飘，依然喜欢一袭黑衣，微笑中依然隐藏着一丝淡淡的忧郁。8 日上午大会主题发言和下午的作家朗诵会上，首次聆听 Fae 朗诵自己的作品，发现她那深沉的女中音极富感染力。无论是她十年

磨一剑的处女作 *Bone*，还是她花十五年时间铸就的 *Steer toward Rock*，那极其简约、干练、不事雕琢而又寓意深刻的文字，在她吐字清晰，轻重缓急分明，抑扬顿挫的朗诵中，听众很快进入故事人物的悲欢离合之中。这两部作品我都读过不止一遍，内容极熟，听起来更是一种享受。

Fae 无疑是这次会议的明星之一，她以自己独特的作家气质，一出现就令许多与会者，尤其是年轻人惊羡不一。我直到第二天，即 9 日上午才终于抓住她帮我签字。前一天晚上在梅州东坡酒楼吃饭时聊过两句，她已经知道我在讲她的处女作，很高兴为我签字。签完后她读了一遍，但当时有人在给我们拍照，我没怎么在意，过后花了很长时间研究她那龙飞凤舞的题词，也请教过两三个与会学者，最后还是有个词死活认不出来。她写的是：

> For Prof. Xue Yufeng
> With respect & gratitude
> For your fine work
> Teaching the
> Young students
> of China
> Fae
> 10 June 12
> Beijing

她不怎么分大小写，几乎没有空格，没有标点符号，再加上医生般的笔迹，因此花了很长时间研究，最后的 "of China" 还是认不出来。好在 11 日和她一起去北京语言大学，到友谊宾馆后她说自己的书已送出去，因此又和我一起回北外宾馆拿这本书，车上才有机会向她讨教，不然真成千古之谜了。

9 日后半下午，有个 Fae 作品专题研讨会，我和另外两位老师从三个不同的视角解读她的两部作品。我既要发言，又要主持，本以为 Fae 会到场，因此又期待又担心。结果她面都没露，我们是既失望又松了口气，不用担心误读了。后来提起这回事，她说害怕到场，并说没有误读这回事，作品一旦问世，作者就死了，如何解读是读者的事。

通过两三天的接触，发现 Fae 不仅快人快语，爱说爱笑，从不回避任何问题，而且极爱提问题，对周围人的人生经历、生活态度极其感兴趣，极善于启发别人敞开心扉，谈论自己的故事，而 Fae 是个极好的倾听者。本来 11 日晚上我就可以返程，但因为要等我在 UCLA 访学时的导师 KK，在京多待了一天。10 日晚在北外宾馆聚餐时，我和 Fae 坐在一起，才有机会长时间聊天。说起第二天的安排，她说要去北语听陆老师的课，为我愿否同行，我 12 日白天没有任何安排，当然乐意。我第二天上午 10:10 到北京语言大学，方知陆老师是专门组织一二年级研究生来听 Fae 的讲座。

Fae 的讲座一如其人。她简单地介绍了自己的写作经历。她的父母都是中国移民，一辈子不会说英语，因此她的母语其实是汉语，直到四五岁才开始说英语。初学写作时，她想用汉语写作，但发现自己的汉语实在不怎么样，因此转而用英语，但汉语对她的影响随处可见。她让大家挨个说出自己的名字，引领大家辨识名字的美感和其中暗含的父母浓浓的爱意。

Fae 特别强调作品开头的重要性，再次朗诵 *Bone* 的开头，引导大家注意 "Nothing but daughters" 中的无望和伤感，以及 "Too much happened on Salmon Alley" 中前两个词对汉语的模仿，对读者想象力的召唤。

接着 Fae 朗读 *Steer toward Rock* 的篇首段落，说自己花五年时间才写好这几句话。人物的压抑、痛苦、悲伤，人物关系的复杂，语言的细腻、简约，在小说开头展现得淋漓尽致。她说自己写作的目的是揭露美国的排华法给中国移民所带来的灾难性后果——无法结婚、无儿无女、没有性生活，展现华人社区的悲伤和悲剧是她悼念祖先的独特形式。小说主人公 Jack 的女儿拒绝要孩子，加深了父亲的悲伤和痛苦（deepen the sorrow and pain of her father）。正像我在会议发言中所总结的那样，伍慧明小说中的创伤源很多，单身汉社会、华人"坦白运动"、身体与心理创伤、贫困、不幸婚姻和沉默等。

被问起她对家的看法，Fae 用 *Bone* 最后半页的几句话回答："The heart never travels." 提醒我们下一段中有多个"p"音，是对汉语的模仿，代表"power" "push" "purity"，既是发动机的声音，又是海浪声音的模仿。

她认为作家应该与生活保持距离，经常扮演观察者的角色，难怪她对别人的故事那么感兴趣，那么专注地聆听别人的话语。说不定哪天，这些故事就有可能跑进她的小说里。

为成功而成功的北漂

在京最后一晚，和北漂小李在北外校园走了一个多小时，是她主动陪我散步聊天的。说是聊天，其实大部分时间都是她在说话，她语速极快，声音也不低，听得我经常觉得累得慌，需要提醒自己集中注意力。她说着说着，两次提到自己也许有点神经质，我觉得倒不至于，但她急于求成，心理确实有问题，也许是一种所谓的成功强迫症吧。

两年前，小李毕业于东北一所普通高校，毕业后就到了北京，在一家公司干过，但因为户口进不了北京，觉得前景不好，就不干了，从此大部分时间在北外蹭课，准备考研。工夫不负有心人，小李今年终于考上上海一所著名高校。按说她已很幸运，很成功，但拿到心仪的入学通知书后，小李并不觉得高兴，反而在考虑放弃，准备出国，因为好多同学都在国外。不过她也清楚，也许到了国外，就像拿到研究生入学通知书一样，反而什么感觉都没有了，又想去追求更高目标。

小李给我的感觉，好像她一直被成功的欲望所驱使，恨不得每天头悬梁，锥刺股，不吃不喝，勤奋学习，广结人缘，只要对成功有利，她不惜一切。这次主动给国际会议做志愿者，也是为了结识几个国外的学界大腕，为将来出国深造准备人脉。因为长时间高度紧张，才二十四五岁，小李已经出现神经衰弱的症状，像一根被过分绷紧的皮筋，随时有断裂的危险。而她所理解的成功，就是在大城市有车、有房、有地位，功利色彩极浓。

她恨不得立马成功，但又搞不清自己到底喜欢什么，因此心里着急，说话速度极快。我偶尔说话，经常被她打断，说明她并不真正想征求我的意见，只是找人倾诉而已。

她很自卑，并非因为自己做得不好，而是总有人比她做得好，因此极怕同学聚会。她的目标永远是第一。考上名牌大学研究生，第一个目标已经达到，但还没来得及品尝成功的喜欢，她已在考虑下一个目标，仿佛她的理想就是为成功而成功。

北上广深不知有多少这样的"漂"，他们的勇气、决心与奋斗精神令人感佩的同时，这样的成功强迫症又令人担心。成功固然重要，但如果为成功而成功，牺牲了生活本身的乐趣，岂非得不偿失？

幽默人生的幽默书写

云南大学张维教授的新作《方成传》以"中国当代最具代表性的漫画家之一""享誉海内外的漫画泰斗""学者型漫画家""幽默大师"方成（1918—　）为刻画对象，用简洁明快、诙谐幽默的笔触，再现了这位百岁老人的幽默人生。

方成的幽默人生首先表现在他对待生活的幽默态度上。人生不如意事十之八九，方成也不例外。"他一生经历丰富，道路坎坷，历尽苦难，饱受创伤"。在"一二·九"运动中，方成被砍伤，险些酿成大祸。他一心想上燕京大学医学专业，最后却进了武汉大学化学系。刚读一年，又赶上武汉大学被迫西迁四川乐山，方成不得不停学两年。两年后他从广东老家出发，转道香港、越南，历经千辛万苦，辗转到达乐山继续学业。1942年大学毕业后，方成在乐山附近的黄海化学工业研究社工作了四年，后因失恋决心改行，到上海从事漫画创作。好不容易在上海一家广告公司找到工作，却好景不长，两个月后因得罪美国老板而被开除。1947年底，方成在广东老家探亲时得知他刚供职不久的《观察》杂志被查封，上海白色恐怖严重，不得不到香港避难。十年浩劫中，方成被扣上"漏网右派""反动文人"的帽子，成了"牛鬼蛇神"，被抄家，被关入"牛棚"监督劳动，妻子陈今言也难逃被批斗、被辱骂、被关牛棚的厄运，他们的三个幼子过了一年多被歧视、被欺负的"孤儿"生活。1970 年，方成被发配到河南的五七干校改造，一家五口的户口也迁到河南，两年后有幸迁回北京。经过十来年的折腾，妻子陈今言——新中国培养的第一位女漫画家身心俱损，1977年不幸辞世，年仅 53 岁。相濡以沫 25 年的爱妻突然撒手人寰，抛下未成年的孩子，方成心如刀绞，精神几近崩溃。后在朋友的劝说下第二次结婚，最后却以离婚告终。总之，方成的前半生创伤不断，伤痕累累，但他却把坎坷的一生变成了幽默、艺术的一生，究其原因，方成对待人生的幽默态度起了关键作用。

幽默是方成对付创伤的良方秘籍，他说："烦心事来了，你何不幽它一默？""人生不如意十之八九，不如意难免生气，伤肝又伤神，何不换个角度幽它一默呢？"他觉得"幽默像是一种神奇的力量，能让人变得心情愉悦，身体放松，享受到更多的生活乐趣"。换个角度看问题，遇事幽它一默，方成是这么说的，也是这么做的，他用幽默化解了生活中的诸多创伤，幽默几乎贯穿他的整个人生历程。

幽默是方成最重要的养生之道，他因幽默而年轻，因幽默而健康。他认为"幽默是一种出世之道，也是一种养生之道。一个有幽默感的人，必定是一个性情开朗、豁达，待人处事比较宽厚、爽朗大度的人"。这样的人必定健康长寿，永葆活力。方成自己就是一个绝好的范例。

方成深信生活中其实处处都有幽默，柴米油盐酱醋茶里都能开发幽默。他的生活中也的确幽默无时不在，无处不在，幽默对他来说是一种生活习惯。他为人幽默，作画幽默，谈吐幽默。他自认为"幽默不只存在于我的漫画、杂文和理论研究中，而且大量地存在于我的日常生活中"。他说自己自给自足营养药："笑！这玩意儿花多少钱买不来，我自己能造，自给自足，还有富余，所以至少能活 100 岁！"可见方成的健康长寿与他的乐观、开朗、豁达、幽默密不可分。

其次，方成的幽默人生还体现在他一辈子所从事的绘画事业上。"方成，不知何许人也。原籍广东，但生在北京，说一口北京话。自谓姓方，但其父其子都是姓孙的。非学画者，而以画为业，乃中国美术家协会会员，但宣读论文是在中国化学学会。终身从事政治讽刺画，因不关心政治屡受批评"。方成在其别具一格的自述中，自认以画为业，终身从事政治讽刺画，可见他最看重的是自己的漫画家身份。的确，方成的一生与漫画紧密相连，称其"漫画一生"最为贴切不过。方成从小爱上图画课，喜欢照着课本里的插图比葫芦画瓢。在"一二·九"运动中，他画了自己平生第一幅漫画《中国人的刀，哪国人的血？》，从此与漫画结下不解之缘。读大学时虽然学的是化学，但方成负责文艺性壁报的漫画专栏，每周一期，一画就是三年，方成就这样学会了画漫画。在黄海化学工业研究社工作的第二年，方成为前来参观的冯玉祥将军画了一幅肖像画，并获冯将军回赠《辣椒》画一幅。从 1946 年 8 月方成离开"黄海"到上海闯荡起，漫画成了方成的毕生事业。他先后做过上海联合广告公司的绘图员、《观察》杂志的漫画版主编、北京《新民报》的美术编辑、香港《大公报》的专栏画家，1951 年调入《人民日报》，专画国际漫画。他一生创作了大量漫画作品，是新中国举办个人漫画展的第一人，其代表作《武大郎开店》是中国漫画史上的里程碑。

方成的漫画创作是生产幽默的事业，因为漫画创作的艺术构思、漫画的艺术特性、漫画的创作方法等，都离不开幽默。漫画要有幽默感，要画得可笑才行。漫画要"有谐趣性——看来滑稽、幽默或讽刺——讽刺也是幽默的"。"漫画艺术方法重视幽默，也就是用曲折、含蓄的方法表现出来"。方成之所以被称作学者型漫画家，正是因为他在漫画创作的基础上，对漫画理论也颇有研究。对中外漫画发展史、漫画的艺术特性、漫画的艺术构思、漫画的创作方法、漫画创作的"三忌"等，方成都有深入研究。

除漫画外，方成在从事文艺创作的几十年里，还写过不少相声、喜剧小品、讽刺诗和杂文，这些都跟幽默有关。方成已出版画集、杂文集、评论集、专著等共 50 多部。因此说他一辈子从事的是生产幽默的事业，一点都不为过。

最后，方成的幽默人生还体现在他是一个名副其实的幽默大师。方成不仅利用自己的漫画职业进行幽默实践，而且是著作等身的幽默理论家。他潜心钻研幽默 30 年，出版有关专著 12 部，多角度、多侧面、深入系统地探讨幽默的来源、幽默的产生、滑稽与幽默、讽刺与幽默、机智与幽默、幽默的运用、中国的幽默等问题，"成为中国系统研究幽默的第一人，其研究幽默的深度与广度，全世界至今无人企及"。在 91 岁高龄之际，方成又出版了英汉对照的《幽默艺术》，探讨幽默的艺术、幽默的特色、幽默的技法和幽默的语境四方面的内容，列举了大量具有中国特色的幽默实例，对外国人了解中国文化和中国式幽默很有帮助，让中国的幽默艺术研究走出了国门。

在方成看来，"幽默原出于语言，是运用巧思经过艺术加工的语言方式。由此衍生出漫画、相声、喜剧、动画和幽默诗文等笑的文学和笑的艺术"。"幽默用夸张、比喻、拟人、影射、双关等手法来帮助受众透过现象，发现事物的本质，引发心灵共鸣，使受众或欢笑，或感慨，或领悟，幽默的功能是传播真善美"。幽默与滑稽、与讽刺既有相通之处，又有不同；幽默的艺术方法多样，但有规律可循。

凤凰卫视《名人面对面》栏目采访方成时，在开场解说词里简明扼要地总结了方成的精彩人生：一位九旬老人，用画笔影射世间百态，用幽默抚慰春夏秋冬，而他曲折的一生更是 20 世纪整个中国社会变迁的缩影。精神矍铄、谈笑风生，一面时代的多棱镜，一把社会的解剖刀，见证欢笑与淡定。

方成"用幽默抚慰春夏秋冬"，而《方成传》则用幽默诙谐的语言塑造了传主方成漫画家、幽默大师的形象，常使读者忍俊不禁，会心而笑。全书分为 10 章，生动叙述了方成坎坷的人生经历及其一步步成长为漫画泰斗和幽默大师的曲折经历。书中收入方成的漫画代表作和有关图片 40 幅，与文字叙述相辅相成，画龙点睛地再现了方成的漫画、艺术、幽默人生。在笔者看来，美中不足的是，《方成传》的七、八两章学术性较强，与其他章节的格调似有偏离。另外，也许由于丛书体例的限制，《方成传》只有 200 页，读后总觉得意犹未尽。好在瑕不掩瑜，喜欢方成作品的读者，自然也会喜欢这本短小精悍却又精彩纷呈的《方成传》。而像笔者这样原本对方成了解不多的读者，更会开卷有益，从方成的精彩人生中获得许多有益的启迪。人生难得幽默二字，用幽默笑看磨难，定会收获乐观、豁达、幸福的人生。

　　《武大郎开店》是方成具有代表性的作品，画家十分巧妙地借用矮伙计之口说"我们掌柜的有个脾气，比他高的都不用"，辛辣地讽刺了社会上流行的用人制度上的弊端，比喻形象贴切，构想幽默，寓意深刻中肯，令人在发笑之余又陷入思考。店堂门口上写一对联"人不在高有权则灵，店虽不大唯我独尊"，横批是"王伦遗风"，这样，文字语言与视觉语言相映成趣，更深化了主题。

武大郎开店·方成作品

教学相长

学校通知曾获教学大赛特等奖的教师写教学经验总结，主要包括教学信条和经验总结两项，我趁此机会总结教书二十多年的一点心得。

教学信条：教学相长，教法学法做法合一。

《礼记·学记》曰："是故学然后知不足，教然后知困。知不足然后能自反也，知困然后能自强也。故曰教学相长也。"教书 26 年，我对《礼记》中的教学相长思想深有体会，对陶行知先生所倡导的"教法学法做法合一"的教育理念深有体会。

要想教得好，首先要学得好。教师的本职工作是教书，但要想教得好，首先要自己学得好。只有不断更新自己的知识结构，不断充实自己，才能活学活教，不照本宣科，也才能激发学生的学习兴趣。教师应是活到老、学到老的典范。我大学毕业后留校任教，首先承担的是新生综合英语课程的教学，涉及题材广泛，信息量大，知识面广，很快感到力不从心，需要花费大量时间备课。然而基础课上多了，又会觉得本科时学的那些东西逐渐流失，急需充电。就这样，攻读研究生、博士，做博士后研究，两次出国访学，大量实地调查，教书学习，学习教书，断断续续，二十多年眨眼成为历史，始终觉得自己最重要的身份其实还是学生，一辈子的学生，然后才是老师。读万卷书，行万里路是我这辈子的最大理想，也希望通过自己身体力行，把自己的求学理念传达给学生，鼓励他们多读书，读好书，同时利用一切机会游学。我深信教师必须学而不厌，才能诲人不倦。

要想教得好，还要自己做得好。人要做事，更要做人。教师担负着教书育人、为国家培养后继人才的重任，以身作则尤其重要。诚实、正直、善良、乐于助人；明是非，知善恶；讲公德，遵纪守法；爱国爱民，敬岗爱业；崇尚知识，勤于思考等，要求学生做到的，自己首先要做得到，做得好，才会起到潜移默化的作用。比如在听说读写译五种学习外语的常见方法中，写作一直是学生较为欠缺的一环。为鼓励学生多思考，勤动笔，自出版《洛杉矶访学记》和《剑桥日记》以来，每接一个新班，都会送学生几本，同时发电子文档供他们参阅，旨在提醒学生好记性不如烂笔头，多写多练，及时检验自己的学习效果。每次读了好书，看了有意思的地方，或有新作脱稿，也会在课堂上简单提及，借以扩大学生视野，鼓励他们始终抱着学习的心态，多读、多写、多走、多看，丰富自己的人生，传承人类历史文化。

在学得好、做得好的基础上，要想教得好，还需要不断研究国内外先进教学理念，结合自己的教学实践与学生的实际情况，及时调整教学方法。学生中心、文化渗透、问题引导等教学理念，都切实有效地调动了学生的积极性。在最近几年担任的四门选修课（大三的《文学概论》与《欧洲文化入门》，研究生的《美国传记文学》与《亚裔美国文学》）上，一是尝试用大量提问题的方法，引发学生思考，调动学生的积极性；二是每次上课前让一两个学生展示自己研读课文的成果，充分调动学生的学习积极性与主动性。尽管每人只有约五分钟的时间，但学生课前需要花大量时间准备，查阅大量资料，整理思路，并在全班同学面前演讲，这对培养他们的自学习惯及展示自己的读书心得大有裨益。学生报告的另一好处，是教师能及时发现学生普遍存在的问题，如语音语调、书写格式、篇章架构、思路行文等，提醒学生举一反三，不犯同样的错误。

课堂教学与活动的设计与组织直接关系到教学的成败，然而课堂时间毕竟有限，面对繁杂的知识信息，如何有效利用有限的课堂时间，是摆在教师面前的重要课题。除了教师的组织能力与驾驭课堂的能力，教师更需要在备课方面下大功夫，尤其是阅读类或知识类选修课。记得 2007 年首次为大三学生开设《欧美文化入门》时，为了上好每周两小时的课，课前至少需要二十多个小时准备，还仍然觉得没有底气，尽管之前已经酝酿了四五年。2013 年有幸到剑桥访学一年，这也是我梦寐以求的首次欧洲之行，于是不惜一切代价，充分利用一切机会调研。欧陆 12 国约 20 个城市的 57 天自由行，埃及 9 日行，英国多地一个多月的深度考察，包括在剑桥的大部分时间，实际上都在为欧洲文化课做准备。无数的博物馆、教堂、墓地、名人故居及名胜古迹，一次次发现新大陆般的惊喜，《欧洲文化入门》课上讲过好几遍的那些图片一个个鲜活生动起来。要想给学生一滴水，自己先要有一桶水。只有在充分了解、理解、欣赏所讲素材的基础上，才能去芜存菁，紧扣主题，抓住重点，也才能充分利用课堂时间。

在充分备课、有效利用课堂时间的基础上，要想教得好，还需要不时检查学生的学习效果，认真批改学生作业。课堂做报告的学生人数毕竟有限，课堂发言的机会也不多，这样书面作业就成了必不可少的学习成果检验形式。比如这学期开设的《文学概论》选修课，分小说、诗歌、戏剧三部分，介绍多达上百个文学基本术语，课前阅读、课堂讲解讨论 14 个短篇小说、8 首诗歌、3 个剧本，而正式上课时间其实只有 16 周 32 个小时，两个班上却都有五六十个学生，课堂上不可能有机会充分讨论。为检验学生的学习效果，要求学生总共写三篇论文，运用课堂上介绍过的文学术语，分别评论课堂上讨论过的小说、诗歌和戏剧。这也就意味着有近 400 篇学生论文需要批改，需要的时间和精力远远超过这学期的总课时。但以往的实践证明，对眼高手低的学生来说，类似要求有益无害。

多年来，人们对高考一考定终身多有诟病，但对大学类似的考核制度却认识不足，具体表现为过分重视期末考试，不重视平时成绩，作业不多或根本不留作业，导致学生平时学习不认真，期末临考抱佛脚。两次国外名校的访学经历，使我对英美大学的考核制度有所了解，尤其是剑桥大学的考核制度。剑桥大学每年分三个学期，每学期八周，其中还有两周是复习考试，真正上课的时间每年实际上只有 22 周，并且学生每学期一般选修三到四门课，平均每天只上两三个小时课，而且大学学制只有三年，但剑桥大学却培养出无数世界顶尖人才，仅诺贝尔奖获得者就有近百位。追根溯源，我觉得严格的考核制度是剑桥大学成功的诀窍之一。没有教材，只有讲义，学生需要在课堂上全神贯注，大量做笔记，因为老师课堂上讲到的东西，都有可能成为考试的内容。除了考试，大大小小论文不断，加上剑桥独特的导师制度，每周一次一对一的学习汇报，大量课外必读书目，都使自学成为学生学习的主要手段，泡图书馆是大学生活的主要形式。有鉴于此，从 2005 年开设《文学概论》课以来，尽力加大学生平时成绩的比率，避免期末一考定音。出勤率、课堂报告与发言、课后作业，都是决定成绩的重要组成部分，这也从一定程度上遏制了学生逃课的冲动。

教书二十多年，做了四十多年学生，可每次上讲台前，我仍觉诚惶诚恐，唯恐误人子弟。对教师这个职业，我始终敬畏有加，不敢有丝毫懈怠。好在对学生、对书籍、对教师这个行业的挚爱，会给我勇气与信心，激励我勇往直前，义无反顾。

暖　流

　　总有一些时刻，心中最柔软的部分会被瞬间击中，让你忍不住泪流满面。

　　一大早从丢失女儿的噩梦中惊醒，我仍然心有余悸。远在美国读书的女儿倒是反应得快，马上微信回复我说："梦是反的。"于是，在女儿的安慰中，起床前我又看了微信朋友圈转发的几篇小文章，几次泪如泉涌。

　　一位盲人女孩打车，下车时计价器显示 13 元，但司机把她扶到小区保安处，却说道："我不收你钱，因为我比你挣钱容易。"恰巧从小区里走出一位老板模样的人，上车，一路与司机畅谈，到目的地时计价器显示 17 元，乘客掏出 30 元，说道："这钱里包括刚才那位女孩的打车钱，我也不伟大，但挣钱总比你容易点，希望你继续做好事！"

　　诸如此类非常充满正能量的小故事，往往惹人瞬间泪流满面。这篇文章的下面还有另一则类似的小故事。

　　在美国得克萨斯州一个风雪交加的夜晚，年轻人克雷斯的汽车"抛锚"了，被困在了郊外。正当他万分焦急的时候，一位骑马的男子正巧经过，二话不说便下马帮克雷斯把汽车拖到了小镇上。事后，感激不尽的克雷斯拿出不少现金对他表示酬谢，男子却说："我出于好心帮助你，这不需要回报，但我要你给我一个承诺，当别人有困难的时候，你也要尽力帮助他人。"从此，克雷斯主动帮助了许多需要帮助的人，并且每次都同样转述这句话。许多年后的一天，克雷斯被突发的洪水困在一个孤岛上，一位勇敢的少年冒着生命危险救了他。最后，少年竟然也同样说出了克雷斯说过无数次的那句话："这不需要回报，但我要你给我一个承诺……"克雷斯的胸中顿时涌起一股暖流："原来，我串起来的这根关于爱的链条，经过无数人的周转，最后通过少年还给了我，我一生为别人做的那些好事，其实全都是为我自己做的！"

"正义会传染，邪恶也是如此。"文章最后的总结言简意赅，倒是千真万确。

上午给女儿汇完学费回来时，已经是中午，在只有 9 个座位的 N2 路公交车上，当我再次想起这两个小故事时，还是禁不住热泪盈眶。沉浸在思绪中的我看到一对老夫妇上了车，坐在最后排的我和身旁的年轻姑娘同时站起来让座，我们两人不觉相视一笑，仿佛心有灵犀。这座小城是有很多毛病，但公交车上让座却是极普通的事情，就连看似流里流气的小青年也毫不含糊。和同龄的朋友聊起这件事时，朋友说如果我们不染发，可能也会有人给我们让座了！但仅有的座位还是要留给更需要的人，就像那个本不富裕的年轻司机帮助盲人女孩一样，只要有能力帮助需要帮助的人，本身就是万幸。

在多数人尚未养成读经典名著等"深阅读"习惯的情况下，微信等"浅阅读"的流行也未尝不是国人提高阅读能力、丰富精神生活的有效途径。况且在手机普及，微信、QQ 等社交网络覆盖面极广的今天，通过这些充满正能量的小文章，对于传递社会暖流，培养人间正气，增近亲朋好友间的感情，也是有益的。

后　记

　　从上小学有书读开始，我就发现自己挺喜欢读书，尤其喜欢故事。但在当时的豫北农村，除了课本，就只有同学手里偶尔传着的小画书了。不过这种机会实在太微乎其微了，各家经济条件都不好，只有极个别的父母舍得在特殊情况下给孩子买本小画书。哪位同学有本小画书，立刻成为班里的红人，同学们争先恐后，都想早点排上队。终于排上队，迫不及待地一睹为快的急切心情，就像现在的股民等股市开盘。作为班长和几乎每门功课都第一的老师眼里的好学生，上初一时我就曾因上课时读《永不消逝的电波》，被数学老师训斥挂羊头卖狗肉，小画书被没收了，弄得我挖空心思很长时间，才攒了两毛钱还给同学。

　　要想过小画书瘾，需要到四千米外的县城，尤其是逢五逢十赶集的时候，会有人在地上摆小画书摊，二分钱一本，随便看。不知从何时开始，先是和赶集的父亲一起去，后来和同学去，不为赶集，就为享受小画书的盛宴。当然，这种机会也不多，因此每次去，必定把兜里的那点钱花完，才算过了瘾，那股兴奋劲儿，绝不亚于过年。

　　不知从何时开始，除了小画书，同学手里偶尔又会传阅《故事会》，那更是我的故事盛宴。在邻村上初三时，有时中午不回家吃饭，就是为了看同学的《故事会》。躲在学校对面的老乡家大门下，如饥似渴地读故事的情景，历历在目。

　　直到上大学，才开始真正泡在书的海洋里，借书还书成了不多的课余时间的常态。城市孩子也许中学就读过的中外名著，我在大学的前两年才读到，周末假期是我享受这种文学盛宴的最佳时段。有时累了烦了泄气了，也会和同学发发牢骚，"这么多书，反正读不完，索性给自己放两天假吧"。但过不了几天，生活中就仿佛缺了点什么，又会迫不及待地跑去图书馆借书。

脑子里积的故事多了，不知何时，自己也想动笔写故事，甚至写诗歌。故事、诗歌没写成，反而养成了记日记的习惯。有电脑之前的十几年里，记了厚厚十几本日记，有时翻翻，很多东西都已不记得，仿佛读的是别人的故事。但日记成了我的备忘录，年纪越大就越发现它的好处。

在记忆心理学中，人们把要记的东西用笔记下来而产生增强记忆的效果，这种现象被称为"备忘录效应"。人们常说的"好记性不如烂笔头"就是备忘录效应的例证。这本文集，就是从我近些年的日记中抽出来的，是我生活备忘录的一部分。